추억을 완성하기 위하여

LIVRET DE FAMILLE
by Patrick Modiano

Copyright ⓒ Éditions Gallimard, 1977
Korean Translation Copyright ⓒ Munhakdongne Publishing Corp., 2025

This Korean edition was published by arrangement with
Éditions Gallimard through Sibylle Books Literary Agency, Seoul.
All rights reserved.

이 책의 한국어판 저작권은 시빌 에이전시를 통해
프랑스 갈리마르사와 독점 계약한 (주)문학동네에 있습니다.
저작권법에 의해 한국 내에서 보호를 받는 저작물이므로
무단 전재 및 무단 복제를 금합니다.

세계문학전집
2 7 1

Patrick Modiano : Livret de famille

추억을 완성하기 위하여

파트릭 모디아노 장편소설
김화영 옮김

문학동네

뤼디를 위하여
조제와 앙리 보조를 위하여

산다는 것은 하나의 추억을 완성하기 위하여 집요하게 애쓰는 것이다.
르네 샤르

일러두기

1. 번역 대본으로는 *Livret de famille*(Folio, Gallimard, 1981)를 사용했다.
2. 본문 중 주석은 모두 옮긴이주다.
3. 고딕체는 원서에서 이탤릭체로 강조한 부분이고, 볼드체는 원서에서 대문자로 강조한 부분이다.
4. 장편소설과 기타 단행본은 『 』, 시와 희곡 등의 작품명은 「 」, 연속간행물, 방송 프로그램명, 곡명 등은 〈 〉로 구분했다.

차례

추억을 완성하기 위하여   11

초판 해설 | 기억의 어둠 속으로 찾아가는 언어의 모험   205
개정판 해설 | 현실과 상상의 무지개다리를 넘나들며   219
        파트릭 모디아노 연보   229

1

 나는 유리벽 너머로 내 딸을 물끄러미 바라보고 있었다. 아기는 입을 반쯤 벌리고 왼쪽 뺨을 요람 바닥에 대고서 잠들어 있었다. 이제 태어난 지 이틀이 될까 말까 한 아기는 숨쉬며 움직이는 것 같지도 않았다.
 나는 이마를 유리벽에 갖다대었다. 나와 요람 사이의 거리는 불과 몇 센티미터 정도였는데 그 요람이 무중력상태로 변해 공중으로 날아오른다 해도 놀라지 않을 것만 같았다. 플라타너스 가지 하나가 마치 부채처럼 규칙적으로 흔들리면서 유리창을 스치고 있었다. 내 딸은 '카롤린 에리크 신생아실'이라는 이름이 붙은 저 흰색과 하늘색 방을 혼자서 차지하고 있었다. 간호사는 내가 아기를 잘 볼 수 있도록 요람을 유리벽 쪽으로 바싹 밀어놓아두었다.
 아기는 움직이지 않았다. 조그만 얼굴에는 아무 걱정 없이 편안한 표정이 떠올라 있었다. 나뭇가지는 소리 없이 계속 흔들렸다. 코를 유리벽에 바싹 붙이고 있었더니 콧김이 서렸다.

간호사가 다시 나타나 나는 곧 몸을 일으켰다. 오후 다섯시가 다 되어가는 시간이었으니 가족관계등록과의 문이 닫히기 전에 시청에 도착하려면 잠시도 지체할 여유가 없었다.

나는 붉은색 가죽 표지가 씌워진 조그만 노트인 '가족관계 증명 수첩'을 들춰보면서 병원 층계를 내려갔다. '가족 수첩'이라는 명칭이 졸업장, 공증 증서, 족보, 토지대장, 귀족 작위 증명서, 혈통 보증서 등의 온갖 관청 서류들을 대할 때 느껴지는 것과 같은 어떤 존중심 섞인 흥미를 불러일으켰다…… 처음 두 장에는 나와 내 아내의 성명과 더불어 나의 혼인 증명서 초본이 있었다. 내 가족관계 등록상의 상세한 내용은 따지고 싶지 않았는지 '부父'에 해당되는 칸은 빈칸으로 남아 있었다. 사실 나는 내가 어디서 태어났고 내가 태어날 때 부모의 이름이 정확히 무엇이었는지 알지 못한다. 네 등분으로 접힌 감청색 종이 한 장이 이 가족 수첩에 핀으로 부착되어 있었다. 내 부모의 혼인 증명서였다. 독일 점령기에 한 결혼이었으므로 거기 적힌 아버지의 이름은 가명이었다. 거기에는 이렇게 적혀 있었다.

    프랑스
오트사부아도道
므제브 시청.
1944년 2월 24일, 17시 30분……

공식적으로 시청 청사에
기 자스파르 드종그와
마리아 루이자 C가 방문하였음.
    장래 부부가 될 두 사람은 서로를 배우자로 선택할 것임을 차례로 선언하고 우리는 법의 이름으로 이들이 혼인에 의하여 결합되었음을 공포함.

    1944년 2월 므제브에서 나의 아버지와 어머니는 무엇을 하고 있었을까? 이제 곧 알게 되겠지 하고 나는 생각했다. 그런데 아버지가 그의 가짜 성姓에다 덧붙인 '드종그'는 도대체 무엇일까? 드종그. 그것이야말로 아버지다운 발상이었다.
    나는 병원 입구에서 10미터 정도 떨어진 도롯가에 세워둔 코로맹데의 자동차를 알아보았다. 그는 잡지를 읽느라 정신이 팔린 채 운전석에 앉아 있었다. 그가 고개를 들더니 내게 미소 지어 보였다.
    그 전날 밤 바가텔 시문市門 근처에 있는, 바로크풍의 실내장식을 한 어느 식당에서 우연히 그를 만났다. 평소에는 절대로 발을 들여놓을 일이 없지만 갑자기 중요한 일이 생기는 경우에나 들르게 되는 장소들 중 하나였다. 내 딸은 그날 밤 아홉시에 태어났는데, 신생아실로 옮겨지기 전에 나는 아기를 보고 나서, 막 잠들려는 산모에게 키스했다. 밖으로 나온 나는 가을비를 맞으며 뇌이 구역의 황량한 대로를 따라 그냥 발길 가는 대로 걸었다. 자정이었다. 나는 그 식당의 마지막 손님이었다. 그곳에는 등만 보이는 한 남자가 카운터에 팔꿈치를 괴고 서 있었다. 전화벨이 울리자 주인이 수화기를 집어들었다. 그는 남자 쪽으로 돌아서며 말했다.

"코로맹데 씨, 당신한테 온 전화입니다."

코로맹데…… 내가 어릴 적 우리집에 자주 찾아오던, 아버지의 젊은 시절 친구들 중 한 사람의 이름이었다. 그가 통화하는 동안 R 발음을 굴리는 둔중하고 부드러운 그의 목소리를 알아들을 수 있었다. 그가 전화를 끊자 나는 자리에서 일어나 그에게 다가갔다.

"장 코로맹데 씨?"

"그런데요."

그는 놀란 눈길로 나를 빤히 쳐다보았다. 나는 내 소개를 했다. 그가 탄성을 질렀다. 그러더니 쓸쓸한 미소를 지으면서 말했다.

"이렇게나 컸군……"

"네." 나는 사과라도 하듯 고개를 숙이고 대답했다. 그리고 몇 시간 전에 내가 애아버지가 되었다는 소식을 알렸다. 그는 감격한 나머지 아기의 출생을 축하하기 위해 내게 술 한 잔을 권했다.

"아버지라, 그건 대단한 거지, 안 그런가?"

"그렇습니다."

우리는 함께 레스페리아라는 이름의 그 식당을 나왔다.

코로맹데는 차로 나를 집까지 데려다주겠다며 낡은 검은색 레장스*의 문을 열었다. 차를 타고 가는 동안 우리는 아버지 이야기를 했다. 그는 아버지를 이십 년 동안이나 보지 못했다. 나 역시 아버지에 대해 아무런 소식도 듣지 못한 지 십 년이나 되었다. 그나 나나 아버지가 어떻

---

* 1950년대 중후반 프랑스에서 생산된, 미국식 디자인이 적용된 고급 자동차 모델.

게 되었는지 모르는 상황이었다. 그는 1942년 어느 날 저녁에 바로 그 레스페리아 식당에서 아버지와 함께 식사를 했던 것을 기억하고 있었다…… 그리고 삼십 년 후 그날 저녁과 똑같은 식당에서 '그 어린아이'의 출생 소식을 들은 것이다……

"세월도 빠르지……"

그는 눈물을 글썽였다.

"그래 그 어린아이 말이야, 나도 그애를 볼 수 있을까?"

그 말에 나는 다음날 아이의 출생신고를 하러 갈 때 동행해달라고 청했다. 그는 매우 기뻐했고 우리는 정각 다섯시에 병원 앞에서 만나기로 약속했다.

대낮의 햇빛 아래 그의 자동차는 전날보다 더 허름해 보였다. 그는 읽고 있던 잡지를 재킷 주머니에 쑤셔넣고는 차문을 열어주었다. 그는 테가 굵고 푸르스름한 빛이 도는 알이 박힌 안경을 쓰고 있었다.

"시간이 얼마 남지 않았어요." 내가 말했다. "가족관계등록과가 다섯시 반에 문을 닫거든요."

그는 자기 시계를 들여다보았다.

"걱정 말게."

그는 천천히 조심스럽게 차를 몰았다.

"이십 년 사이 내가 많이 변한 것 같은가?"

나는 그 시절 그에 대한 인상을 되살려보려고 눈을 감았다. 집게손가락으로 연신 콧수염을 쓸어대면서 딱딱 끊어지는 짧은 문장으로 말하고 잘 웃던 금발의 활력 있는 남자. 항상 밝은색 양복 차림이던 모습. 그렇게 그는 내 어린 시절의 추억 속을 맴돌고 있었다.

"나 늙었지, 안 그래?"

사실 그랬다. 그의 얼굴은 쪼그라들었고 피부는 회색빛이었다. 아름답던 금발도 잃어버렸다.

"별로 그렇지 않은데요." 내가 말했다.

그는 기어를 바꾸고 나른한 몸짓으로 핸들을 크게 돌렸다. 병원에서 나오는 길과 직각을 이루는 대로로 접어들 때 모퉁이를 크게 도는 바람에 낡은 레장스가 인도의 턱에 부딪혔다. 그는 어깨를 으쓱했다.

"참, 자네 아버지 말인데, 그 사람 지금도 여전히 레트 버틀러를 닮았는지 모르겠군…… 왜 있잖아…… 〈바람과 함께 사라지다〉에 나오는……"

"저도 궁금해요."

"우리는 아주 오래된 친구라네. 십 년 전 시테 도트빌*에서 알게 되었지."

그는 대로 한복판으로 차를 몰다가 트럭을 스치듯 지나갔다. 그러고는 기계적인 동작으로 라디오를 켰다. 스피커에서는 경제 상황에 관한 이야기가 흘러나왔다. 그는 경제가 날이 갈수록 경악할 만한 상태가 되고 있다고 했다. 그리고 1929년의 공황에 비길 만한 위기가 올 것이라고 내다보았다. 나는 내 딸이 잠자고 있는 희고 푸른 방과, 유리창을 스치며 흔들리는 플라타너스 가지를 생각하고 있었다.

코로맹데는 빨간불 앞에서 차를 멈추었다. 그는 정신이 딴 데 팔려 있었다. 신호가 세 번이나 바뀌었는데도 출발하지 않았다. 색안경 너

---

* Cité d'Hauteville. 파리 10구에 있는 거리 이름.

머의 얼굴이 무표정했다. 이윽고 그가 물었다.

"그런데 자네 딸은, 그 친구를 닮았나?"

뭐라고 대답할 것인가? 그런데 어쩌면 그는 내 아버지와 어머니가 1944년 2월 므제브에서 무엇을 하고 있었는지, 그들의 기이한 결혼식이 어떻게 이루어졌는지 알고 있을지도 몰랐다. 나는 그가 정신이 더 산만해져서 사고라도 내지 않을까 걱정되어 곧바로 물어보지는 않았다.

우리는 시가행진을 하는 듯한 속도로 앵케르만대로를 지났다. 그는 배의 현창 같은 창문들이 나 있고 반원형 발코니가 있는 오른편의 모랫빛 건물을 가리켜 보였다.

"자네 아버지는 한 달 동안 저기서 지낸 적이 있어…… 맨 꼭대기층에서……"

아버지는 거기서 당신의 스물다섯 살 생일 파티를 열기도 했다. 그러나 코로맹데도 확신하지는 못한다고 했다. 자네 아버지가 기거하던 건물들은 겉모습이 저런 식으로 하나같이 똑같았으니 말이야. 그는 1937년 그 여름날의 저물어가는 오후를, 석양이 오렌지빛 감도는 장밋빛으로 물들이던 테라스를 잊지 않았다. 아버지는 웃통을 벗은 채 그 위에 가운만 걸치고 방문객을 맞았다고 했다. 테라스 한가운데에 아버지는 낡은 소파 하나와 정원용 의자들을 가져다놓았다.

"그리고 나는 아페리티프를 냈지."

그는 빨간불을 그냥 지나쳐 비노대로를 건너다가 어떤 자동차와 부딪칠 뻔하며 아슬아슬하게 지나쳤지만 그런 것쯤은 아랑곳하지 않는 눈치였다. 그는 좌회전해서 보르게즈가로 접어들었다. 보르게즈가는 어디로 통해 있는 것일까? 나는 시계를 들여다보았다. 네시 오십일분.

가족관계등록과가 곧 문을 닫을 시간이었다. 나는 갑자기 초조해졌다. 가족관계등록과 직원이 내 딸의 출생신고를 받아주지 않으면 어쩌나? 파리시와 교외 지도를 찾을 수 있지 않을까 하는 생각에 나는 자동차의 글러브박스를 열었다.

"제대로 가고 있는 게 확실한가요?" 나는 코로맹데에게 물었다.

"자신이 없는데."

그는 유턴을 할 참이었다. 그러나 아니었다. 그대로 직진하는 편이 나았다. 우리는 빅토르위고대로에 이르렀다가 다시 앵케르만대로로 접어들었다. 이제 코로맹데는 액셀러레이터를 힘껏 밟고 있었다. 땀방울이 그의 관자놀이를 타고 흘러내렸다. 그도 시계를 들여다보았다. 그가 억양 없는 목소리로 중얼거리듯 말했다.

"이봐, 장담하는데 딱 맞춰 도착할 거야."

그는 또다시 빨간불을 무시하고 지나갔다. 나는 눈을 감았다. 그는 더욱 속력을 냈고 짧게 여러 번 클랙슨을 눌러댔다. 낡은 차체가 부르르 떨렸다. 우리는 룰대로에 도착했다. 교회당 앞에서 결국 자동차가 고장났다.

우리는 차를 버려두고 200미터쯤 떨어진 도롯가에 있는 시청 쪽으로 돌격하듯 걸어갔다. 코로맹데가 다리를 조금 절뚝거려서 내가 앞질러갔다. 나는 뛰기 시작했다. 코로맹데도 왼쪽 다리를 질질 끌면서 뛰었다. 곧 거리가 상당히 벌어졌다. 뒤를 돌아다보았다. 그가 조난신호를 보내듯 팔을 흔들었지만 나는 점점 더 빨리 뛰었다. 낙담한 코로맹데는 걸음을 늦추었다. 그는 감청색 손수건으로 이마와 관자놀이에 흐르는 땀을 찍어냈다. 시청 층계를 바삐 올라가면서 나는 그에게 크게 손짓해 보였다. 그가 마침내 내가 있는 곳까지 왔지만 숨이 턱까지 차서 한마디도 내뱉을 수 없는 상태였다. 나는 그의 손목을 잡고 '가족관계등록과—이층 왼쪽 문'이라는 팻말이 붙은 큰 홀을 건너질러갔다. 코로맹데의 얼굴이 납빛이었다. 당장이라도 심장마비를 일으킬 것 같아 보여서 층계를 올라갈 때는 그를 부축해주었다. 나는 두 손으로 코로맹데를 붙들고서 어깨로는 가족관계등록과 문을 떠밀어 열었다. 그는 비틀거리면서 나에게 온몸을 의지했다. 순간 우리는 미끄러져서 가족관계등록과 한가운데에 벌렁 나자빠졌다. 가족관계등록과 직원들이 창살이 있는 창구 너머에서 어안이 벙벙한 얼굴로 우리를 바라보았다.

나는 먼저 일어나 목청을 가다듬으면서 창구로 다가갔다. 코로맹데는 홀 안쪽에 놓인 긴 의자에 털썩 주저앉았다.

직원은 셋이었다. 블라우스 차림에 거무스레한 머리를 짧게 깎고 마치 쌍둥이처럼 서로 닮은, 딱딱하고 신경질적인 오십대 여자 둘. 반들거리는 콧수염이 빽빽이 난 키 큰 남자 하나.

"어떻게 오셨죠?" 여자 직원 하나가 말했다.

겁먹은 듯하면서도 동시에 위협적인 어조였다.

"출생신고 때문에요."

"좀더 일찍 오셨으면 좋았을 걸 그랬습니다." 다른 여자가 퉁명스레 말했다.

남자 직원은 눈살을 찌푸리면서 나를 빤히 쳐다보았다. 우리가 급작스럽고 요란하게 나타나 상황이 더 불리해진 것이 분명했다.

"우리도 이렇게 늦어서 대단히 진실하게 유감이라고 말씀드리게." 코로맹데가 홀 저쪽에서 숨을 헐떡이며 말했다.

그 '대단히 진실하게'란 표현을 들어보면 프랑스어가 그의 모국어가 아니라는 것을 눈치챌 수 있었다. 그가 절뚝거리면서 다가왔다. 여자들 중 한 명이 창구 구멍으로 종이 한 장을 내밀고 심드렁한 목소리로 말했다.

"이 서식을 채우세요."

나는 주머니에서 만년필을 찾다가 코로맹데 쪽을 돌아보았다. 그가 연필을 내밀었다.

"연필로 쓰면 안 됩니다." 콧수염 난 남자가 지적했다.

그들은 셋 다 일어선 채 창구 창살 너머에서 우리를 말없이 지켜보았다.

"혹시 저…… 만년필이 있으신가요?" 내가 물었다.

콧수염 난 남자는 어처구니가 없는 듯했다. 두 쌍둥이 여자는 가슴께에 팔짱을 끼고 있었다.

"죄송하지만, 볼펜 한 자루만 부탁드리겠습니다." 코로맹데가 애원하는 목소리로 거듭 말했다.

콧수염 난 남자가 창구 구멍으로 초록색 볼펜을 건넸다. 코로맹데는 그에게 고맙다고 말했다. 두 쌍둥이 여자는 못마땅하다는 표시로 여전히 팔짱을 낀 채였다.

코로맹데는 내게 볼펜을 내밀었고 나는 '출생신고서' 작성 지침을 참조해가며 서식을 채우기 시작했다. 내 어린 시절을 황홀하게 만들어주었던 추억 속의 아름다운 여자 제나이드 라체브스키[*]를 떠올리며 딸

---

[*] 러시아계 프랑스, 미국 영화배우.

의 이름을 제나이드라고 짓고 싶었다. 코로맹데가 일어서더니 내 어깨 너머로 작성중인 서식을 살펴보았다.

작성을 끝내자 코로맹데는 신고서를 집어들고 눈썹을 찡그리며 읽었다. 그러고는 종이를 쌍둥이 여자들 중 한 명에게 내밀었다.

"이건 프랑스 성인聖人 달력에 나와 있지 않은 이름인데요."* 여자는 내가 대문자로 애써 크게 써넣은 '제나이드'라는 이름을 집게손가락으로 짚으며 말했다.

"그래서요?" 코로맹데가 변한 목소리로 말했다.

"이 이름은 안 됩니다."

쌍둥이 가운데 다른 여자가 그의 자매 쪽으로 머리를 들이댔다. 그들의 이마가 서로 닿았다. 나는 어찌할 바를 몰라 난감했다.

"그럼 어떻게 해야 됩니까?" 코로맹데가 물었다.

여자는 수화기를 들고 두 개의 숫자 다이얼을 돌렸다.

여자는 '제나이드'라는 이름이 '목록'에 나와 있느냐고 물었다. 대답은 '아니요'였다.

"이 이름은 안 됩니다."

나는 목이 메어 비틀거렸다.

콧수염 남자가 다가와 서류를 집어들었다.

"안 되기는 왜 안 돼요." 코로맹데가 마치 무슨 비밀이라도 공개하듯 속삭였다. "이 이름으로 할 겁니다."

그는 축복을 내리는 듯한 몸짓으로 아주 천천히 손을 들어 보였다.

---

* 프랑스에서는 많은 경우 가톨릭 성인들의 축일과 성인 이름을 나열해놓은 달력을 참고하여 신생아의 이름을 짓는다.

"이것은 아이의 대모 이름이었어요."

콧수염 남자가 고개를 숙이고 염소 같은 이마를 창살에 가져다댔다.

"그렇다면, 선생님들, 이건 특수한 경우니까 문제가 완전히 달라집니다."

그의 목소리는 외모와는 전혀 어울리지 않게 유들유들했다.

"어떤 이름들은 가문 대대로 전해내려오기도 하죠. 아무리 이상한 이름이라 해도 우리야 아무 할말이 없지요. 전혀 할말이 없어요."

그의 말들은 틀에서 찍어낸 듯, 한마디 한마디가 바셀린을 바른 것처럼 그의 입에서 흘러나왔다.

"제나이드로 하시죠!"

"감사합니다. 감사합니다!"

그는 두 쌍둥이를 향해 지쳤다는 몸짓을 해 보이고는 무용수처럼 한 바퀴 빙그르 돌더니 사라졌다. 저 안쪽 사무실에서 누군가 타이핑하는 소리가 들렸다. 코로맹데와 나는 계속 기다려야 하는 것인지 알 수가 없었다. 두 쌍둥이 여자는 낮은 소리로 말을 주고받으면서 한 뭉치의 서류를 분류했다.

"오늘 태어난 아기가 많지요? 잘돼가는 거죠?" 코로맹데는 그 여자들의 기억 속에 자신의 존재를 상기시키려는 듯이 물었다.

그 여자들은 대꾸하지 않았다. 나는 담배 한 개비를 피워 물고 코로맹데에게, 그리고 두 여자에게 담뱃갑을 내밀었다.

"담배 한 대씩 태우시겠어요?"

그러나 여자들은 못 들은 척했다.

마침내 콧수염 남자가 옆쪽 문 사이로 고개를 내밀고 말했다.

"이쪽으로 오시지요."

우리는 쌍둥이 여자들과 콧수염 남자가 자리잡고 있는 창살 안쪽으로 들어갔다. 남자가 안쪽 사무실로 들어가라고 손짓했다. 쌍둥이 여자들은 기계적인 동작으로 잔뜩 쌓인 서류를 계속 정리하고 있었다.

거리 쪽으로 창문 두 개가 나 있는 한구석의 작은 사무실. 엷은 밤색의 텅 빈 벽들. 서랍이 여러 개 달린 어두운 색깔의 나무 책상. 그리고 그 위 한가운데에 어떤 등록부가 펼쳐져 있었다.

"선생님들, 다시 한번 읽고 서명해주시죠."

단 한 군데의 오자도 없이 타이핑한 내용은 제나이드라는 이름의 여자아이가 금년 10월 22일 밤 아홉시에 태어났음을 명시하고 있었다…… 열 줄 남짓한 이 내용이 등록부의 한 페이지를 차지했다. 그리고 같은 내용이 다음 페이지에도 기록되어 있었다.

"사본입니다."

이번에는 그가 나에게 금빛 뚜껑이 달린 큼직한 만년필을 내밀었다.

"다시 읽으셨죠? 틀린 데 없죠?" 그가 물었다.

"틀린 데 없습니다." 나는 대답했다.

"틀린 데 없습니다." 코로맹데가 반복하여 따라 말했다.

나는 만년필을 집어들고 두 페이지의 아래쪽에 내 성과 이름을 천천히 또박또박 큰 글씨로 썼다.

이번에는 코로맹데의 차례였다. 그는 색안경을 벗었다. 오른쪽 눈꺼풀에 붙인 반창고 때문에 눈이 감기지 않아서 정신이 혼미해진 권투 선수 같아 보였다. 그는 나보다 더 손을 떨며 '장 코로맹데'라고 서명했다.

"친구분 되시나요?" 콧수염이 물었다.

"아이 할아버지의 친구요."

이십 년 뒤의 어느 날 딸아이가 혹시 호기심이 생겨 이 등록부를 열람하게 된다면—하지만 그애가 뭐하러 이걸 열람하겠는가?—이 서명을 보고 장 코로맹데란 사람이 누구였을까 궁금해할지도 모르겠다.

"자, 끝이 좋으면 다 좋은 법이지요." 콧수염이 상냥하게 말했다.

그는 나를 매우 정다운, 거의 아버지 같은 눈길로 가만히 지켜보았다. 눈에 약간 눈물까지 어려 있는 것 같았다. 그는 수줍게 우리 쪽으로 손을 내밀었고 우리는 차례로 악수를 했다. 그제야 나는 그가 왜 그렇게 콧수염을 기르고 있는지 깨달았다. 만약 콧수염이 없었더라면 인상이 한결 심약해 보였을 것이고 또 가족관계등록과 공무원으로서 반드시 갖추어야 할 위엄이 실추될 염려가 다분했던 것이다.

그가 문을 열었다.

"이쪽 층계로 내려가시면 됩니다." 그는 마치 우리에게 비밀 통로라도 일러주듯 공모자 같은 목소리로 말했다. "안녕히 가십시오, 선생님들. 행운을 빕니다. 행운을요……"

시청 현관 앞 층계로 나오자, 우리는 아주 묘한 기분이었다. 드디어 중요한 공식 절차를 마친 것이다. 그것도 아주 간단하게. 날이 어두워지고 있었다. 이제 레장스를 고칠 일이 남아 있었다. 정비공에게 문의했더니 대대적인 수리가 필요하다고 말했다. 코로맹데는 다음날 차를 찾으러 가기로 했다. 우리는 걸어서 파리로 돌아가기로 결정했다.

우리는 룰대로를 따라 걸었다. 코로맹데는 이제 발을 끌지 않고 걸음걸이가 활기찼다. 나는 책상 위에 펼쳐져 있던 커다란 등록부가 계속 떠올랐다. 우리 둘 다 같은 생각을 하고 있었던지 코로맹데가 이렇게 말했다.

"봤지? 가족관계등록부, 그거 참 묘한 거야, 안 그래?"

그런데 그는? 그는 과연 어느 가족관계등록부에 등재되어 있기나 할까? 국적이 어디일까? 벨기에? 독일? 발트삼국? 아니, 그보다는 러시아 사람일 것 같다. 그리고 '자스파르'라고 불리기 전, '드종그'라는 성을 덧붙이기 전의 내 아버지는? 그리고 내 어머니는? 다른 모든 사람은? 그리고 나는? 우리의 성과 이름, 출생 연월일, 우리 부모의 성과 이름을 복잡한 자획의 펜글씨로 기록한, 종이가 누렇게 퇴색한 가족관계 등록부가 어딘가에 있을 것이다. 그런데 그 등록부들은 어디 있단 말인가?

코로맹데는 내 옆에서 휘파람을 불고 있었다. 그가 자동차에서 읽고 있던 잡지 때문에 외투 주머니가 일그러져 있었다. '르 오 파를뢰르'(확성기)라는 붉은색 표제가 눈에 띄었다. 다시금 나는 1944년 2월에 므제브에서 아버지와 어머니가 도대체 무엇을 하고 있었는지 그에게 물어보고 싶어졌다. 그러나 과연 그가 알고 있을까? 삼십 년이 지난 뒤의 기억이란…… 우리는 룰대로가 끝나는 곳에 이르렀다. 밤이었고 빗물 때문에 진흙이 묻은 낙엽들이 구두 뒤축에 달라붙었다. 코로맹데는 이따금 구두 밑창을 보도 가장자리에다 문질러댔다. 나는 빈 택시를 잡으려고 지나가는 자동차들을 유심히 살폈다. 그러나 택시가 없었다. 그럴 바엔 그냥 걸어가는 편이 나았다.

우리는 외곽도로를 건설하느라 온통 파헤쳐진 포르트데테른대로로 접어들었다. 마치 폭격을 맞은 직후처럼 알아보지 못할 만큼 아수라장이 된 마요와 샹페레 사이 구역.

"언젠가 자네 아버지와 같이 여기 와본 적이 있어." 코로맹데가 말했다.

"아, 그래요?"

그렇다, 아버지는 자동차로 그를 이곳에 데리고 왔었다. 당신의 포드 자동차에 갈아끼울 부품을 구해줄 정비공을 찾아온 것이었다. 정확한 주소를 기억하지 못한 탓에 코로맹데와 아버지는, 지금은 완전히 허물어져버린 이 지역을 한참 헤매고 다녔었다. 우거진 가지들로 둥근 천장을 이루는 가로수들이 늘어선 거리. 길 양쪽에는 버려진 듯한 정비소들과 창고들. 그리고 저 부드러운 휘발유 냄새. 마침내 그들은 '미제 부품'을 공급하는 한 건물 앞에 멈춰 섰다. 포르트드빌리에대로는 네 줄로 늘어선 플라타너스 가로수 때문에 남서부 지방의 어느 작디작은 마을의 산책로와 비슷해 보였다. 정비공이 수리를 끝낼 때까지 그들은 벤치에 앉아 기다렸다. 늑대를 닮은 개 한 마리가 인도 가장자리에 엎드려 자고 있었다. 어린아이들은 텅 빈 도로 한가운데 햇빛 반점들 사이에서 서로의 꽁무니를 쫓아 뛰어다녔다. 전쟁이 막 끝난 8월의 어느 토요일 오후였다. 그들은 아무 말도 하지 않았다. 그의 눈에 아버지는 기분이 우울해 보였다고 한다. 한편, 코로맹데는 자신들의 젊은 시절이 끝났다는 것을 깨달았다.

우리는 테른대로에 이르렀고 코로맹데는 또다시 절뚝거리기 시작했다. 나는 그의 팔을 잡고 부축했다. 구비옹생시르대로의 가로등에 어느새 불이 켜져 있었다. 자동차들이 길게 늘어서고 사람들이 붐비면서 서로 떠미는 퇴근 시간이었지만, 그 모든 소란스러움이 신생아실 안으로는 조금도 스며들지 않았다. 나는 유리창에 닿은 나뭇가지가 한가로

이 흔들리는 정경을 머릿속에 그려보았다.
 요컨대 우리는 이제 무엇인가의 시작에 가담한 참이었다. 이 조그만 아이는 어떤 의미에서 우리가 미래로 내보내는 대표자가 될 터였다. 그리고 우리 앞에서는 항상 자취를 감추기만 했던 가족관계등록부라는 저 비밀스러운 재산을 그 아이는 단번에 얻어낸 것이다.

2

　내가 앙리 마리냥을 알게 된 것은 언제쯤이었을까? 오, 그때 나는 아직 스무 살도 되기 전이었다. 그 사람 생각을 자주 한다. 때로는 그가 아버지의 수많은 화신 중 하나라는 생각까지 든다. 나는 그가 어떻게 되었는지 알지 못한다. 우리가 처음 만난 것은? 카퓌신대로의 좁고 산호같이 붉은 어느 바의 안쪽 구석자리에서였다. '벽 속의 구멍'이라는 이름의 술집이었다. 우리는 마지막 손님이었다. 내 옆 테이블에 앉아 있던 마리냥은 '미주米酒'를 주문해 한 모금 마시더니 바텐더에게 말했다.
　"이건 중국에서 마시던 것과는 맛이 다르군요."
　그때 내가 느닷없이 그에게 물었다.
　"선생님, 중국에 가본 적이 있으세요?"

우리는 새벽 네시까지 이야기를 했다. 물론 화제는 중국이었다. 마리냥은 전쟁 전 그곳에 가서 살았다고 했다. 그는 아직도 테이블보에 상하이 지도를 상세하게 그릴 수 있었고, 그날 저녁 내 앞에서 지도를 그려 보였다. 나는 서양 사람이 지금도 그 신비로운 나라로 들어가 마음대로 탐험해볼 가능성이 있는지 궁금했다. 그는 약간 망설이더니 엄숙한 목소리로 말했다.

"가능하다고 봐요."

그는 나를 빤히 바라보았다.

"어디 나와 같이 한번 해볼래요?"

"물론이죠." 내가 말했다.

그때부터 우리는 매일같이 만났다.

마리냥은 육십이 넘었지만 이십 년은 더 젊어 보였다. 스포츠머리에 키가 크고 어깨가 떡 벌어진 체형이었다. 얼굴에 군살이라고는 하나도 없었다. 아치형 눈썹과 코와 턱의 균형 잡힌 윤곽이 퍽 인상적이었다. 푸른 두 눈에는 혼란스러운 눈빛이 돌풍처럼 스쳐지나가곤 했다. 그는 언제나 더블 버튼 양복을 입었고 매우 부드러운 고무창이 달린 구두를 즐겨 신어서 걸음걸이가 경쾌해 보였다.

시간이 좀 지난 후, 나는 상대가 어떤 사람인지 알게 되었다. 그의 입을 통해서 알게 된 것은 아니다. 내가 물어볼 때만 자신의 과거에 대해 입을 열었으니 말이다.

그는 스물여섯 살 때 어느 통신사에서 상하이로 파견되어 갔다. 그리고 그곳에서 프랑스어와 중국어 두 가지 판으로 발행하는 일간신문을 창간했다. 장제스 정부에 통신성 자문관 자격으로 부름을 받았는데 장제스의 부인이 앙리 마리냥의 매력에 넘어간 것이라는 소문이 돌았다. 그는 중국에 칠 년 동안 머물렀다.

프랑스에 돌아오자 그는 『잃어버린 상하이』라는 회고록을 출판했는데 나는 그 책의 몇 페이지를 통째로 외울 수 있다. 그 책에서 그는 진짜, 가짜 장군들이며 은행가들, 〈오너라 소녀야〉를 노래하며 거리를 지나가는 장례 행렬, 커다란 노랑나비들이 수놓인 장밋빛 양말을 신고 쉰 목소리로 노래하는 여자 가수들, 아편 냄새와 썩은 내, 신발과 옷을 곰팡이로 뒤덮는 축축한 밤 등의 1930년대의 중국을 묘사했다. 책에서 그는 자신의 청춘의 도시였던 상하이에 감동적이고 향수어린 찬사를 바친다. 그뒤로 수년 동안은 지하활동에 뜻을 두고 국제 여단*, 카굴** 단원들과 동시에 교유했다. 1940년부터 1945년까지는 파리, 비시, 리스본 사이에서 수수께끼 같은 '임무'를 띠고 활약했다. 1945년 4월, 그는 베를린에서 가족관계 등록상 종적을 감추게 된다. 앙리 마리냥은 그런 사람이었다.

나는 트로카데로공원에 다다르기 전 마지막 건물들 중 하나인 뉴욕대로 52번지인가로 그를 찾아가곤 했다. 아파트 주인은 준비에브 카틀랭인가 하는, 매우 품위 있고 모호한 인상에 두 눈엔 에메랄드빛 그늘이 진 금발의 여자였다. 그녀는 응접실 소파에 그와 함께 앉아 있다가 내가 안으로 들어서면 그에게 이렇게 말하곤 했다.

---

* 스페인내전 당시 스페인 제2공화국 정부를 지원하기 위해 세계 각국에서 모인 의용군단.
** 혁명비밀행동위원회. 1935년부터 1940년까지 활동한 극우단체로, 프랑스어로 복면을 뜻하는 '카굴'을 쓴 데서 그 이름이 유래했다.

"모디아노 씨가 오셨네, 당신의 공모자."

여러 차례에 걸쳐 그는 밤 열시에 뉴욕대로에서 만나자고 했다. 그때마다 응접실에는 마치 축제나 칵테일파티가 있는 것처럼 사람들이 들끓었다. 준비에브 카틀랭은 이 무리 저 무리로 왔다갔다했고 마리냥은 한갓진 곳에 혼자 떨어져 있었다. 나를 보자마자 그는 상체를 꼿꼿이 세우고 펄쩍펄쩍 뛰는 듯한 걸음걸이로 다가왔다.

"나가서 바람 좀 쏘이자고." 그가 말했다.

우리는 발길 닿는 대로 파리의 거리를 걸어다녔다. 어느 날 저녁 그는 도메닐대로 근처 리옹역 앞의 차이나타운을 소개해주었다. 이제는 중국인들 대신 아랍인들이 자리를 차지하고 있었지만 가트부아가에는 여전히 '적룡赤龍'이라는 간판이 붙은 호텔이 남아 있었다. 일층은 중국 식당이었다. 우리는 이층으로 올라갔다. 군데군데 너덜너덜해진 암홍색 비로드로 벽을 덮은 커다란 홀이었다. 유리가 더러워진 세 개의 창문과 칙칙한 회색 바닥을 전등 하나가 비추었다. 마루 판자는 떨어져나가고 없었다. 한쪽 구석에는 의자가 쌓여 있고 트렁크 하나와 낡은 찬장이 놓여 있었다. 창고로 쓰이는 방이었다.

"폐허가 되어버렸군." 마리냥은 한숨을 쉬었다.

이곳은 점령기 파리에서 아편을 피울 수 있는 유일한 장소였다고 그가 설명했다. 그는 언젠가 저녁에 여배우 루이자 페리다와 함께 이곳에 온 일이 있었다.

우리는 바빌론가의 라파고드*까지 한 바퀴 돌아가기도 했고 페르낭

---

* 파리 7구 소재 영화관. 1896년 건축가 알렉상드르 마르셀이 일본식으로 기와를 얹어 지은 건물로, 1931년 영화관으로 개방되어 1960년대 실험적 영화를 다수 상영했다.

블로크라는 사람이 1928년에 건축했다는 표지판이 붙어 있는, 쿠르셀가의 그 커다란 중국식 건물* 앞에서 발길을 멈추기도 했다. 기메박물관과 세르뉘시박물관의 전시실을 서성거리기도 하고 심지어 불로뉴에 있는 알베르 칸 씨의 아시아풍 정원에서 산책도 했다. 마리냥은 상념에 잠기곤 했다.

나는 그를 뉴욕대로까지 바래다주면서 신비스러운 준비에브 카틀랭과 그가 어떤 사이인지 알아보려고 애썼다.

"아주아주 오래된 연애 이야기지." 어느 날 저녁 그가 나에게 털어놓았다. "내게 아직 출생 기록이 있던 시절, 그러니까 지금 같은 유령이 아니었던 시절 말이야. 내가 1945년에 사망했다는 건 알고 있지?"

계속 살아가고 있는데도 존재를 인정받지 못하다니 도대체 어찌된 일일까? 그는 마흔 살부터 얼굴을 바꾸고, 엉클 로니라는 가명으로 동화를 써서 돈을 약간 벌었노라고 말했다. 그가 영어로 쓴 '엉클 로니 이야기' 시리즈는 영국, 심지어 미국에서까지 팔리고 있었다. 게다가 그는 미술품 브로커 일도 조금 하고 있다고 했다.

그러나 그의 머릿속은 중국으로 떠날 계획으로 가득차 있었다. 길 한복판에서 그가 불쑥 물었다.

"그곳 기후를 견뎌낼 것 같아?"

혹은

"그곳에 가서 일 년쯤 머물 각오가 되어 있나?"

혹은

---

* 몽소공원 인근의 사층짜리 붉은 벽돌 건물로, 라파고드 영화관과 함께 파리 시내에서 유난히 눈에 띄는 오래된 동양식 건축물이다.

"파트릭, 디프테리아 예방주사는 맞았나?"

마침내 그가 내게 자기 구상을 말했다. 여러 해 전부터 그는 저우언라이와 그의 주변 인물들이 외교적인 만찬이나 외국 귀빈들을 접대하는 파티에서 찍은 사진들을 신문이나 잡지에서 오려 모아두었다고 했다. 심지어 미국 대통령이 중국을 방문할 당시의 뉴스 영상도 보고 또 보았다. 저우언라이의 왼쪽, 그와 어깨가 거의 닿을 듯한 자리에는 항상 웃음을 띤 동일한 인물이 자리잡고 있었다. 그런데 마리냥은 예전에 상하이에서 그 인물과 알고 지냈던 것이 틀림없다고 했다.

그의 말은 점점 더 빨라졌고, 그의 눈길은 더욱 골똘히 무언가에 빠져들었다. 마치 사라져버린 어떤 세계의 윤곽을 다시 찾으려고 애쓰는 것처럼. 조프르대로의 프랑스 조계租界에는 카첸코라는 식당이 있다. 식탁에는 하늘색 식탁보가 덮여 있고 그 위에 초록색 갓을 씌운 작은 등이 놓여 있다. 프랑스 영사가 자주 그곳에 온다. 상하이에서 가장 돈이 많은 환전상인 케네스 커밍스도 온다. 몇 계단을 내려가면 춤을 출 수 있는 무대에 이르게 된다. 식사하는 동안 오케스트라가 부드러운 음악을 깔아준다. 많아야 열여덟 살 정도 되어 보이는 중국인 피아니스트를 제외하고 악사들은 모두 서양 사람이다. 저우언라이 옆에 있던 사람은 다름 아닌 바로 그 피아니스트였다. 마리냥은 맹세코 그 피아니스트가 맞다고 확신했다. 그 시기에 그는 로제 푸생이라고 불렸다. 그는 예수회 학교에 다녔으므로 프랑스어가 유창했다. 마리냥은 그를 가장 친한 친구로 여겼다. 로제 푸생은 신문사에서 일하면서 중국어로 기사를 쓰기도 하고 번역도 했다. 그는 카첸코에서 자정까지 피아노를 연주했고 마리냥은 저녁마다 그를 찾아왔다. 푸생은 스물다섯 살의 세련된 청년이었다. 그는 이리저리 돌아다니기를 좋아했다. 에두아르 세트 대로의 '카사노바'나 쥐바오산가의 '리츠'에서 중국인 직업 댄서나 하얼빈의 백러시아인들 사이에서 보낸 밤들…… 로제 푸생은 끝에 가서는 늘 피아노 앞에 앉아 콜 포터의 멜로디를 연주했다. 푸생은 그 시절의 상하이 그 자체였다.

이제는 저우언라이의 측근이 되었으니 무슨 일이 있어도 그와 접촉해야 했다. 마리냥은 여러 해 전부터 그 생각을 했지만 그때마다 일을 벌이는 것이 어려워 곧 포기하고 말았다. 그는 자기를 격려해줄 수 있는 나 같은 부류의 '젊은이'를 만나게 되어 기쁘다고 했다. 사실 나는 사람들의 이야기를 경청하고 그들의 꿈을 공유하고 원대한 계획에 용기를 불어넣어주는 태도가 몸에 배어 있었다.

몇 주가 흘렀다. 마리냥은 우리가 만나던 카페에서 끊임없이 전화를 걸었다. 나에게는 아무 내색도 하지 않았고 내가 용기를 내어 질문하면 한결같이 이렇게 대답했다.

"곧 '접선 기회'가 있을 거야."

어느 날 오후, 그는 나에게 강변에 있는 뉴욕대로의 자기 집에서 만나자고 했다. 그는 직접 문을 열어주고는 나를 응접실로 안내했다. 네 개의 창문이 센강 쪽으로 난 커다란 하얀색 응접실 한가운데에 우리 둘뿐이었다. 화병이 평상시보다 더 많았다. 난초, 장미, 분꽃 다발, 그리고 맨 안쪽에는 작은 오렌지나무 한 그루가 있었다.

그는 쥬비에브 카틀랭이 피우던 금빛 필터가 달린 담배 한 대를 내게 권하고는 상황을 설명했다. 그의 말로는 로제 푸생과 연결해줄 중개인은 단 한 사람뿐이었다. 바로 파리 주재 중공 대사였다. 아주 말단 직원이라도 일단 대사관 직원 한 사람을 만나 솔직하게 털어놓는 것이 상책이라고 했다. 썩 괜찮은 그의 중국어 실력이 우리에게 유리하게 작용하리라고 마리냥은 생각했다. 그런데 조르주 생크 대로의 외교관과 관계를 맺기란 매우 어려운 일이었다. 프랑스와 중국 사이에는 분명 공식적인 단체나 중불친선협회 같은 단체가 있을 터였다. 그렇지만 그 단체들 속으로 어떻게 침투할 것인가? 그 생각을 하다 그는 조르주 보 웨를 떠올렸다. 두 사람 다 젊었던 시절 '상하이 커머셜 앤드 세이빙 뱅크'에서 일하던 섬세하고 좀 변덕스러운 청년이었는데 마리냥의 신문 창간을 위해 여러 합자회사의 자금을 끌어와준 사람이었다. 그는 삼십 년 전부터 파리에 정착해 다이아몬드상을 하고 있었다.

우리는 그를 기다렸다.

그는 눈에 보이지 않는 스케이트를 신은 것처럼 우리 쪽으로 미끄러지듯 다가왔다. 마리냥이 나에게 그를 소개했고 그는 관자놀이까지 주름이 깊이 패도록 나에게 미소를 지었다. 그는 키가 작고 뚱뚱한데도 매우 유연해 보였다. 달덩이 같은 얼굴에 은빛 머리털은 뒤로 빗어넘겼다. 줄무늬가 있는 짙은 회색 양복은 일류 양복점의 제품이었다. 그는 손톱에 매니큐어를 바른 손을 비비면서 긴 의자에 앉았다.

"잘 있었나, 토토?" 그가 마리냥에게 말했다.

마리냥은 목소리를 가다듬었다.

"그래 새로운 일 좀 있나, 토토?" 그의 목소리는 감미로웠다.

마리냥은 다짜고짜 우리가 중국 여행을 계획하고 있어서 중국 대사관에 가능한 한 빨리 연줄을 대야 한다고 설명했다. 그리고 그에게 혹시 어떤 '정보'를 줄 수 있는지?

그는 이번에는 거의 이마까지 주름이 깊이 패는 미소를 지었다.

"그 얘길 하려고 나를 오라고 한 거야?"

그는 가죽 갑에서 담배 한 개비를 꺼내더니 담뱃갑을 신경질적으로 닫았다. 그리고 긴 의자 깊숙이 몸을 기대었다. 우리 맞은편에 있는, 빤들빤들하고 뚱뚱한 그는 향수를 뿌린 목욕통에 빠졌다가 나온 듯했다. 그에게서는 펜할리곤스 향수 냄새가 났다.

그가 갑자기 심각해졌다. 그러더니 눈썹을 찌푸렸다.

"물론, 맞아, 나야 중공 대사관 사람들을 알지, 토토. 단지…… 단지……" 그는 우리를 애태우려는 듯 말을 멈추었다. "단지 그 사람들에게 자네 얘기를 하긴 어려울 거야……"

마리냥이 로제 푸셍 이야기를 전혀 내비치지 않는 것이 이상하게 여겨졌지만 그 나름대로 이유가 있을 터였다.

"하급 서기 정도만 만나면 충분한 일인데 뭘." 마리냥이 말했다.

보 웨는 담배 연기를 들이마시지 않고 단번에 뱉어냈다. 그때마다 그의 얼굴이 짙은 연기에 가려졌다.

"물론 그렇겠지." 그가 말했다. "다만 중공은 우리가 알던 중국과는 전혀 딴판인 나라거든. 알겠어, 토토?"

"그렇군……" 마리냥이 말했다.

"내가 상무관 한 사람을 알고 있긴 한데." 보 웨는 마치 날아가는 나비를 눈으로 좇듯 창문들과 방 안쪽을 바라보며 말했다. "그런데 거긴 뭐하러 또 가려는 거지?"

마리냥은 대답하지 않았다.

"이젠 아무것도 알아보지 못하게 변했을 거야, 토토."

어둠이 차츰 실내로 스며들었다. 마리냥은 전등을 켜지 않았다. 그들은 입을 다물고 잠자코 있었다. 조르주 보 웨는 눈을 감았다. 마리냥의 오른쪽 뺨에 주름이 길게 패어 있었다. 누군가 문을 열었다 다시 닫는 소리. 파스텔화 같은 실루엣. 준비에브 카틀랭.

"왜 어두운데 그러고들 앉아 계세요?" 그녀가 물었다.

보 웨는 펄쩍 뛰듯 일어나 그녀의 손에 키스했다.

"조르주 보…… 어쩐 일이세요……"

우리는 예나대로에 있는 택시 정류장까지 보 웨를 배웅했다.

"전화하리다." 그가 말했다. "진득하게 기다려요. 진득하게."

마리냥과 나는 결정적인 한 걸음을 내디딘 기분이었다.

*

우리는 뉴욕대로에 있는 마리냥의 방에서 조르주 보 웨의 전화를 기다렸다. 집 현관에서 작은 층계를 올라가면 그 방에 이르게 되어 있었다. 침대 머리맡 탁자에 놓인, 매끄러운 얼굴에 평소보다 더 반짝거리는 눈빛인 스무 살 적 준비에브 카틀랭의 사진 한 장. 그녀는 비행사 헬멧을 썼고, 헬멧 밖으로 금빛 머리카락이 빠져나와 있었다. 마리냥은 그녀가 '구닥다리 비행기'를 타고 세계신기록을 세운 바 있다고 나에게 설명했다. 나는 그녀에게 반해버렸다.

조르주 보 웨는 저녁 무렵 전화를 하곤 했지만 일곱시에서 열시 사이에 전화가 올 수도 있는 일이었다. 우리의 조바심과 초조함을 달래기 위해 마리냥은 낡은 상하이 전화번호부를 뒤적거리면서 나에게 받아적게 했다.

C.T. 왕	아미랄쿠르베가 90번지	09.12.14
유대인 교회 '베델'	푸초우 로드 24번지	
D. 아르디빌리에	버블링 웰 로드 2번지	07.09.01
비너스	세추엔 로드 3번지	10.41.62
독시옹 드 뤼페	젱 우 쳉 20번지	01.41.28
사순 협회	쑤저우강	78.20.11
생세르 백화점	난징 로드	40.33.17

따르릉 소리. 전화벨소리가 맞는지 확인하고 나서야 우리는 수화기를 들었다. 마리냥은 송수화기를 들고 나는 보조 수화기를 들었다. 주고받는 대화는 언제나 똑같았다.

"여보세요, 조르주 보?" 마리냥은 억양 없는 목소리로 말했다.

"어떻게 지내나, 앙리?"

"잘 지내. 자네는?"

"아주 잘 지내지."

잠시 침묵.

"뭐 새로운 거 있나, 보?" 마리냥은 짐짓 명랑한 척 꾸민 어조로 물었다.

"접촉을 하고 있지."

"그래서?"

"일은 제대로 진행되고 있어, 토토. 아직은 좀더 진득하게 기다리게."

"언제까지, 조르주?"

"다시 전화하지. 그럼 또 보세, 앙리."

"잘 있게, 보."

그는 송수화기를 내려놓았다. 매번 우리는 몹시 실망했다.

넓은 응접실에서 웅성거리는 대화 소리가 우리에게까지 들렸다. 그곳은 언제나처럼 사람들로 가득했다. 준비에브 카틀랭이 우리에게 손짓해 보였다. 우리는 여기저기 모여 선 손님들 무리를 헤치고 그녀에게로 갔다. 하지만 그 누구에게도 말을 걸지 않았다. 그녀가 우리를 배웅해주었다.

"그럼 이따가 만나, 앙리." 그녀는 마리냥에게 말했다. "너무 늦게 돌아오진 마."

그녀는 문 앞에 서 있었다. 금빛 머리카락에 내 마음을 뒤흔드는 저 신비스러운 전기를 가득 띠고서.

밤이 내리기 시작했다. 우리는 조르주 보 웨를 자주 만났고 피에르 프르미에 드 세르비 대로에 있는 향수어린 식당 '라 칼라바도스'에 셋이서 식사하러 가서는 새벽 두시까지 머물곤 했다. 이 같은 시련에 우리 신경은 극도로 곤두섰다. 사실 그가 우리를 위해 대사관과 취한, 혹은 취하지 않은 교섭에 대해 질문해봐야 소용없는 일이었다. 그는 화제를 바꾸면서 대답을 피하거나 아니면 "대사들은 토끼와 같아서 놀라지 않게 서서히 다가가야 하는 거라고. 안 그래, 토토?"와 같은 식으로 얼버무리는 게 고작이었다. 그가 환하게 미소 짓자 얼굴 가득 주름이 졌다. 마리냥은 절대 그를 정면으로 공격하는 법 없이 미묘한 암시나 의뭉스러운 말로 속내를 넌지시 내비쳤다. 조르주 보 웨는 그것을 하나하나 피해갔다. 참다못한 마리냥은 마침내 이렇게 말하고 말았다. "우리가 대사관의 누군가를 만날 수는 있다고 생각하나?" 그에 대하여 보 웨는 한결같이 이렇게 말했다. "자네도 알다시피 중국에서는 진득하게 기다려야 한단 말이야, 토토. 거기에 상응하는 태도를 취해야 한다고." 그가 담배 연기를 빨아들였다가 곧 내뱉으면 그의 얼굴은 장막 같은 연기 뒤로 사라졌다.

헤어지기 전에 그가 우리에게 말했다.

"내일 전화하지. 새로운 소식이 있을지도 몰라. 잘 가요."

그러면 마리냥과 나는 희망과 용기를 다시 얻기 위해 '라 칼라바도스'의 텅 빈 홀에서 마지막으로 한 잔 마셨다. 〈주르날 드 상하이〉의 옛 친구 앙리가 다시 만나고 싶어한다는 걸 알면 로제 푸생은 어떤 반응을 보일까? 그가 잊어버리지는 않았을 것이다. 그럴 리 없었다.

이제 곧 프랑스와 중국 사이에 수 킬로미터의 거리와 오랜 세월을 거슬러 어떤 관계가 맺어지려는 차였다. 그러나 보 웨의 생각이 틀리지는 않을 테니 절대로 서둘러서는 안 될 일이었다. 그랬다가는 그 거미줄이 끊어질 염려가 있었다.

뉴욕대로의 집 현관문 앞에서 마리냥이 나와 악수를 했다.

"이 중국 이야기를 준비에브에게는 한마디도 비치지 않기야. 알았지? 자네만 믿어. 내일 보자고. 걱정할 것 없어. 목표가 목전에 와 있어."

나는 그레지보당광장에 있는 내 작은 방으로 돌아왔다. 창턱에 팔꿈치를 기댔다. 마리냥은 왜 중국으로 떠나려는 것일까? 자신의 청춘을 되찾겠다는 희망 때문이라고 그는 말했다. 그런데 나는? 그것은 세상의 다른 끝이었다. 나는 바로 거기에 나의 뿌리, 나의 가정, 나의 보금

자리, 내게 없는 모든 것이 있다고 나 자신을 설득하고 있었다.

전화벨이 울렸다. 그런데 우리 중개자의 약속과는 달리 새로운 소식은 전혀 없었다. 이제 우리는 뉴욕대로의 아파트 옆 카페에서 기다리면서 하루하루를 보냈다. 조르주 보 웨는 그곳으로 우리를 찾아오곤 했다.

마리냥은 달콤한 술을 물도 타지 않고 마셨고 나도 덩달아 따라 했다. 예순 살인 그가 나보다 술이 훨씬 센 것 같았다. 그는 반은 브리 지방, 반은 보스 지방 혈통을 타고난 사람이어서 농촌 사람 특유의 투박하고 단단한 체질이었다. 단, 황폐화된 내면을 훤히 드러내 보이는 시선은 예외였다.

그는 쑤저우의 연꽃밭 이야기를 했다. 아침 일찍 우리가 나룻배를 타고 호수를 건너가면 떠오르는 햇빛에 연꽃들이 꽃잎을 여는 것을 보게 될 것이라고 그는 말했다.

여러 날이 흘러갔다. 우리는 그 카페를 떠나지 않았다. 우리는 일종의 절망감에 사로잡혀 있었다. 여전히 떠나게 되리라고 확신하며 희망과 희열의 순간을 맛보았다. 그러나 계절이 몇 번 바뀌었다. 곧 우리 주위에는 점점 더 희미해지는 조르주 보 웨의 실루엣이 언뜻 비치는 옅은 안개만 서려 있을 뿐이었다.

3

 레옹보두아예가와 그 비슷한 다른 작은 골목들이 두 구區 사이에 어정쩡한 독립 구역을 이루고 있다. 오른쪽으로는 귀족적인 7구가 시작되고 왼쪽으로는 그르넬, 레콜밀리테르, 그리고 옛날에는 군인들이 와글거리던 술집들 거리인 라모트피케 지구가 있다.
 나의 할머니는 그 레옹보두아예가에 살았다. 어느 무렵이었을까? 1930년대였을 거라 생각한다. 몇 번지였던가? 나로서는 알지 못할 일이다. 그런데 레옹보두아예가의 건물들은 모두 1900년대 양식으로 지어진 탓에 입구, 창문, 돌출부가 하나같이 똑같이 생겨서 길 양쪽 끝에서 끝까지 건물 전면부는 단조로웠다. 길 저편의 개방된 곳으로 에펠탑이 보인다. 오른쪽 첫번째 건물 벽에는 '미래 연금 생활자들 소유 건물'이라는 표지판이 붙어 있다. 할머니는 어쩌면 그곳에 살았을 것이다. 할머니에 대해 내가 아는 것은 거의 없다. 사진이란 사진은―혹시 사진 같은 것이 있었다 한들―모두 없어졌으므로 나는 할머니의 얼굴을 알지 못한다. 할머니는 필라델피아의 어느 양탄자 짜는 기술자의 딸이었다. 나의 할아버지는 베네수엘라로 떠나기 전까지 어린 시절과 청년 시절의 일부를 알렉산드리아에서 보냈다. 어떤 우연으로 그들이 파리에서 만났으며, 할머니는 어쩌다 만년에 레옹보두아예가로 오게 되었던 것일까?

할머니가 집에 돌아올 때면 접어들었을 그 길을 이번에는 내가 따라갔다. 어느 햇빛 좋은 10월의 오후였다. 세자르프랑크가, 알베르드라파랑가, 조제마리아드에레디아가…… 나는 인근의 모든 길을 휘적휘적 걸어다녔다. 할머니는 어느 상점을 단골삼아 드나들었을까? 세자르프랑크가에는 식료품점이 하나 있다. 그 가게는 그때도 이미 있었을까? 발랑탱아위가에 있는 노포 식당의 창유리에는 반원형으로 '포도주와 리큐어'라고 쓰여 있다. 할머니의 두 아들은 할머니를 어느 날 저녁 이곳으로 모시고 오기도 했을까?

나는 레옹보두아예가로 접어들었다. 삭스대로에서부터 페리농가를 거쳐 건물 입구마다 발길을 멈춰가며 왔다. 건물 계단실 속 하나같이 똑같게 생긴 승강기들 중 하나는 할머니가 타던 승강기였다. 같은 햇빛 아래 같은 포도를 따라 집으로 돌아올 때면 할머니는 오늘처럼 한가한 오후의 끝 무렵을 경험했을 것이다. 그렇게 사람들은 그때 한 걸음 한 걸음 다가오던 전쟁을 모른 체하고 있었으리라.

삭스대로의 모퉁이에서 나는 레옹보두아예가에 마지막으로 눈길을 던졌다. 파리의 부르주아 동네 변두리에서 수십 개씩 찾아볼 수 있는 다른 거리들과 마찬가지로 매력도 가로수도 없는 어떤 거리. 삭스대로 지척에서 나는 한 허름한 서점으로 들어갔다. 할머니는 때때로 이곳에 소설책을 사러 오기도 했을까? 아니, 그럴 리 없다. 서점 주인은 서점이 생긴 지 십오 년밖에 되지 않았으며, 전에는 이 자리에 부인복 상점이 있었다고 말했다. 상점들은 주인이 바뀐다. 그런 것이 장사다. 우리는 결국 어떤 것들이 차지하고 있던 정확한 장소를 더이상 잘 알지 못하게 되고 만다. 그렇게 해서 1917년 독일군의 장거리포가 파리를 위협하고 있을 때 할머니는 앙기앵* 쪽에 있는 제임스 레비라는 친척집으로 아이들을 데리고 갔다. 어느 날 사람들이 찾아와 레비를 데려갔고 그후 아무도 그를 다시 보지 못했다. 할머니는 수소문했고 치안국과 국방성에 편지를 보내보기도 했다. 아무런 성과가 없었다. 그래서 할머니는 사람들이 그를 독일 스파이로 오해해 총살한 것이라고 결론지었다.

  나 역시 그 점에 대해 더 자세히 알고 싶었지만 아직껏 제임스 레비가 이 세상에 살다 간 아주 작은 흔적 하나, 아주 작은 증거 하나 찾지 못했다. 심지어 앙기앵 시청의 기록 보관소들까지 뒤져보기도 했다. 그런데 그의 집이 있던 곳이 분명 앙기앵 쪽이기는 했던 것일까?

---

* 브뤼셀에서 서남쪽으로 약 30킬로미터 떨어진 벨기에 도시.

4

내 어머니는 열여덟 살 때 고향인 앙베르*에서 영화계에 데뷔했다. 그때까지 어머니는 국영 가스회사에서 일했고 배우가 되기 위해 발성법 강의를 들었는데 얀 판데르헤이던이라는 사람의 주도하에 피케스트라트에 영화 촬영소가 하나 세워지자 거기에 지원해 채용되었다.

언제나 같은 배우들과 같은 기술진을 쓰는 판데르헤이던을 중심으로 이내 하나의 팀이 구성되었다. 그는 제작자이자 감독으로서 기록적인 시간 안에 영화들을 촬영해냈다. 피케스트라트 영화 스튜디오는 진짜 벌통 같은 곳이었는데 신문기자들은 그곳을 '안트베르펜의 할리우드', 즉 앙베르의 할리우드라고 부를 정도였다.

---

* 벨기에에서 두번째로 큰 도시로, 네덜란드어 도시명은 안트베르펜이다.

어머니는 판데르헤이던이 만든 네 편의 영화에 출연한 매우 젊은 스타였다. 그 감독은 1939년에 첫 두 편 〈그 남자는 천사〉와 〈얀센 대 페테르〉를 만들었다. 그다음의 〈화해한 얀센과 페테르〉와 〈행운을 빈다, 모니크〉는 1941년 작품이었다. 그중 세 편은 앙베르를 배경으로 한 대중적인 코미디 영화로서, 당시의 한 비평가가 썼듯이 판데르헤이던을 '에스코 강가의 파뇰*'이라 불리게 만들었다. 네번째 작품 〈행운을 빈다, 모니크〉는 뮤지컬 영화였다.

그러는 사이 판데르헤이던의 제작사는 독일의 통제를 받게 되었고, 어머니는 몇 주 동안 베를린으로 보내져 빌리 포르스트가 감독한 〈벨아미〉에서 단역을 맡았다.

1939년 그해에 어머니는 또한 앙베르의 엠파이어 극장과 계약을 맺었다. 거기서 번갈아가며 '무용수'와 '모델' 역할을 했다. 6월부터 12월 사이 엠파이어 극장이 상영한, 〈노, 노, 나네트〉를 각색한 연극에도 나왔다. 그리고 1940년 1월부터는 〈내일은 모두 잘되리라〉라는 시사 희극에 나왔다. 어머니는 마지막 장면 한가운데에 등장했다. 무용수들이 '체임벌린' 우산**을 가지고 춤출 때 어머니는 황금 빛살에 머리가 둘러싸인 채 기구氣球를 타고 솟아올랐다. 솟아오르고 또 솟아올랐으며 소나기는 그치고 우산들은 접혔다. 어머니는 1940년대의 모든 어둠을 자신의 빛으로 걷어내는, 떠오르는 태양의 이미지였다. 어머니는 기구 위에서 관객에게 인사했고 오케스트라는 접속곡을 연주했다. 막이 내

---

* 마르셀 파뇰. 풍자 희극으로 널리 알려진 프랑스의 극작가이자 영화 제작자.
** 검은색 장우산을 흔히 이르는 말. 영국 총리 네빌 체임벌린이 자주 들고 다닌 데서 유래되었다.

렸다. 그때마다 무대장치 담당자들은 장난을 하느라 어머니를 기구에 태운 채 저 허공 꼭대기의 어둠 속에 그대로 내버려두곤 했다.

어머니는 반다이크 강변로 가까이에 있는 조그만 가옥 이층에 살았다. 집 창문들 중 하나는 에스코강과 강기슭 산책로와 그 끝의 큰 카페 쪽으로 나 있었다. 저녁마다 어머니가 분장실에서 분장을 하던 엠파이어 극장. 세관 건물. 항구 거리와 분수들. 전차가 덜컹거리며 지나가고 안개가 마침내 전차의 노란 불빛을 묻어버릴 때 길을 건너는 어머니의 모습이 내 눈에 선하다. 밤이다. 증기선들의 기적소리가 들린다.

엠파이어 극장의 분장사는 어머니를 좋아하게 되어 매니저로 일하고 싶어했다. 말이 매우 느리고 거북이 등딱지로 만든 굵은 테 안경을 쓴 살찐 남자였다. 그런데 밤이 되면 그는 그리스인 지구의 뱃사람들이 출입하는 술집에서 나비부인으로 분장하고 노래를 했다. 그의 말에 따르면 판데르헤이던의 영화가 제아무리 근사하고 편 수가 많다 해도 한 여배우의 출셋길을 보장해주지는 못한다고 했다. 이 아가씨야, 좀 더 높은 곳을 올려다볼 줄 알아야지. 그런데 마침 그는 준비중인 영화에 조연을 맡길 젊은 아가씨를 찾고 있는 힘있는 제작자들을 알고 있었다. 그는 어머니를 그들에게 소개했다.

그들은 바로 펠릭스 오펜펠트와 오펜펠트 시니어라 불리는 그의 아버지였다. 베를린에서 보석 중개 일을 하는 오펜펠트 시니어는 히틀러가 독일에서 정권을 잡고 유대인 기업들을 위협하기 시작하자 앙베르로 피신해 와 있었다. 그 아들은 독일 영화사 '테라 필름'의 제작자로 있다가 나중에는 미국에서 일했다.

그들은 어머니를 마음에 들어했다. 어머니에게 연기 테스트도 요구하지 않고 그들 앞에서 당장 스크립트의 한 장면을 연기해보라고 청했다. '수영 선수들과 형사들'이라는 제목이었는데 영화계에 데뷔하고자 하는 네덜란드 올림픽 대표 수영 선수 빌리 덴 우덴을 모델로 쓴 시나리오였다. 어머니가 내게 들려준 이야기에 따르면 탐정소설 같은 시나리오의 줄거리는 매우 엉성했고, 사실 다이빙과 수중발레를 보여주기 위한 구실에 지나지 않았다. 어머니는 빌리 덴 우덴의 가장 절친한 여자친구 역을 맡았다.

나는 그때 어머니가 서명한 계약서를 찾아냈다. 상단에 '오펜펠트 필름'의 로고가 찍힌 매우 두껍고 무늬가 있는 하늘색 종이 두 장이었다. 오펜펠트의 O자는 매우 크고 우아하게 둥글렸고 굵은 획과 가는 획이 이어졌다. O자 속에는 작은 브란덴부르크 문이 세밀화로 가늘게 그려져 있다. 그 개선문은 두 제작자가 베를린 출신임을 상기시키기 위해 그려넣은 것으로 짐작된다.

장차 내 엄마가 될 그분은 총액 7만 5천 벨기에프랑을 촬영하는 주초에 나누어 받기로 했다. 그리고 이 금액은 계약이 만료되거나 계약을 연장하더라도 늘거나 줄지 않도록 쌍방 간에 합의했다. 또한 분장을 하거나 의상을 갖춰입는 시간은 실질적인 작업이 아니라 준비작업으로 간주하도록 명시했다.

계약서 아래쪽에는 어머니의 정성 들인 서명, 펠릭스 오펜펠트의 매우 힘찬 서명, 더 급히 휘갈겨쓴 제삼의 서명이 있고 그 밑에는 오펜펠트 시니어라고 타이핑되어 있었다.

계약 체결 날짜는 1940년 4월 21일로 되어 있다.

그들은 그날 저녁 어머니를 식사에 초대했다. 의상 담당자 역시 시나리오 작가 앙리 푸트만과 함께 파티에 초대받았다. 푸트만은 국적이 어딘지 알 수 없었다. 벨기에인일까? 영국인일까? 독일인일까? 빌리 덴 우덴도 내 어머니와 인사차 오기로 되어 있었으나 마지막 순간 올 수 없게 되었다. 매우 즐거운 식사 자리였다. 두 오펜펠트—특히 펠릭스—는 전형적인 베를린 사람 특유의 정중하면서도 유쾌한 예의를 갖춘 이들이었다. 펠릭스 오펜펠트는 영화에 대해 낙관적이었다. 한 미국 회사가 벌써부터 영화에 관심을 보인다는 것이었다. 그가 전부터 스포츠 소재의 탐정 코미디 영화를 찍어야 한다고 그들을 설득하며 노력해온 터여서…… 식사중에 그들은 사진을 한 장 찍었는데, 그 사진이 지금 내 책상에 놓여 있다. 번쩍거리는 검은 머리를 뒤로 빗어넘기고 매우 가는 콧수염과 아름다운 손을 가진 사람이 펠릭스 오펜펠트다. 약간 뒤쪽의 뚱뚱한 두 사람은 푸트만과 의상 담당자다. 족제비 같은 얼굴에 둥근 눈이 멋진 노인이 오펜펠트 시니어다. 끝으로 비비안 리를 닮은 젊은 아가씨가 내 어머니다.

영화의 시작 부분에 어머니는 한 시퀀스를 혼자서 연기했다. 어머니는 노래를 부르며 방을 정돈하고 전화를 받는다. 펠릭스 오펜펠트가 감독을 맡았는데 그는 시간 순서에 따라 이야기를 풀어가기로 결정해 둔 터였다.

첫 촬영은 소노르 드 브뤼셀 촬영소에서 1940년 5월 10일 금요일로 예정되어 있었다. 어머니는 아침 열시 반에는 그곳에 가야 했다. 사는 곳이 앙베르였으므로 매우 이른 아침에 기차를 탈 생각이었다.

그 전날, 어머니는 출연료 약간을 선불로 받은 덕분에 예쁜 가죽 브리프케이스 하나와 엘리자베스 아덴에서 나온 화장품 몇 가지를 샀다.

오후 늦게 집에 돌아와서는 맡은 배역의 연기 연습을 조금 하고 식사를 한 다음 잠자리에 들었다.

새벽 네시경 천둥소리가 나는 듯해 잠에서 깼다. 그런데 소음은 점점 더해갔다. 둔중하면서도 길게 이어지는 우르릉거리는 소리였다. 구급차들이 반다이크 강변로를 지나갔고, 사람들이 창문에서 내다보고들 있었다. 사이렌소리가 온 도시를 뒤흔들었다. 같은 층에 사는 이웃집 여자가 떨면서, 독일 비행대가 항구를 폭격하고 있는 것이라고 어머니에게 설명했다. 소란이 잦아들자 어머니는 다시 잠들었다. 일곱시에 자명종이 울렸다. 어머니는 지체 없이 브리프케이스를 들고 광장에 나가 전차를 기다렸다. 전차는 오지 않았다. 사람들이 무리 지어 낮은 소리로 수군거리며 지나갔다.

어머니는 결국 택시를 탔고, 역까지 가는 내내 택시 운전사는 넋두리하듯 되풀이해 말했다. "우리는 이제 끝장입니다…… 끝장이라고요…… 끝장……."

역 대합실에는 사람들이 북적였고 어머니는 브뤼셀행 기차 플랫폼까지 어렵사리 뚫고 나갔다. 개찰원을 둘러싸고 사람들이 질문을 하고 있었다. 아니요, 기차는 출발하지 않아요. 개찰원은 지시를 기다리고 있었다. 모든 사람이 같은 말을 되풀이했다. "독일군이 국경을 넘었다…… 독일군이 국경을 넘었다……."

여섯시 삼십분 라디오 뉴스 시간에 아나운서가 조금 전 나치 독일 군대가 벨기에, 네덜란드, 룩셈부르크를 침공했다고 보도했던 것이다.

그때 누군가 어머니의 팔을 건드렸다. 돌아다보니 검은 중절모를 쓴 오펜펠트 시니어였다. 그는 수염도 깎지 않은데다 족제비 같은 얼굴은 반쪽이 되고 두 눈은 휘둥그레져 있었다. 히바로 인디언들이 수집할 법한 저 주먹만한 머리통 한가운데에 커다랗고 푸른 두 눈. 그는 어머니를 역 밖으로 끌고 갔다.

"촬영소로 가서 펠릭스와 합류해야 해요…… 브뤼셀로…… 택시를 타고…… 빨리…… 택시를……"

그는 말을 온전하게 하지 못하고 반쯤 삼켰다.

택시 기사들은 폭격이 겁나서 그만한 장거리는 가려고 하지 않았다. 오펜펠트 시니어는 100프랑짜리 지폐로 그중 한 사람을 설득하는 데 성공했다. 택시 안에서 오펜펠트 시니어는 내 어머니에게 말했다.

"택시비는 반씩 나눠 냅시다."

어머니는 가진 돈이 20프랑밖에 없다고 설명했다.

"괜찮아요. 촬영소에 가서 상의합시다."

차를 타고 가는 동안 그는 별로 말이 없었다. 이따금 자기 주소록을 들춰보고 열에 들뜬 듯 외투와 윗옷 주머니를 뒤져보았다.

"가져온 짐이 이게 전부입니까?" 그는 어머니가 무릎 위에 올려놓은 소형 브리프케이스를 가리키면서 물었다.

"짐이라고요?"

"미안해요…… 미안해요…… 그렇죠…… 당신은 여기 남을 테니까, 당신은……"

그는 잘 들리지도 않는 몇 마디를 중얼거렸다. 그리고 어머니에게 몸을 돌렸다.

"저들이 벨기에의 중립을 침해할 줄은 꿈에도 몰랐어요."

그는 벨기에의 중립이라는 말의 음절마다 힘을 주었다. 틀림없이 이

두 음절의 말은 이날까지 그에게 어떤 막연한 희망을 의미했고, 믿지 않으면서도 그는 대단한 열의를 가지고 그 말을 자주 되풀이해야만 했다. 이제 그것이 다른 것들과 함께 쓸려나가버렸다. 벨기에의 중립이.

택시가 브뤼셀에 들어섰고 그들은 건물 몇 채가 불타버린 테르뷔렌 대로를 지났다. 소방대가 폐허 속을 뒤적거리고 있었다. 택시 운전사가 무슨 일이 있었느냐고 물었다. 여덟시경 한차례 폭격이 있었다고 했다.

소노르 촬영소 뜰 안에는 소형 화물차와 큼직한 무개차 한 대가 짐가방들을 싣고 기다리고 있었다. 오펜펠트 시니어와 내 어머니가 B번 스튜디오에 들어갔을 때 펠릭스 오펜펠트는 카메라와 영사기를 챙기는 기술자들에게 지시를 하는 중이었다.

"미국으로 떠날 겁니다." 펠릭스 오펜펠트는 확신에 찬 목소리로 내 어머니에게 말했다.

어머니는 등받이 없는 의자에 앉았다. 오펜펠트 시니어가 담배 케이스를 내밀었다.

"우리와 함께 떠날 생각 없어요? 그곳에 가서 영화를 찍어보려고요."

"당신이 국경을 넘는 데는 문제가 없을 겁니다." 펠릭스 오펜펠트가 말했다. "여권이 있으니까요."

그들은 스페인을 거쳐 가능한 한 빨리 리스본으로 갈 예정이었다. 펠릭스 오펜펠트는 절친한 친구라는 포르투갈 영사에게서 필요한 서류들을 받을 예정이었다.

"독일군이 내일이면 파리에, 이 주 후에는 런던에 들어설 겁니다."

오펜펠트 시니어가 고개를 저으며 말했다.

그들은 영화 기재들을 소형 화물차에 실었다. 오펜펠트 부자를 비롯해, 유대인이지만 빌헬름 2세를 꼭 닮은, 토비스 영화사의 촬영기사였던 그룬바움까지 셋이서 일을 하고 있었다. 그룬바움은 그 전주에 클로즈업 장면을 위한 조명 테스트를 같이 했기 때문에 어머니와는 안면이 있었다. 그룬바움은 소형 화물차 운전석에 자리잡았다.

"당신은 나를 따라와요, 마르크." 펠릭스 오펜펠트가 말했다.

그는 무개차에 올라탔다. 어머니와 오펜펠트 시니어는 그의 옆 앞좌석에 함께 끼어 앉았다. 뒷좌석은 여러 개의 트렁크와 선실용 짐가방으로 꽉 차 있었다.

촬영소의 기술자들은 그들에게 무사 여행을 기원해주었다. 펠릭스 오펜펠트는 매우 빨리 차를 몰았다. 화물차가 그 뒤를 따랐다.

"미국에서 영화를 찍어볼 겁니다." 오펜펠트 시니어가 거듭 말했다.

어머니는 아무 대답도 하지 않았다. 그 모든 일로 인해 다소 어리둥절해 있었던 것이다.

펠릭스 오펜펠트는 브루케어광장에 이르자 메트로폴호텔 앞에 차를 세웠다. 화물차도 따라서 정차했다.

"기다려요. 곧 돌아오겠습니다."

그는 호텔 안으로 뛰어들어갔다. 몇 분 후, 그는 물 두 병과 커다란 봉투 하나를 들고 돌아왔다.

"가다가 먹을 샌드위치를 샀어요."

그가 시동을 걸려고 할 때 내 어머니는 황급히 차에서 내렸다.

"저는…… 여기…… 남아야 해요." 어머니가 말했다.

오펜펠트 부자는 둘 다 희미한 웃음을 띠면서 어머니를 바라보았다. 어머니를 붙잡으려는 말은 한마디도 하지 않았다. 아마도 어머니야 위험할 것이 전혀 없다고 생각한 것이리라. 따지고 보면 어머니는 떠나야 할 이유가 없었다. 부모가 앙베르에서 기다리고 있었다. 소형 화물차가 먼저 출발했다. 오펜펠트 부자는 손을 흔들어 작별인사를 했다. 어머니도 손을 흔들었다. 펠릭스 오펜펠트가 차를 갑자기 출발시켰다. 아니면 갑자기 분 바람 때문이었을까? 오펜펠트 시니어가 쓰고 있던 모자가 날아가버리더니 인도로 굴러갔다. 아깝지만 어쩔 수 없는 일이었다. 그들은 잠시도 지체할 시간이 없었다.

어머니는 그 모자를 집어들고 발길 가는 대로 걸었다.

우편환을 취급하는 건물 앞에는 예금한 돈을 찾으려는 남자들과 여자들의 줄이 끝없이 뻗어 있었다. 어머니는 노르대로를 따라 역까지 갔다. 거기도 앙베르역과 마찬가지로 똑같이 혼잡했고 똑같이 망연자실한 군중이 있었다. 어느 짐꾼이 말해주기를 오후 세시에 앙베르행 기차가 있지만 어쩌면 밤늦게야 목적지에 닿을 거라고 했다.

어머니는 역 구내식당의 구석자리에 가 앉았다. 사람들이 오가고 드나들었으며 남자들은 벌써부터 군복 차림이었다. 아홉시경 총징집령이 선포되었다고 말하는 소리가 주위에서 들렸다. 홀 안쪽에서 라디오가 뉴스를 전했다. 앙베르 항구는 또다시 폭격을 당했다. 프랑스 군대가 이제 막 국경을 넘어섰다. 독일군은 벌써 로테르담을 점령했다. 어머니 옆에서 한 여자가 몸을 굽혀 어린 아들의 구두끈을 매어주고 있었다. 여행객들은 커피 한 잔을 위해 다투고, 또다른 사람들은 서로 떠밀고, 또 어떤 이들은 숨을 헐떡이며 가방을 끌고 있었다.

오후 세시까지 기차를 기다려야 했다. 가벼운 두통이 일었다. 어머니는 문득 엘리자베스 아덴 화장품들과 시나리오를 넣어둔 가죽 브리프케이스를 잃어버렸다는 것을 알아챘다. 아마도 소노르 촬영소나 자동차에 놓아두었을 것이다. 어머니가 그때껏 무심코 손에 쥐고 있었던 것은 챙이 말려올라간 오펜펠트 시니어의 검은 중절모였다.

5

그해 겨울 나는 열다섯 살이었다. 아버지와 나는 리옹역에서 저녁 일곱시 십오분 기차를 탔다. 우리는 여러 가지 물건을 사느라 오후 시간을 보냈다. 아버지 것으로는 트렌치코트 한 벌, 내 것으로는 고무창 달린 구두 한 켤레, 승마바지 한 벌, 승마 모자 하나를 샀다.

우리가 탄 기차간에는 다른 승객이 없었다. 기차가 덜컹거리며 출발하자 나는 가슴을 누르는 중압감을 느꼈다. 차창 너머로 철길, 관제탑, 정차해 있는 객차 등 풍경을 바라보았다. 우선 화물역, 그리고 종탑이 있는 세관 건물, 다음에는 밝은 창문에 비친 우리 두 사람의 까만 실루엣 뒤로 코리올리스가의 쓸쓸하고 작은 건물들이 보였다. 마침내 우리는 파리를 떠난 것이다.

아버지는 이중 초점 안경을 쓰고서 잡지를 골똘히 읽고 있었다. 나는 여전히 창에 이마를 붙이고 있었다. 기차는 교외의 역들을 질풍처럼 지나갔다. 메종알포르를 지난 뒤부터는 빛을 발하는 표지판들에서 역 이름을 읽을 수 없게 되었다. 들판이 나타났다. 어둠이 내렸지만 작고 둥근 초록색 사탕을 빨면서 계속 잡지를 읽고 있는 아버지에게는 조금도 방해가 되지 않는 모양이었다.

이슬비가 검은 유리창에 뿌렸다. 바로 알아차리지 못할 정도로 가는 비였다. 기차간 안의 전등이 때때로 꺼졌다가 곧 다시 켜졌다. 아마 전압이 낮아진 모양이었다. 우리를 둘러싼 불빛은 먼지같이 탁한 노란빛이었다.

아버지와 나는 서로 이야기를 할 법도 했지만 둘 다 별로 할말이 없었다. 이따금 아버지는 입을 벌리고 집게손가락으로 허공에 사탕알을 튕겨서 받아먹었다. 아버지가 자리에서 일어나 낡은 검은색 가방을 집어들고 그 속에서 서류를 꺼내더니 한 장 한 장 천천히 넘기며 훑어보았다. 연필로 줄을 치기도 했다.

"너한테 맞는 장화를 한 켤레 사지 못한 게 아쉽구나." 생각에 잠겨 서류를 보던 아버지가 눈을 들면서 말했다.

"……"

"그렇지만 레놀드가 하나 빌려줄 거다."

"……"

"그런데 승마바지는? 너한테 잘 맞을 것 같으냐?"

"네, 아빠."

아버지의 무릎에 힘없이 놓여 있는 저 낡은 검은색 서류가방을 아버지는 절대로 두고 다니는 법이 없었다. 지금 검토하고 있는 서류는 레놀드에게 보여주기 위해 가져온 것이리라. 아버지와 레놀드는 정확히 어떤 관계였을까? 나는 클라리지호텔의 로비에서 두 사람이 만나는 자리에 여러 번 함께 있었었다. 그들은 오랫동안 토론하고 나서 서류를 주고받거나 서로 서명한 서류 사본들을 보여주었다. 보기에 레놀드는 엉큼한 사람이어서 아버지는 그를 신뢰하지 않았다. 때때로 아버지는 샹젤리제 근처 크리스토프콜롱브가에 있는 레놀드의 아담한 저택으로 찾아가기도 했다. 나는 마르소대로를 왔다갔다하면서 아버지를 기다렸다. 다시 돌아올 때 아버지는 기분이 좋지 않았다. 지난번에는 내 어깨를 탁 치면서 이런 수수께끼 같은 몇 마디를 내뱉었다.

"이제부터는 레놀드가 '꼼짝없이' 당하게 될 거야. 그가 약속을 지키도록 내가 몰아붙일 테니까."

길 한가운데서 아버지는 서류를 펼쳐 종이를 한 장 한 장 세고 서명을 확인했다.

아버지는 자리에서 일어나 검은색 서류가방을 짐 두는 망 속에 넣었다. 기차는 오를레앙역에서 몇 분간 정차했다. 역무원이 샌드위치와 음료수가 담긴 통을 들고 지나갔다. 우리는 '오랑지나' 두 병을 골랐다. 기차가 다시 출발했다. 비가 유리창을 세차게 때렸고 나는 유리창이 깨질까봐 겁이 났다. 점점 더 겁이 났다. 기차는 맹렬한 속도로 달렸다. 언제까지? 나는 마음을 가라앉히려고 애썼다. 우리는 빨대로 각자 오랑지나를 마시며 마주앉아 있었다. 마치 여름의 바닷가 모래사장에서처럼.

나는 그때 우리가 대로를 따라 이리저리 돌아다니거나 카페 비엘의 테라스에 앉아 있을 수도 있었을 텐데 하는 생각을 하고 있었다……

빗속에서 낯선 지방을 달리는 대신 지나다니는 행인들을 바라보거나 영화관에 갈 수도 있었을 텐데. 모든 게 내 잘못이었다. 레놀드는 영국인들이 '라이딩 코트'라고 부르는 승마 코트를 자주 입었다. 어느 날 오후, 나는 그에게 승마를 하느냐고 물어보았다…… 그는 곧 신이 나서 끝없이 이야기를 늘어놓았고 나는 열한 살 때 승마 연습장에 자주 가봐서 기본기는 있다고 말했다. 레놀드는 아버지를 돌아보더니 솔로뉴 지방에 있는 자신의 소유지에 와서 주말을 보내면 어떻겠냐고 우리에게 제안했다. 거기서는 승마를 많이 한다고 했다. 말도 엄청나게 많다고. 내가 다시 말을 타볼 수 있는 좋은 기회라고 했다.

"감사합니다, 레놀드 씨."

집에 돌아오자 아버지는 무슨 일이 있어도 레놀드가 우리를 솔로뉴로 초대하게 만들어야겠다고 설명했다. 그곳에서라면 레놀드가 아마도 어떤 '중요한 것'에 서명해줄 거라고. 이제 가능한 한 빠른 시일 안에 화제를 승마로 돌려서 레놀드에게 나의 꿈은 오직 말을 타는 것이라는 걸 납득시키는 것이 내가 할 일이라고 했다.

아홉시가 다 되었고 우리는 오주아르르비콩트를 막 지나왔다. 레놀드의 설명에 따르면 우리는 그다음 역에서 내려야 했다. 아버지는 좀 초조해 보였다. 거울에 얼굴을 비춰보며 머리를 빗고 넥타이를 고쳐 매고 새로 해 입은 트위드 재킷이 편안해지도록 팔을 몇 번 움직였다. 재킷은 황갈색이었는데 어깨가 너무 불룩했다. 아버지는 나에게 새 트렌치코트를 입는 것을 도와달라고 했다. 트위드 재킷이 어찌나 거추장스러운지 소매를 꿰기가 어려울 정도였다. 코트를 입은 아버지는 어깨와 몸이 그야말로 검투사 같았다. 재킷 위에 양털을 댄 '바바리'까지 입으니 목이 파묻힌 듯 보였다. 검은색 서류가방 쪽으로 겨우 팔을 뻗을 수 있을까 말까 할 정도였다.

우리는 객차 통로에서 기다렸다. 기차가 삐걱거리며 멈추자 아버지는 이맛살을 찡그렸다. 우리는 플랫폼에 내려섰다. 이제 비는 그쳤다. 한 20미터 전방에 있는 가로등 하나와 멀리 빛이 새어나오는 유리문만이 우리에게 지표가 되어주었다. 아버지는 마치 갑옷을 입은 것처럼 뻣뻣하고 힘들게 걸어갔다. 손에는 검은색 서류가방을 들고 있었다. 나는 여행가방 두 개를 들었다.

작은 역 브르퇴유레탕은 버려진 곳 같았다. 대합실 한가운데에 하얀 네온 불빛을 받으면서 레놀드는 승마바지를 입은 젊은 남자와 함께 우리를 기다리고 있었다. 아버지는 레놀드와 악수를 했고 레놀드는 젊은 남자를 우리에게 소개했다. 그는 수에즈운하 건설과 관련있었던 귀족 칭호가 붙은 성에 장제라르라는 이름을 가진 사람이었다. 나도 그들과 악수를 했는데 레놀드와 마주하자 구역질이 날 것만 같았다. 그 회색빛 모자, 그 콧수염, 그 뜨듯한 목소리, 그 화장수 냄새는 내게 항상 강한 압박감을 가해왔다.

아버지와 나는 르노 자동차의 뒷자리에 앉았고 젊은 남자는 운전석에, 레놀드는 그의 옆에 자리잡았다.

"너무 피곤하진 않아요?" 레놀드가 저음의 목소리로 아버지에게 물었다.

"아뇨. 전혀요, 앙리."

나는 아버지가 그의 이름을 불러서 놀랐다. '장제라르'가 급작스럽게 출발하는 바람에 아버지가 내게로 쓰러졌다. 아버지가 제자리에 고처 앉도록 내가 떠밀어줘야 했다. 정말이지 그 코트 때문에 아버지는 납을 부어 만든 사람처럼 뻣뻣하고 부자유스러웠다.

우리는 상당히 넓은 도로에 이르렀고 르노의 전조등에 길 양편의 나무들이 모습을 드러냈다.

"우리는 지금 세존숲을 지나고 있어요." 레놀드가 정통한 사람처럼 말했다. '장제라르'는 점점 더 속력을 냈다.

"이런 조그만 고물차에는 당최 익숙해지질 않아서 원." 그가 말했다. "정말 형편없는 고철덩어리예요."

"장제, 자네, 몽테냐크와 슈베르에게 어제저녁에 있었던 일을 얘기했나?" 레놀드가 낄낄거리며 말했다.

"아직 안 했는데요."

두 사람은 한바탕 웃어댔다. 뭐가 그리 유쾌한지는 설명하지 않았는데 화제에 끼지 못하도록 우리를 따돌리면서 그들은—적어도 레놀드는—어떤 쾌감을 느끼는 듯했다.

"슈베르가 어떤 얼굴일지 눈에 선하구먼. 모니크에 대해 자기 혼자 어찌나 어처구니없는 생각을 품고 있는지!"

"감동적이죠, 그 순진함이라니. 안 그래요?"

"모리셔스섬에서 온 촌놈……"

그들은 껄껄 웃어가며 우리가 알지 못하는 사람들 이야기를 계속해 댔다. 장제는 더욱 속력을 냈다. 그는 운전대를 놓고 주머니에서 담배 한 개비를 꺼냈다. 그리고 침착하게 담뱃불을 붙였다. 나는 눈을 감았다. 아버지는 내 팔을 꽉 움켜잡았다. 나는 레놀드에게 우리를 역에 도로 데려다줄 수 있느냐고 물어보고 싶었다. 그것도 당장. 파리로 가는

추억을 완성하기 위하여 61

첫 기차를 타면 될 일이었다. 여기서는 아무 볼일도 없었다. 나는 아버지를 난처하게 하지 않고 아버지의 계획을 망쳐놓지 않으려고 죽을힘을 다했다.

"그래 자네 이모는?" 레놀드가 물었다. "일요일에는 오려나?"

"우리 이모에 대해 미리 알 수 있는 일이라곤 하나도 없어요." 장제가 대답했다.

"정말 맘에 든단 말이야." 레놀드가 정다운 목소리로 말했다. "데이지는 기가 막힌 여자야."

르노는 좁은 지방도로로 접어들었다.

"이제 거의 다 왔습니다." 레놀드가 아버지 쪽으로 돌아보며 말했다. "이분들은 라메낭디에르에 처음 와보는 거라서."

"그럼 그 기념으로 파티를 해야겠네요." 장제가 무심히 말했다.

그는 급작스럽게 차를 멈췄고 아버지는 앞으로 몸이 쏠려 레놀드의 목 뒤에 머리를 부딪혔다.

"미안해요, 앙리." 아버지가 억양 없는 목소리로 말했다.

"괜찮습니다. 아드님이 승마복은 가지고 왔나요?"

"네, 레놀드 씨." 내가 말했다.

"날 앙리라고 불러도 좋아요."

"네, 앙리 레놀드 씨."

나는 아버지를 자동차 밖으로 끌어내주었다. 우리는 어느 대문 앞에 와 있었다. 레놀드는 대문을 어깨로 툭 밀어 열었다. 우리는 건물을 둘러싼 포석 깔린 뜰을 건너질렀고 뜰 한가운데서 우물 하나를 알아보았다. 현관 층계에서는 빛이 흘러나왔다.

장제는 여남은 번이나 초인종을 눌렀는데 그렇게 요란스러운 소리를 내는 데 짓궂은 쾌감을 느끼는 것 같았다. 문이 열리고 이브닝드레스를 입은 금발의 여자가 나타났다.

"내 아내요." 레놀드가 나에게 말했다.

"안녕하세요, 마기." 아버지가 말했다. 나는 그 친근한 태도에 놀랐다.

"안녕하세요, 부인." 나는 몸을 숙이며 말했다.

장제는 그녀의 손에 입을 맞추며 인사했다. 다만 피부에 완전히 닿지 않게 입술을 살짝만 가져다댔다.

외투 여러 벌이 커다란 소파에 뒤죽박죽으로 쌓여 있었다. 여자는 우리에게 외투를 벗어달라는 몸짓을 했다. 나는 아버지가 바바리를 벗는 걸 돕느라 진을 뺐다. 칼로 소매를 잘라내야 하는 건 아닐까 몇 번이나 생각했다. 우리는 테이블 위에 여남은 벌의 식기를 차려놓은 커다란 홀로 들어갔다. 여러 사람이 벽난롯가에 둘러앉아 있었는데 그중에는 장제가 친숙하게 어깨를 감싸안아주자 썩 만족스러운 눈치인 젊은 여자도 둘 있었다.

내가 회식자들과 주위의 실내장식을 여유 있게 관찰할 수 있게 된 것은 식사를 하면서였다. 레놀드는 마치 그 자리에 모인 사람들 사이에 우리가 잘 어울리지 않는다는 듯이 아버지와 나를 테이블 한끝에 앉혀놓았다. 장제는 젊은 여자 둘 사이에 앉아 있었는데 그중 한 사람은 영국 억양이 섞인 말씨였다. 겉보기에 여자들은 그의 모든 것을 받아주는 듯했고 그는 이 여자 저 여자 돌아가면서 주물러댔다. 그는 흑갈색 머리 여자에게 영어로 말했고 레놀드는 그녀가 노섬벌랜드 공작의 딸이라고 소곤거렸다. 금발 여자 역시 뻔뻔한 태도에도 불구하고 지체 높은 가문 출신인 것 같았다.

마기 레놀드가 회식 자리를 주도했다. 그녀의 좌우에는 어떤 부부가 앉아 있었는데 둘 다 검은 비로드로 된 옷차림으로 여자는 스포티한 스타일의 바지와 재킷을, 남자는 몸에 딱 맞는 양복을 입고 있어서 나는 무척 의아했다. 그들은 부부인데도 서로 닮았다. 똑같이 흑갈색 머리에, 똑같이 환한 웃음, 똑같은 구릿빛 살결. 균형 잡힌 거동과 악수하는 태도에서 나는 그들이 둘 다 자신의 겉모습에 꽤나 신경쓰고 있다는 인상을 받았다. 그들은 동시에 똑같은 몸짓을 했고 두 얼굴에는 관능적인 자만심의 표정이 떠돌았다. 미셸 랑드리라는 그 남자가 〈스포츠와 여가〉를 펴내는 잡지사를 경영하고 있다는 것을 나는 곧 알게 되었다.

끝으로 랑드리 부인 옆에는 흑갈색 피부에 반질반질한 얼굴, 얇은 콧수염, 매우 날카로운 푸른 눈을 가진 육십대 남자가 있었다. 그는 보석에 가문家紋이 새겨진 반지를 끼고 있었다. 앙젤 드 슈베르 후작이라는 사람이었는데 내가 알아들은 바로는 모리셔스섬의 유서 깊은 가문 출신이었다. 그래서 피부색이 흑갈색이었다.

화제는 곧 사냥 쪽으로 옮겨가 사람들은 총기에 대해 얘기했고 랑드리는 다양한 생산지의 총기들의 장점을 하나하나 설명했다. 슈베르는 혼혈인 특유의 진지한 태도로 고개를 끄덕였지만 장제는 끊임없이 랑드리의 의견에 이의를 제기했다. 그들은 인근에 섬을 가지고 있는 어느 공작을 언급했다. 장제는 그를 미셸 아저씨라 불렀고 레놀드는 짧게 미셸이라고만 불렀다. 그들 말에 의하면 그 공작은 프랑스 제일의 명사수였는데 그들이 존경어린 어조로 발음하는 '프랑스 제일의 명사수'라는 호칭을 듣자마자 나는 욕지기가 치밀었다.

랑드리가 슈베르와 레놀드에게 던진 이 질문을 듣고 나는 점점 더 거북해졌다.

"그런데 사냥개들은 어때?"

"내일모레 두고 보면 알겠지요." 슈베르는 메마른 목소리로 말했다.

"아주 기가 막힌 사냥이 될 거예요." 기대에 부푼 어조로 금발 여자가 말했다.

"당신들은 팀의 두 요정 같은 존재일 겁니다." 장제가 영국 여자와 금발 여자의 목에 키스하면서 말했다.

"장제, 이분들도 마찬가지지." 레놀드가 마기 레놀드와 랑드리 부인을 가리키면서 말했다.

"물론이죠, 아무렴요. 저분들도 요정이고말고요."

테이블 위로 장제는 두 여자의 손을 꽉 쥐었다. 여자들은 웃음을 터뜨렸다.

레놀드가 내 쪽을 돌아보았다.

"말 타고 사냥하는 건 이번이 처음이죠?"

"네, 레놀드 씨."

그는 내 아버지의 어깨를 툭툭 쳤다.

"아드님도 같이 말을 타고 사냥하게 돼서 만족하시죠, 알도?"

"오, 그럼요. 앙리. 대만족입니다."

그때까지 우리를 거들떠보지도 않던 다른 사람들 역시 호기심어린 눈으로 우리를 훑어보았다.

"대단히 기쁩니다, 앙리."

아버지는 이중 초점 안경 너머 속을 알 수 없는 표정으로 멍하니 앉아 있었다.

나는 까무러칠까봐 겁이 났다. 그건 열다섯 살 젊은이에게 전혀 고무적인 일이 아니었다.

"이보다 더 좋은 기회는 없지." 랑드리가 나에게 말했다. "프랑스에서 제일 멋진 팀, 유럽 팀의 최고 고수를 모셨으니……"

"미셸 아저씨한테 꽤나 호의적이군요." 장제가 야유조로 말했다.

"아니에요, 장제라르. 저 사람이 호의적이라서 그런 게 아닙니다." 슈베르가 엄숙하게 말했다. "최근 백 년간 훌륭한 사냥꾼 세 사람을 꼽는다면 안 뒤제스, 필리프 드비브레와 당신 아저씨지요……"

그 말이 끝나자 몇 초간 침묵이 뒤따랐다. 레놀드를 필두로 모두가 감동받았다. 슈베르는 마치 역사적인 한마디를 선언하기라도 한 것처럼 상체를 꼿꼿이 세우고 턱을 위로 쳐들었다. 아버지는 짜증스러운 잔기침을 참으려고 애쓰는 중이었다. 이 마법을 푼 사람은 장제라르였다.

"모리셔스섬 사람들은 아는 것도 참 많군요." 그는 슈베르를 향해 말했다.

"별말씀을요." 슈베르는 메마른 목소리로 말했다. 그러고는 덧붙였다. "사실 그렇습니다, 우리 모리셔스섬 사람들은 아는 것이 많긴 하지요!"

거창한 요리가 하나 나왔다. 식사를 나르는 머리를 틀어올린 여자가 접시를 식탁에 놓자 젊은 영국 여자와 랑드리 부인, 그리고 금발 여자가 손뼉을 쳤다.

"기가 막힌데요." 랑드리가 감탄했다.

"쇼몽산産 진짜 공작새 요리지요." 레놀드가 말했다.

그는 아주 노골적으로 엄지손가락을 펴 들어 보였는데 그 몸짓이 이제까지 내가 들은 그 점잖은 말과는 영 딴판이었다.

"이게 정력제라지요, 아마." 랑드리 부인이 말했다. "알고 있었어요, 마기?"

식사를 나르는 여자가 아버지와 내가 집을 수 있게 음식 접시를 가까이 가져왔다.

"설명을 좀 해드려야겠군요." 레놀드는 청각장애인을 대하듯 한 음절 한 음절 또록또록 힘주어 말했다. "삼나무 새싹을 먹여 기른 쇼몽산 공작에 송로와 개암을 넣어서 요리한 거랍니다."

나는 구역질을 참느라 몸이 뻣뻣이 경직됐다.

"맛을 보세요! 맛이 어떤지 말 좀 해봐요!"

얼마 후에 그는 내가 그것을 단 한 입도 먹지 않은 것을 지적했다.

"어서 먹어봐요! 접시에 그대로 남겨두다니 그건 범죄라고요!"

그 순간 내 안에서 뭔가 변화가 일어났다. 사람들은 모두—아버지를 제외하고—차갑고 놀란 시선으로 나를 바라보았다.

"어서요! 좀 먹어보라니까요!" 레놀드가 되풀이해 말했다.

그때 나의 병적인 소심함과 유순함이 사라져버렸다. 나는 문득 그 소심증과 유순함이 얼마나 피상적인 것이었는가를 깨달았다. 말라버린 옛날의 껍질을 벗어버린 느낌이었다. 나는 그에게 반박의 여지가 없는 목소리로 내뱉어버렸다.

"이런 건 단 한 조각도 입에 대지 않을래요, 레놀드 씨."

아버지는 어이가 없다는 듯 입을 벌린 채 내 쪽으로 고개를 돌렸다. 나로 인해 입맛을 잃은 다른 사람들도 마찬가지였다. 불현듯 그들이 내게 끼칠 불편보다 훨씬 큰 불편을 내가 그들에게 끼칠 수 있다는 것을 알아차렸다. 그러자 곧 감미로움과 후회가 뒤섞인 물결이 나를 뒤덮었다.

"죄송해요." 나는 더듬거리며 말했다. "죄송합니다."

리큐어를 마시는 시간이 되어서야 비로소 분위기가 부드러워졌다. 물론 그들이 나를 슬그머니 훔쳐보기는 했지만 그들을 안심시키려고 나는 애써 웃음을 지었다. 심지어 심호흡을 하고서 레놀드에게 이렇게 말하기까지 했다.

"일요일에 함께 말을 타고 사냥할 수 있어서 기분좋고 감격스럽습니다, 레놀드 씨."

마침내 사람들은 조금 전의 사건을 잊어버린 것 같았다. 식사중에 마신 많은 양의 부르고뉴산 포도주가 한몫했다. 술판이 계속 이어졌다. 그들은 배술, 코냑, 미라벨 등 온갖 술을 모조리 맛보았다. 여자들, 특히 영국 여자와 마기 레놀드는 물도 타지 않고 술을 마셨다. 아버지와 나 우리 둘의 술잔은 가득 채워진 채 그대로였다. 사람들이 술을 권하면 감히 거절하지 못한 탓이었다. 화제는 여전히 기마 수렵에 관한 것이었다.

슈베르가 한 말에 따르면 '미셸 아저씨'를 프랑스의 다른 모든 사냥꾼과 차별화하는 한 가지 특징이 있으니 그건 바로 그가 '횃불로 개 불러모으기'를 부활시켰다는 점이었다.

"끝내주는 장관이라니까, 알도!" 레놀드가 소리쳤다.

아버지는 특유의 부드러운 목소리로 '횃불로 개 불러모으기'가 무슨 뜻이냐고 그들에게 물었다. 다른 사람들보다 술을 더 많이 마신 장제가 한심하다는 듯 미소를 띠었다.

"이분은 그래 '횃불로 개 불러모으기'가 뭔지 모르신단 말인가요?"

슈베르가 설명하기를, 개 불러모으기를 할 때는 반바지에 프랑스식으로 차려입은 하인들이 횃불을 들고 있고 나팔소리가 울린다고 했다…… 내게는 그의 말이 들릴까 말까 했다. 장제와 그의 두 여자친구가 웃고 떠드는 소리에 그의 목소리가 묻힌 것이었다. 마기 레놀드와 랑드리 부인은 서로 이야기를 주고받고 있었고 랑드리는 집게손가락 끝으로 아내의 뺨을 쓰다듬으면서 레놀드에게 말하고 있었다. 장제는 영국 여자의 어깨에 손을 얹고 있었지만 그녀도 금발 여자도 난처해하는 것 같지는 않았다. 슈베르는 거의 들리지도 않는 목소리로 설명을 계속했다.

아버지와 나는 도대체 무엇을 기다리고 있던 것일까? 아버지는 전체적으로 느슨해진 이 분위기를 틈타서 레놀드를 한구석으로 데려가 그 '서류'들에 서명하게 해야 하는 것 아니었을까? 그러고 나서 우리는 슬쩍 물러나버리면 될 일이었다. 그러나 아버지는 담배를 피우고 있었다. 아무것도 아버지의 태연한 표정을 흐트러뜨리지 못했다. 아버지는 안락의자에 편안히 자리잡고서 단 한 치도 움직이지 않았다. 어쨌든 일을 어떻게 처리해야 하는지는 아버지가 나보다 더 잘 알고 있을 터였다.

레놀드는 벽난로의 불을 다시 지폈다. 거대한 벽난로는 벽돌 색깔이 다소 요란했다. 벽에는 밝은색의 두꺼운 목재 장식 패널이 덧대여 있었다. 나지막한 탁자에는 말발굽 모양의 서진 하나와 오스트리아 빈의 스페인 승마 학교 관련 사진집이 놓여 있었다. 말안장, 재갈, 각종 채찍 같은 용구들이 벽난로 왼쪽 벽에 늘어져 있는 것도 보였다. 기마 수렵 장면을 보여주는 영국 판화와 아페리티프 술병들이 실린 이륜마차 모양의 작은 수레가 승마와 관련된 장식을 온전하게 마무리했다.

나는 눈을 제대로 뜨고 있기가 힘들었다. 중얼거리는 이야기 소리와 때때로 "그럼 물론이죠, 앙리…… 그럼요, 앙리……" 하는 아버지의 말소리가 들렸다. 영국 여자는 깔깔거리며 요란하게 웃었다. 마침내 슈베르가 자리에서 일어났다.

"자, 그럼 전 이만 먼저 일어나야겠군요."

그는 여자들의 손에 힘주어 키스했다. 장제와 그의 두 여자친구도 작별인사를 했다. 레놀드는 그들에게 밤을 여기서 보내고 싶다면, 그리고 세 사람이 쓰기에 침대가 넉넉하겠다 싶으면 이층의 큰방을 쓰라고 말했다. 랑드리 부부는 이상하고도 은근한 눈길을 주고받으며 물러났다. 하기야 랑드리는 저녁 시간 내내 아내의 다리를 주무르고 있었다.

"일층 방에서 아들과 같이 자도 괜찮겠어요, 알도?" 레놀드가 내 아버지에게 물었다.

"그럼 괜찮고말고요, 앙리."

천장이 나지막하고 벽에는 하얗게 회칠이 된 방이었다. 시골풍의 트윈베드와 침대 머리맡 탁자 두 개 외에는 아무 가구도 없었다. 나는 가방들을 방바닥에 내려놓았다.

레놀드는 잠시 우리 곁을 떠나 침대 머리맡 전등 하나를 더 가지러 갔다.

"레놀드 부인에게 가서 공손하게 저녁 인사를 하고 오렴." 아버지가 나에게 말했다.

나는 방에서 나가 우리가 식사를 했던 넓은 홀로 갔다. 마기 레놀드가 혼자 벽난로 앞에 앉아 있었다. 그녀는 나를 보고 좀 놀란 듯했다. 나는 그녀의 뺨에 입을 맞추어 인사했다. 그러자 곧 그녀의 두 손이 내 뒷목을 끌어당기며 그녀의 입술과 내 입술이 맞닿았다. 열다섯 살이었던 나는 그때까지 한 번도 그녀 또래의 여자와 키스를 해본 적이 없었다. 그녀의 손이 아래로 미끄러져내려오더니 내 허리띠를 풀려고 했다. 나는 비틀거렸고 우리는 스코틀랜드풍 안락의자에 주저앉았다. 복도에서 사람들의 말소리가 들렸다. 그녀는 몸부림쳤다. 그러나 나는 그녀에게서 몸을 빼낼 수가 없었다. 그녀의 가슴에 이마를 붙인 채 그녀를 꽉 껴안으면서 기이한 졸음 같은 것이 몰려오는 것을 느꼈다. 그녀는 과연 내가 일요일 아침이면 가서 구경하곤 했던 코메디프랑세즈의 정규 단원들처럼 풍만한 금발 여인다웠다.

우리는 몸을 일으켰고, 그녀가 나를 데리고 밖으로 나섰다. 레놀드와 아버지가 홀의 문가에 서 있었다. 아버지는 레놀드에게 타이핑된 종이 한 장을 보여주고 있었다. 레놀드는 펜을 손에 들고 있었다.

"받아요." 레놀드가 나에게 말했다. "주려고 가져왔어요. 밤에 읽으면 좋을 거예요."

그는 표지에 '기마 수렵'이라는 제목이 적힌 작은 책 한 권을 내게 내밀었다.

"안녕히 주무십시오." 아버지가 말했다.

"안녕히, 알도. 조언 고마웠어요. 우리를 믿어도 좋아요. 그리고 아드님은—그는 나를 손가락으로 가리켰다—연습삼아 내일 아침 승마장에서 말을 타게 해줄게요."

"안녕히." 마기 레놀드가 우리에게 말했다. 그녀는 하품을 했다.

아버지와 나는 각자 침대에 누웠다. 아버지는 침대 머리맡 전등을 껐다.

"이번에는," 아버지가 타이핑된 종이를 나에게 가리켜 보이면서 말했다. "저 사람, 거의 완전히 '꼼짝없이' 걸려들었다. 조금만 더 참으면 된다고. 정말 만만찮은 사람들이야."

아버지는 웃음을 터뜨렸다. 그 웃음은 전염성이 있는 것이어서 우리는 다른 사람들에게 들리지 않게 각자 베개에 머리를 파묻었다.

아버지는 금세 잠이 들었다. 나는 책을 펴고 기마 수렵이라는 저 '끔찍한' 스포츠가 어떤 것인지 익히느라 밤시간의 일부를 보냈다.

이튿날, 레놀드는 아침 여덟시쯤 우리를 깨웠다. 그는 승마바지를 입고 있었는데 나에게도 내 것을 입으라고 권했다. 아버지는 고무장화를 신었다.

우리는 레놀드가 '브렉퍼스트'라고 부르는 식사를 하고 나서 유리 출입문을 지나 하얀 울타리로 경계를 지은 잘 가꾸어진 정원으로 나갔다. 그 뒤는 드넓은 풀밭과 세 칸으로 나뉜 마구간과 원형 트랙이 난 승마장이었다. 말에는 이미 안장과 마구가 채워져 있었다. 나는 올라타기만 하면 되었다.

레놀드는 승마 연습장 한가운데 자리잡고 있었고 아버지는 트랙에서 멀찌감치 떨어져 있었다. 아버지는 겁이 났던 것이다. 나도 마찬가지였지만 레놀드 앞에서는 냉정을 잃지 않으려고 애썼다. 그는 손에 채찍을 쥐고 있었다. 그가 서커스 조마사들처럼 채찍을 휘둘러 소리를 내자 말이 달리기 시작했다.

"엉덩이를 좀 들었다 놨다 해봐요."

그는 이제 소뮈르 기마대의 장교 같은 목소리를 냈다. 턱을 쳐들고 다시 한번 채찍을 휘둘렀다. 공연히 그랬다. 폼을 잡느라.

"경속보! 두 무릎을 조이고!"

그가 가까이 다가와 내 종아리와 왼쪽 발꿈치를 톡톡 두드렸다.

"이게 움직이면 안 돼요! 조여요! 발꿈치를 더 낮게!"

그는 다시 승마장 한가운데로 돌아갔다.

"안장에 푹 주저앉지 마! 발꿈치를 더 낮게!"

그는 찰싹하고 채찍을 갈겼다. 세 번을 연이어.

아버지는 나를 바라볼 엄두가 나지 않는 모양이었다. 고개를 숙이고 있었다.

"감각이 좀 둔해진 것 같네요." 레놀드가 소리쳤다. "하지만 곧 되살아날 거예요. 이번에는 앉아서 속보!"

다시 채찍질. 채찍소리를 낼 때마다 그는 눈에 보이지 않는 관중을 향해 고개를 숙여 보였다.

"좀더 가까이 와도 돼요, 알도!"

"아닙니다, 앙리." 아버지는 주저하는 목소리로 대답했다.

"무릎을! 아이고 맙소사! 알겠어요? 구보로!"

그는 심술 사나워졌다. 그가 마치 공중에 날고 있는 파리를 두 동강 내겠다는 듯 채찍을 날리자 폭죽이 터지는 듯한 소리가 났다.

이렇게 두 시간은 족히 흘러갔다. 나는 말을 타고서 무슨 영문인지도 모른 채 빙글빙글 돈다. 말도 영문을 모르기는 마찬가지다. 승마장 한가운데에 잘 알지도 못하는 작자가 채찍을 손에 들고 명령을 내린다. 그리고 몇 미터 떨어진 곳에서는 아버지가 초조하게 말없이 서서 고무장화의 코끝만 내려다보고 있다.

"내일은 잘될 거예요." 레놀드가 내 어깨를 토닥토닥하면서 말했다.

점심식사 때는 네 사람이 식탁에 앉았다. 레놀드, 앙젤 드 슈베르, 아버지, 그리고 나였다. 장제는 랑드리 부부와 마기 레놀드를 데리고 몇 킬로미터 떨어진 '그의 아저씨의 성'으로 간 터였다.

"우리한테 미리 귀띔이라도 좀 해줄 것이지." 레놀드가 말했다.

식사를 하는 동안 아버지는 재킷 안주머니에서 종이 한 장을 꺼내 슈베르에게 보여주었다.

"그거 서명해도 돼요, 앙젤." 레놀드가 말했다.

그런데 아버지는 우리가 함께 리도 상점가에서 산 커다란 만년필을 벌써 슈베르에게 내밀고 있었다.

"서명해요, 앙젤. 그래야 알도도 우리가 실없는 사람들이 아니란 걸 알 테지."

슈베르는 그렇게 했다. 아버지는 잉크를 말리느라 입김을 불고 종이를 얌전히 접어서 안주머니에 도로 넣었다.

평소에는 그토록 태연한 아버지가 분명 대단한 흥분을 느꼈던 모양인지, 나는 아버지의 입술에서 아무도 듣지 못하는 이런 말을 읽을 수 있었다.

'"꼼짝없이" 당했지.'

"좋은 일 하나 한 거지요." 레놀드가 말했다. "자, 이제는 사냥개들을 보러 갑시다."

레놀드가 르노를 운전했다. 우리는 작은 길을 따라가다가 십여 분 후 영국식과 노르망디식 혼합으로 지은 산장 앞에서 멈추었다. 개들이 철책으로 둘러싸인 우리 안에 있었다. 개들이 점점 거세게 짖어대는 바람에 나는 신경이 곤두섰다. 개들이 철책으로 달려들었고 놀란 아버지는 펄쩍 뒤로 물러났다.

"겁낼 것 없어요, 알도." 레놀드가 보호하는 듯한 투로 말했다.

슈베르는 어깨를 으쓱했다. 그리고 개들을 향해 충격적일 만큼 심한 욕지거리를 던졌다. 역장의 제복을 연상시키는 짙은 청색 옷을 입은 남자가 성큼성큼 다가왔다. 그는 모자를 벗어 든 두 손을 가슴에 붙이고는 레놀드에겐 신경도 쓰지 않고 슈베르에게 몸을 숙여 인사했다.

"안녕하세요, 후작님."

"사냥개들이 사나워졌나보지?" 슈베르가 물었다.

"네, 후작님."

"내일 혼 좀 나겠는데." 슈베르가 두 손을 비비면서 말했다.

"혼나도 보통 혼나는 겁니까, 후작님!……" 남자의 입술이 벌어지자 이가 빠진 것이 보였다.

"후작님은 대단히 기쁘시겠습니다." 레놀드가 남자의 시선을 끌려고 측은해 보이려 애쓰면서 말했다.

그러나 남자는 그에게 전혀 관심을 두지 않았다. 그는 슈베르와 악수하고 나서 사라져버렸다.

"개를 지키는 하인이에요." 레놀드가 엄숙한 어조로 내게 말했다.

나와 아버지는 철책 앞에서 점점 더 날뛰면서 짖어대는 개들을 바라보고 있었다. 개들은 기꺼이 우리를 물어뜯을 태세였다. 그러나 그것은 개들의 잘못이 아니었으므로 나는 그런 것쯤 진작 용서해주었다. 개들은 거의 전부가 펑퍼짐한 들창코에 커다란 두 눈은 숨김이 없고 털에는 밝은 반점이 나 있었다.

우리는 라메낭디에르로 돌아왔다. 레놀드와 슈베르는 잠깐 낮잠을 자겠다고 했고 아버지와 나는 응접실에 남아 있었다. 거기서 아버지는 오후 네시 파리행 기차를 타겠다고 내게 말했다. 나도 함께 집으로 돌아가겠다고 하자 놀란 눈치였다.

"그렇지만 레놀드는 네가 기마 수렵을 함께 해주길 바라고 있는데." 아버지가 나직한 목소리로 대답했다.

아버지는 내가 간다고 하면 레놀드가 놀라고 화가 나서 돌연 경계심이 생기지나 않을까 걱정했다. '모든 서명'을 다 받아놓기는 했지만 아직 얼마 동안은 레놀드의 비위를 잘 맞춰야 그러지 않으면 우리가 '낭패'를 볼 거라고 했다. 나는 아버지에게 지금 당장 파리로 돌아가고 싶은 마음을 거듭 밝혔다. 이 시골에 단 하루도 더 머물고 싶은 생각이 없었다.

아버지는 내 의사를 레놀드에게 말하겠다고 약속했고, 필요하다면 내가 서둘러 떠나는 핑곗거리를 만들어내겠다고 했다.

레놀드가 우리에게로 돌아왔다. 아버지는 내가 베네수엘라에 사는 아저씨를 맞이하러 그날 저녁 파리에 가야 한다고 설명했다.

"잘 생각해봐요." 레놀드는 약간 근엄한 어조로 내게 말했다. "그럼 아주 특별한 뭔가를 놓치게 되는 거라고요."

아버지는 또 한번 둘러대려 했지만 어찌나 소심한지 하던 말을 다

마치지도 못했다.

 그때 내가 레놀드에게로 몸을 돌렸다. 그러고는 단숨에 말했다.
 "그럼 남을게요."
 "잘 생각했어요." 레놀드가 말했다. "아주 멋진 사냥이 될 거예요." 그는 나에게 고맙다는 듯한 눈길을 던졌다.
 우리는 아버지를 기차역까지 배웅했다. 레놀드는 르노 운전석에 앉고 슈베르는 그 옆에, 아버지와 나는 뒷자리에 앉았다. 아버지는 처음 올 때처럼 목이 움츠러들어 보이는 트렌치코트를 입었다. 얼굴에는 무척 만족스러운 빛이 감돌았는데, 때때로 웃고 싶은데도 참고 있다는 것을 나는 알 수 있었다.
 기차역 플랫폼에서 우리는 단 한 마디도 주고받을 수 없었다. 슈베르와 레놀드가 너무 가까이 있었다.
 "당신만 믿어요, 알도." 레놀드가 아버지에게 말했다. "당신에게 전권을 위임한 거니까요. 슈베르와 나한테 종종 연락해주시고요. 맹세컨대 우리를 믿어도 좋아요. 쓸데없는 소리 하는 사람들 이야기는 귀담아듣지 마요."
 "그럼 물론이죠, 앙리." 아버지가 친절하게 대답했다.
 아버지는 객차에 올라 간신히 내 귀에 대고 말했다.
 "이번에는 저치들이 완전 '꼼짝없이' 걸려들었어."
 기차가 덜커덩거리며 움직였다. 아버지는 나를 향해 손을 흔들었다. 그토록 선량한 아버지였지만 더는 나를 위해 해줄 수 있는 일이 없는 처지였다.
 우리는 라메낭디에르로 향하는 길과는 다른 길로 갔다. 곧 우리는 어떤 대문을 지나 경사가 완만한 자갈길을 따라 내려갔다.

"공작의 성도 봐두고 미셸도 소개받을 필요가 있겠어요." 레놀드가 내게 말했다. "그 사람이 내일 그쪽 팀 우두머리가 될 테니까."

그곳은 총안이 나 있고, 작은 탑, 아라베스크식 벽기둥, 조각된 커다란 천창이 있는 반은 르네상스식이고 반은 중세식인 성이었다. 정원이 성을 둘러싸고 있었다.

우리는 이층에 올라가 대리석 내벽의 크고 어두운 홀로 들어갔다. 거기서 나는 소파에 앉아 있는 랑드리 부부, 장제, 그리고 그의 두 여자친구를 알아보았다. 벽난로 안에서는 몇 개의 장작이 타들어가고 있었다.

"미셸 아저씨는 아직 도착하지 않았어요." 장제가 느릿느릿한 어조로 말했다.

얼마 후 레놀드와 슈베르는 나를 다른 사람들과 남겨놓고 나갔다. 해가 지는데도 그들이 전깃불을 켜지 않아서 우리는 어스름에 잠겨 있었다. 랑드리는 그 틈을 타 치마가 올라가 드러난 아내의 허벅지를 애무했다. 장제는 여전히 나른하게 영국 여자와 금발 여자를 쓰다듬고 있었다. 나는 여기 '프랑스 제일의 명사수'라는 사람의 소굴에 들어앉아 도대체 뭘 하고 있는지 자문해보았다. 그래도 납덩이 같은 무기력함 때문에 안락의자에 가만히 앉아 있기만 했다.

시간이 흘러갔다. 레놀드와 그의 아내와 슈베르가 돌아왔다. 전등에 불이 켜졌다. 저녁식사를 하기 위해 다들 공작을 기다리고 있다는 것을 알 수 있었다. 반시간이 지나자 그가 나타났다. 매우 꼿꼿이 몸을 세운 키 작은 남자였다. 뭉툭한 들창코에 맑고 큰 눈, 처진 볼이 마치

불테리어 같은 생김새였다. 피부는 적갈색에 머리털은 곱슬곱슬했고 목소리가 컸다. 레놀드가 그에게 나를 소개했다. 그는 나에게 인사를 하는 둥 마는 둥 했다.

공작부인을 보고 싶었지만 그녀는 그날 저녁 집에 없었다. 공작부인 대신 각진 얼굴에 옛날 여배우처럼 또릿또릿한 눈으로 주위를 살피는 흑갈색 머리 여자가 있었다. 공작은 때때로 그녀의 손을 잡았다. 그녀의 이름은 모니크였다.

그들은 식사를 하는 동안 또 사냥 얘기를 했다. 공작이 불과 얼마 전 장소를 골라놓은 다음날의 '횃불로 개 불러모으기' 얘기를 했다. 레놀드는 장제 특유의 잇소리로 공작—그가 정말 공작이긴 한 걸까?—을 '내 친구 미셸'이라고 불렀다. 장제는 매우 아이로니컬한 존경의 투로 '미셸 아저씨'라고 불렀다.

그들의 대화를 듣고서, 나는 공작이 세심하고 규율 있는 사람으로 경마 클럽, 경주 자동차 클럽, 부르고뉴산 포도주 시음 협회 등에 가입해 있다는 것을 알게 되었다.

사람들은 내가 그 자리에 있다는 것을 까맣게 잊고 있었고 나는 그게 오히려 더 편했다. 사람들은 심지어 허약한 내 체질에는 잘 받지 않는 고기 파테, 양념 고기, 진한 포도주 같은 음식을 권하는 것도 잊어 버렸다.

열시경에 자리를 파했는데 공작은 외설스러운 농담 투로 사냥을 할 때는 기가 왕성해야 하므로 밤에는 절대 '무리하지' 말라고 했다. 흑갈색 머리 여자는 그를 따라갔다.

나는 뜬눈으로 밤을 지새웠고 다음날 레놀드가 내 방으로 들어왔을 때는 이미 일어나 있었다. 그는 공작의 팀을 표시하는 금빛 견장이 달린 붉은 제복을 입고 있었는데, 어린 시절 내가 몹시 좋아했던 메드라노 조마사 같은 모습이었다. 그들은 모두 아침식사를 든든히 했고 나는 광천수 한 잔을 마셨다. 슈베르는 레놀드와 같은 제복을 입고 있었고 랑드리 부부도 마찬가지였다. 나만 그들 사이에서 겉돌았다. 마기와 랑드리 부인의 얼굴에서는 큰 흥분이 읽혔다.

"컨디션 괜찮아, 여보?" 랑드리가 부드럽게 물었다. 그러고는 아내의 손을 쓰다듬었다.

"아, 그럼요. 어서 그 광경을 보고 싶어요!"

"나도 그래요." 마기 레놀드가 속삭였다.

슈베르가 휘파람을 불었다. 레놀드는 자리에서 일어났다.

"'수확'을 하러 갈 때가 된 것 같은데요." 그가 말했다.

"사냥지 쉼터 부근의 베를랭겜 갈림목으로 가는 겁니다." 슈베르가 말했다.

우리는 르노 자동차에 꼭 끼어 앉았다. 레놀드가 운전을 했다. 말 다섯 마리가 마구간지기들에게 고삐를 잡힌 채 사냥지 쉼터 앞에서 기다리고 있었다.

"렉스를 타세요." 레놀드가 커다란 밤색 말을 가리키면서 내게 무뚝뚝하게 말했다.

우리가 일찍 도착한 모양이었다. 우리는 탑 모양 건물인 사냥지 쉼터 안으로 들어갔다. 벽에는 사람 같은 미소를 짓고 있는 산돼지 머리 박제가 걸려 있었다. 사람들이 불을 피웠다.

벽난로 위에는 카빈총이 한 자루 걸려 있었다. 레놀드는 그것을 내려 들고 어떻게 사용하는지 나에게 가르쳐주려 했다. 그는 총에 장전했다. 태어나서 처음으로 받는 총 쏘기 강의였으므로 나는 주의해 들었다. 한 명 한 명 팀의 일원이 모여들었다. 붉은색과 금색 복장을 한 이들이었다.

"자, 안장에 올라가봐요!" 레놀드가 나에게 말했다.

밖에서는 슈베르가 옷을 잔뜩 껴입고 남자 세관원 같은 얼굴에 머리가 희끗희끗한 부인의 손에 키스하고 있었다. 장제와 영국 여자, 금발 여자는 각자 말을 타고서 서로를 부르며 웃고 있었다. 랑드리는 아내의 등자를 잡아주고 있었다. 레놀드와 마기는 거대한 백마에 마구를 얹도록 지시하고 있는 공작 쪽으로 갔다. 주위에 온통 붉은색과 금색 옷들이 놀아다녔다. 마침내 맨머리의 사냥개지기가 오른편 상당히 가까운 곳에 있는 아주 조그만 자작나무숲 에투알에 사슴이 와 있다고 알렸다.

나는 카빈총을 들고 밖으로 슬쩍 나왔다. 나는 사냥개지기가 팀의 일원들에게 알려준 조그만 자작나무숲까지 1킬로미터 가까이를 뛰어갔다. 젖은 땅과 낙엽의 냄새를 맡으며 배를 깔고 엎드렸다.

"다들 꼼짝없이 당하게 될 거야"라고 되풀이해 말하던 아버지가 생각났다. 그렇다, 아버지는 극도의 무용함과 거의 감동적일 정도로 생각 없음을 보여주고 있었다. 사실 그가 생각하는 것보다 사태는 훨씬 더 심각하고 비극적이었다. 그렇다, 나는 일이 정확하게 어떤 식으로 굴러갈지 레놀드의 조그만 책에서 배웠다. 모든 것이 공격 나팔 소리로 시작될 것이다. 그러면 사냥개들은 어떻게 할까? 떨어선 안 되었다. 그리고 우선 정확히 조준하도록 해야 한다. 그래도 여자들은 쏘아서는 안 되지. 운좋게 첫 방에 레놀드나 공작의 머리를 산산조각 날려버려야지. 아니면 랑드리의 머리를. 그렇지 않으면 장제의 머리를. 그러고 나면 다른 모두가 개들과 하인들을 거느리고 도착하겠지. 그리하여 이곳이 프랑스 한복판인 솔로뉴이긴 하지만 꼭 바르샤바에서와 같은 상황이 되겠지.

6

 1973년 10월 초의 어느 저녁이었다. 토요일 일곱시. 내가 들어가 있던 마리보가의 서점에서 사람들이 라디오를 켰다. 음악이 뚝 끊기더니 중동에서 반反유대인 전쟁이 다시 시작되었다는 뉴스가 흘러나왔다.
 나는 포르토리슈의 오래된 희곡집 몇 권을 옆구리에 끼고 서점 밖으로 나왔다. 발길 가는 대로 빨리 걸었다. 그래도 마들렌성당 앞을 지난 것과 오스만대로를 따라 걸어갔던 것이 기억난다.
 그날 저녁 나는 무엇인가가 끝장나고 있다는 느낌이 들었다. 나의 청춘일까? 이제는 그 어떤 것도 전과 같지 않으리라고 확신할 수 있었다. 내게 모든 것이 변하게 된 순간을 나는 정확히 짚어낼 수 있다. 서점을 나서던 바로 그 순간이었다. 그러나 아마도 많은 사람이 같은 시각 나와 똑같은 불안을 느꼈을 것이다. 이른바 '위기'라고들 부르는 것이 시작되고 우리가 새로운 시대로 들어서게 된 것이 바로 그날 저녁이었기 때문이다.

밤이었다. 생토귀스탱광장의 어느 건물 발코니에 잔 가티노라는 글자들이 반짝이고 있었다. 광장에는 얼마간 활기가 감돌았고, 나는 어렸을 때 방한용 신발을 신어보고 파카를 입어보러 가던 상점의 진열창을 따라 걸었다. 나는 메신대로 초입에 들어서서 거리를 따라 걸었지만 마주친 사람은 하나도 없었다. 플라타너스들이 흔들리는 소리가 들렸다. 대로 저 끝, 몽소공원 철책문 앞에 있는, 이름을 잊어버린 카페. 나는 유리벽이 쳐진 테라스의 테이블에 앉았다. 내 앞으로 건물 전면들이 직선을 이루며 지평선을 향해 사라지는 리스본가가 보였다. 에스프레소 한 잔을 시켰다. 나는 전쟁을 떠올렸다. 나는 맞은편의 플라타너스에서 천천히 떨어지는 낙엽 하나를 눈으로 좇았다.

그 늦은 시간에 손님은 우리 둘뿐이었다. 카페 홀의 네온등은 꺼졌지만 테라스의 네온등은 여전히 우리 머리 위에서 너무도 강렬한 빛을 쏟아붓고 있었다.

그는 내게서 두세 테이블쯤 떨어진 자리에 앉아 건너편의 어느 건물 전면을 바라보고 있었다. 육십대쯤 된 남자로, 감청색 외투는 재단 스타일이 무디고 유행이 지난 것이었다. 약간 부은 얼굴, 둥글고 맑은 두 눈, 콧수염과 뒤로 정성스레 빗어넘긴 잿빛 머리털이 기억난다. 그는 입술에 담배를 물고서 무심히 연기를 내뿜었다. 테이블 위에는 반쯤 찬 핑크빛 음료 한 잔. 내가 거기 있다는 데는 관심이 없어 보였다. 그러다 어느 순간 그가 내 쪽으로 고개를 돌렸는데, 지금도 나는 그때 그와 눈이 마주쳤는지 어땠는지 잘 모르겠다. 그가 나를 보았을까? 그는 핑크빛 음료수를 한 모금 마셨다. 그의 시선은 여전히 건너편 건물 전면을 향해 있었다. 어쩌면 거기서 누가 나오기를 기다리는 것인지도. 그는 의자 발치에 놓인 비닐봉지를 뒤지더니 피라미드 모양의 조그만 하늘색 상자 하나를 꺼냈다.

나는 자리에서 일어나 전화부스로 갔다. 1973년에 나온 전화번호부에서 다음날 만나기로 되어 있던 누군가의 주소를 확인했다. 그러고는 다른 이름들을 되는대로 찾아보았다. 아득히 먼 과거의 기억을 떠올리는 여러 사람이 전화 가입자 명단에 새로 기록되어 있다니 나는 놀라고 또 놀랐다. 카토니 드비에는 십오 년 전부터 만날 수 없었는데 주소와 연락처가 빅토르위고대로 80번지—파시 47-22로 되어 있었다. 반면 레놀드, 더글러스 에이빈, 토디 베르너, 조르주 디스마일로프, 그리고 우리가 언젠가 다시 만나게 될 수많은 사람은 자취를 찾을 수 없었다…… 나는 이따금 재미삼아 이런 무용한 확인을 해본다. 그 일은 십오 분 내지 이십 분쯤 계속되었다.

내가 테라스로 돌아왔을 때 감청색 외투를 입은 남자는 상체와 머리를 테이블에 대고 있었다. 그의 정수리가 보였다. 그의 오른팔은 늘어져 있고 다른 팔은 접힌 채, 옆에 앉은 친구가 자기 답안지를 보지 못하게 가리는 초등학생 같은 몸짓으로 석류 음료가 든 잔과 비닐봉지를 감싸고 있는 것 같았다. 그는 움직이지 않았다. 나는 내 에스프레소 값을 지불했다. 카페 종업원이 그의 어깨를 톡톡 두드렸다가 좀더 세게 흔들었지만 아무런 반응이 없었다. 한참 뒤 그가 죽었다는 것을 인정해야 했다. 그들은 경찰 구조대를 불렀다. 나는 그가 앉았던 테이블 옆에 망연자실하게 서서 그를 바라보고 있었다. 그의 잔은 비어 있고 비닐봉지는 빼끔히 열려 있었다. 그 속에 무엇이 있었을까? 종업원과 분명 주인임직한 남자—흰 와이셔츠의 목단추를 풀어놓은 차림의 뚱뚱한 붉은 머리 남자—는 점점 더 날카롭고 뚝뚝 끊어지는 목소리로 도대체 어떻게 이런 일이 일어날 수 있느냐고 서로 물었다.

경찰차가 몽소가 쪽에 와 멈추었다. 경찰관 두 명과 사복 차림의 한 남자가 우리에게로 왔다. 나는 그들에게서 등을 돌린 채였다. 아마 그들은 정말 남자가 죽었는지 확인했을 것이다.

사복 경찰관이 나에게 '증인' 자격으로 함께 가달라고 청했고 나는 감히 아무것도 보지 못했다고 말하지 못했다. 카페 주인이 땀을 흘리면서 불안한 눈길로 나를 뚫어지게 보았다. 내가 "그러죠"라고 말하자 그가 한숨을 내쉬고 고맙다는 뜻으로 어깨를 으쓱하는 것으로 보아 분명 내가 거절하리라 생각했던 모양이다. 그는 경찰들에게 "이분이 다 설명해줄 겁니다"라고 말했고 우리가 떠나기만을 기다리는 눈치였다. 그들은 남자를 들것에 실어 경찰차로 옮겼다. 나는 뒤를 따랐다, 비닐봉지를 손에 든 채로.

경찰차는 리스본가로 접어들었다. 인적 없는 거리를 따라 차는 점점 더 빨리 달렸고 나는 옆으로 쓰러지지 않으려고 좌석 가장자리에 매달려야 했다. 사복 경찰관은 맞은편 좌석에 앉아 있었다. 양 같은 얼굴에 구불거리는 금발. 들것은 우리 두 사람 사이에 놓여 있었다. 나는 그 남자를 바라보지 않으려고 했다. 양 같은 얼굴의 금발 남자가 담배를 권했고 나는 사양했다. 나는 왼손에 여전히 비닐봉지를 쥐고 있었다.

경찰서에서 그들은 그 일이 어떻게 일어났는지 물었고 내 증언을 타이핑해 기록했다. 별로 대단한 것은 없었다. 나는 남자가 석류 음료수를 마시고 얼마 안 가 테이블 위로 쓰러졌다고 설명했다. 그들이 검은 비닐봉지를 뒤지자 고성능 모델의 소형 녹음기 하나와 내가 보았던 피라미드 모양의 하늘색 상자가 나왔다. 상자에는 밀푀유라 불리는 종류의 과자가 하나 들어 있었다.

그의 재킷 주머니에서는 신분증, 오래된 사진 한 장, 그리고 여러 가지 증명서가 들어 있는 큼지막한 가죽 케이스가 나왔다. 그리하여 우리는 그가 1913년 상트페테르부르크에서 태어난 앙드레 부를라고프라는 사람임을 알게 되었다. 그는 1934년 이후로는 프랑스 국적이었고 베리가에 있는 녹음기 대여점에서 일했다. 손님들이 녹음기를 제때 반납하지 않을 경우 그들의 집으로 찾아가 받아오는 것이 그의 일이었다. 그 일을 해주고 그는 보잘것없는 임금을 받았다. 그는 15구의 라콩방시옹가에 있는 가구 딸린 집에 살았다.

사진은 무척 낡았고 행색이며 주변 환경으로 짐작하건대 적어도 오십 년은 된 것 같았다. 사진에는 귀족으로 보이는 젊은 부부가 긴 소파에 앉아 있고 두 살쯤 된 곱슬머리 아이가 그들 사이에 앉아 있었다.

부를라고프가 비닐봉지에 담아두었던 녹음기와 관련있는 전표 한 장. 거기에는 그 녹음기를 빌린 고객의 주소인 쿠르셀가 45번지, 고객의 이름, 그리고 그가 지불한 가격이 나와 있었다. 그러니까 카페 테라스에 앉아 있던 부를라고프는 그곳에서 좀 아래쪽에 위치한 쿠르셀가 45번지에 다녀오는 길이었던 것이다.

그들은 이 모든 정보를 내게 아주 선선히 알려주었다. 가능하다면 그 사람의 이름과 그 밖의 자세한 것을 알고 싶어서 내가 그들에게 물어보았던 것이다.

나는 경찰서에서 나왔다. 밤 열시였다. 다시 생토귀스탱광장을 가로질렀는데 잔 가티노라는 글자들이 여전히 건물 발코니에서 안개로 좀 더 흐릿해진 빛을 발하고 있었다. 잠시 후 내 발소리가 리볼리가의 인적 없는 아케이드들 아래에 울렸다. 나는 콩코르드광장 가에서 발길을 멈추었다. 안개 때문에 불안했다. 안개는 가로등들과 빛이 비춰진 분수들, 오벨리스크, 프랑스 도시들의 조각상들, 그 모든 것을 침묵의 휘장으로 뒤덮었다. 안개에서 에테르 냄새가 났다.

나는 그날 중동에서 다시 시작된 전쟁을, 그리고 앙드레 부를라고프를 생각했다. 그가 녹음기를 돌려받고 돈을 받으러 찾아갔을 때 고객은 정중히 맞아주었을까?

앙드레 부를라고프의 저 돈벌이 시원찮고 하잘데없는 일. 라콩방시옹가의 가구 딸린 아파트에서 쿠르셀가 45번지까지 그는 어떤 길을 따라갔을까? 그 길을 걸어서 갔을까? 그렇다면 분명 머리 위로 전철이 굉음을 내며 지나가는 비르하킴 다리를 건넜을 것이다.

그러니까 그의 인생은 1913년 러시아 상트페테르부르크에서 시작된 것이었다. 강가에 있는 그 붉은빛 궁전들 중 어느 하나에서. 나는 그해에 이르기까지 시간의 흐름을 거슬러올라가 커다란 하늘빛 신생아실의 빠끔히 열린 문틈으로 미끄러져들어갔다. 조그만 손을 요람 밖으로 내밀고 넌 잠자고 있었지. 그리고 오늘은 타브리체스키 정원*까지 오랜 산책을 하고 저녁엔 먹성 좋게 식사를 한 모양이더구나. 쿠드뢰즈 양이 알려주었다. 오늘 저녁 네 엄마와 나는 몇몇 친구와 함께 집

---

* 상트페테르부르크 시내에 있는, 21헥타르에 이르는 영국식 정원.

에 있기로 하자. 겨울이 다가오니 우리 같이 크림반도나 니스에 있는 별장으로 가서 며칠 보내야 할까보다…… 그렇지만 계획을 세우고 미래를 생각한들 무엇하나? 오늘 저녁에도 복도의 벽시계는 수정처럼 맑은 소리를 내면서 시간을 알리는구나. 시계는 너의 어린 잠을 지켜주고 저기 섬들 가까이서 깜빡거리는 빛처럼 너를 보호해주는구나.

7

 그래, 맞아. 테른 지구의 이 작은 영화관에서는 보너스 프로그램으로 〈남쪽 바다의 반 메르스 선장〉을 상영했다.
 파리의 8월 토요일 저녁. 영화가 끝나고 대부분의 관객들이 나가고 영화관에는 여남은 명의 사람밖에 남아 있지 않았다. 불이 꺼지자 나는 가슴에 심한 통증을 느꼈다.
 영화의 첫머리 자막은 진부한 기법으로 전개되었다. 감미로운 음악에 맞추어 천천히 넘어가는 일기장의 페이지들. 글자들은 갈색이 감도는 길쭉한 형태였다. 두 사람 다 같은 주연급인데도 벨라의 이름이 브뤼스 텔장보다 먼저 나왔다. 내 이름은 촬영기사의 이름 다음에 '각색'과 '대사' 표시와 함께 나타났다. 끝으로 마지막 장에서 붉은 고딕체 글자가 빛났다. 남쪽 바다의 반 메르스 선장.

상당한 규모의 요트 한 척이 아직은 조그만 초록색 점으로밖에 보이지 않는 어느 섬을 향해 나아간다. 그리고 선수船首에 서서 머리카락을 바람에 휘날리고 있는 벨라가 보인다. 에메랄드빛 바다와 푸른 하늘은 지나치게 요란한 빛이어서 서로의 빛을 죽인다. 우리는 색채 때문에 어려움이 컸다. 음향 역시 한 번도 제대로 맞지 않았다. 하기야 배우의 연기도 마찬가지였다. 이야기도 그다지 흥미롭지 않았다. 그러나 그날 저녁, 거의 텅 빈 영화관에서 상영되는 〈남쪽 바다의 반 메르스 선장〉을 보고 있자니······

그로부터 칠 년 전, 이봉 스토클랭이라는 제작자가 밤늦게 나에게 전화를 걸어서 이튿날 자기 집에 들러달라고 청했다. 우리는 어떤 '프로젝트'에 대해 이야기했다. 나는 스토클랭을 알지 못했다. 그후 나는 도대체 어떤 우연으로 그가 내 존재를 알게 되었는지 종종 자문해보았다.

그는 이에나대로에 자리한, 가구라고는 전혀 없는 아파트에서 나를 맞이했다. 나는 텅 빈 여러 개의 방을 지나고 또 지나서 두 개의 캠핑용 의자가 놓여 있는 응접실에 이르렀다. 우리는 얼굴을 마주하고 앉았다. 그는 주머니에서 파이프를 꺼내서는 세심하게 담배를 가득 채우고 불을 붙인 다음 한 모금을 빨아들여서 잇새에 연기를 모았다. 나는 그 파이프에서 눈을 뗄 수 없었다. 그것은 텅 비고 황폐한 배경 가운데 유일하게 안정감을 주고 안심이 되는 물건이었기 때문이다. 후에 나는 이봉 스토클랭이 밤새도록 침대에 앉아 파이프 담배를 피운다는 것을 알게 되었다. 그것이 영화 제작자라는 불안정하고 악몽 같은 직업과 싸우는 그 나름의 방식이었던 것이다. 헛된 것을 위해 흘려보내온 인생······ 파이프를 피울 때면 그는 마침내 무게 있는 한 인간, 그의 말을 빌리건대 하나의 '바윗덩이', 즉 '자신의 파편들을 한데 모을 수 있는' 존재가 되는 것을 느낄 수 있었다.

그날 저녁 그는 단도직입적으로 자신의 '아이디어'를 나에게 털어놓았다.

그는 소설을 영화로 만들고자 나에게 각색을 맡기고 싶어했다. 그가 이미 여러 번 함께 일해본 '귀하신' 전문 시나리오 작가에게 상의하느니—그는 그런 작가 서너 명의 이름을 댔지만 기억이 나지 않는다—그보다는 '젊은 사람', 나아가 '작가'에게 일임해보고자 한 것이다. 그것은 이제 막 그가 영화 각색권을 얻어낸 '기막힌' 책 『남쪽 바다의 선장』*이었다. 그런데 영국과 네덜란드의 공동 합작품이었기 때문에 '남쪽 바다의 반 메르스 선장'이란 제목을 붙일 생각이었다. 내가 이런 '방식'을 받아들일 수 있겠는가? 그와 일할 때는 아주 신속히, 그리고 '두 눈 딱 감고' 결정해야 했다. 절대로 그렇게 한 것을 후회하지는 않을 테니까. 좋아요? 아니면 싫어요?

나는 좋다고 했다.

수락하고 나니, 영화감독인 조르주 롤네 씨가 프레카틀랑에서 함께 식사를 하기 위해 기다리고 있다고 했다.

오케스트라가 왈츠를 연주하는 가운데 롤네는 우리에게 정신없이 이야기했다. 그는 스토클랭에게 나처럼 '젊은 사람'에게 의뢰한 것은 썩 좋은 생각이라고 몇 번이나 말했다. 그들 둘 다 오십대가 지난 듯

---

* '남쪽 바다'는 옛적에 해적, 노예상 등이 태평양을 지칭하던 말로, 『남쪽 바다의 선장』은 1826년 영국계 선장 피터 딜런이 남태평양 솔로몬군도에서 1788년 실종된 프랑스 탐험대의 두 탐험선의 난파 장소와 그 잔해를 발견한 이야기다.

보였다. 나는 스토클랭이 파테나탕에 입사하면서 영화 일에 처음 발을 들여놓았음을 나중에 알게 되었다. 롤네라는 이름은 낯설지 않았다. 그는 1950년대에 외과의사들의 생활을 다룬 매우 감동적인 영화를 만들어 상업적인 성공을 거둔 바 있었다. 그는 제작부장, 조감독, 책임 프로듀서 등을 거쳐 영화를 직접 감독하기에 이르렀다. 단두短頭형 두상, 뻘건 피부, 푸른 눈(그는 사부아 출신을 자처했다) 때문에 스토클랭이 터무니없이 단단한 인상을 주는 만큼이나 롤네의 검은 눈, 실루엣과 웃음에서는 부서지기 쉬운 매력이 풍겨나왔다. 식사가 끝나갈 무렵 그래도 나는 '소설'에 관한 한 가지 질문을 했다.

롤네는 곧 재킷 주머니에서 아주 조그만 책 한 권을 꺼내더니 나에게 내밀었다. 그 소설은 1907년에 발행된 것으로 에두아르 기욤 출판사가 '로튀스 알바'라는 통속적인 총서에 끼워 펴낸 것이었다.

"당신에게 『남쪽 바다의 선장』을 맡기겠습니다." 그는 미소 지으며 말했다. "우리 함께 멋진 작업을 해낼 수 있게 되기를 바랍니다."

이튿날 나는 스토클랭의 집에서 롤네의 입회하에 계약서에 서명했다. 그 자리에서 60만 구舊 프랑을 받았고 내 이름을 포스터와 광고판에 명시하며 '제작 순이익'의 2퍼센트를 나중에 지불받기로 정했다. 스토클랭은 영화의 촬영 예정지인 포르크로로 내가 롤네와 그다음날 떠나도록 결정했다. 거기서 우리는 가능한 한 신속히 시나리오 작업을 '매듭지을' 것이었다. 촬영은 바로 다음달에 시작될 예정이었다. 기술팀은 이미 구성되어 있었다. 아직까지 배역은 다 정해지지 않았지만 확정되는 것은 시간문제였다.

포르크로에서 롤네와 나는 작은 항만 안쪽에 있는 조그만 호텔에 자리잡았다. 그는 일주일 동안은 나 혼자서 일해보라고 했다. 나에게 '완전한 자유'를 줄 테니 '쭉 이어지는 대화'를 직접 써보라고 충고했다.

책은 판형이 아주 작은데다 깨알같은 활자로 인쇄되어 있어 우선 명백한 사실부터 인정해야 했다. 즉, 돋보기 없이는 『남쪽 바다의 선장』을 읽어낼 재간이 없었다. 그런데 호텔에 돋보기가 있을 리 만무했다. 우리는 모터보트 한 척을 빌려 지앙까지 갔다. 거기서도 돋보기는 구할 수 없었다. 그 일이 롤네는 재미있는 모양이었다. 그는 툴롱까지도 가는 데 반대하지 않았지만, 운좋게 이에르의 안경사가 우리에게 확대경 하나를 구해주었다.

나는 늦게 일어나 오후에 일을 했다. 소설은 지난 세기에 있었던 해적선들의 이야기였는데 롤네는 현대의 이야기로 각색해보자고 고집했다. 나는 기분전환도 하고 좀 쉴 겸 그가 발견한 조그만 바닷가 절벽으로 그를 찾아갔다. 그는 피라미드 모양으로 생긴 바위에서 쉼없이 다이빙을 했다. 심지어 매우 우아한 자세로 재주를 넘기도 했다. 다이빙은 그에게 언제나 대단히 중요했고 치유의 힘을 발휘했다. 그는 그것이 '재충전하기에' 가장 좋은 수단이라고 설명했다.

나는 마침내 그와 내가 오랜 친구처럼 바캉스를 즐기고 있다는 생각에 빠졌다. 날씨는 더없이 찬란했고 6월이라 아직 관광객은 없었다. 우리는 정면에 항만이 보이는 호텔 테라스에서 식사를 했다. 롤네는 그의 인생에서 가장 중요한 사건인, 전시에 영국 공군 생활을 했던 일에 대해 이야기했다. 그는 자기 자신과 다른 사람들에게 '유대인으로서 비행대의 정예요원이 될 수 있다는 것'을 증명해 보이기 위해 입대했다. 그리고 실제로 증명했다.

나는 보름 만에 『남쪽 바다의 선장』의 '각색'을 끝냈다. 마지막 삼십 페이지는 날림으로 해치웠다는 것을 인정한다. 롤네가 내게 글을 직접 읽어봐달라고 부탁했을 때 나는 대단히 걱정되었다. 이런 일을 한 번도 해본 적이 없었으므로 특히 나의 '장면 재구성 작업'이 그의 마음에 들지 않을까봐 불안했다. (사실 나는 소설 속 문단 하나하나를 그대로 세심하게 따랐다.) 글을 읽어갈수록 롤네의 주의력이 흐트러졌다. 그는 딴생각을 하고 있었다. 내가 다 읽고 나자 그가 칭찬했다. "매우 생생하고 잘 짜인 시나리오네요." 그는 다정한 목소리로 말했다. 그리고 잠시 망설였다.

"대사 중에 적당히 어디다가 한마디 덧붙일 수 없을까요?"

"물론 되지요." 나는 얼른 말했다.

"그러니까…… 어느 순간 그 친구가 '유대인으로서 비행대의 정예 요원이 될 수 있잖아요, 선생……' 하고 대사를 치면 어떨까 해서."

비록 이야기와는 아무런 상관이 없는 대사였지만 그래도 나는 주인공이 그 대사를 하도록 끼워넣었다.

롤네는 그것을 매우 중요하게 여겼다. 사실 그것이 그가 유일하게 관심을 가지는 부분인 듯했다. 그로서는 막상 영화를 촬영할 생각을 하자 그만 깊은 무기력에 빠져드는 기색이 역력했기 때문이다.

스태프들—매우 제한된 인원으로 구성된 팀이었다—이 어느 일요일 저녁에 온갖 기재를 싣고 도착했다. 첫 장면을 찍기로 한 요트를 항구에 정박했다. 제작자측이 벨기에의 어느 거물에게서 빌린 것이었다. 조연을 맡은 배우들(여자 셋과 남자 둘)이 그다음 화요일에 섬으로 왔다.

우리는 두 주연배우 벨라 F.와 브뤼스 텔장을 기다렸다.
오후가 되자 커다란 모터보트 한 척이 호텔 부교 앞에 와서 멈추었다. 남자 둘이 들것을 들고 거기서 내리는 동안 세번째 남자는 수많은 다갈색 가죽가방을 부두에 내려놓았다. 롤네와 나는 호텔 테라스에 앉아 있었고 촬영기사와 스크립터도 우리와 한자리에 어울려 있었던 것 같다. 다른 사람들이 우리 쪽으로 다가왔다. 우리는 곧 들것에 실려오는 사람이 누구인지 알아보았다. 브뤼스 텔장이었다. 롤네는 자리에서 일어나 그에게 손짓했다. 텔장은 수염을 사흘이나 깎지 않은 채였고 얼굴은 땀에 푹 젖어 있었다. 그는 신열로 떨고 있었다. 롤네를 보고는 그가 다 죽어가는 목소리로 말했다.
"조르주 롤네 씨세요?"
하지만 벌써 두 남자가 그를 방으로 옮기는 중이었다. 그는 침대에 누워 있었고 롤네는 그가 옛날에 앓았던 말라리아의 후유증으로 고생하고 있는데 그로 인해 영화에 지장이 있을까봐 걱정된다고 나에게 설명했다. 하지만 그를 좋아하고 꼭 붙잡아두고 싶으므로, 저 '망할 놈의' 보험회사가 이제부터 텔장을 '커버'해주지 않는다 해도, 롤네 자신은 전혀 개의치 않는다는 것이었다.
그러는 사이 벨라 F.도 도착했다.
처음 몇 장면은 요트 위에서 촬영했다. 그 몇 장면에는 텔장이 등장하지 않으므로 롤네가 촬영을 시작한 것이었다. 그는 있는 대로 늑장을 부렸다. 나는 그가 영화 촬영을 중단할 구실을 얻기 위해 텔장이 계속 아프기를 바라는 건 아닌가 하는 의심이 들었다.
그는 촬영하는 동안 내가 포르크로에 머물러주기를 간청했다. 어쩌면 시나리오를 수정해야 될지도 모른다는 것이 그의 설명이었지만 시나리오는 촬영 끝까지 내가 쓴 그대로였다.

브뤼스 텔장, 우리의 스타는 이십 년 전만 해도 가장 탁월한 젊은 할리우드 배우 중 하나였다. 그는 무협영화에서 특히 뛰어났는데, 라가르데르, 퀀틴 더워드, 스칼렛 핌퍼넬 등을 어찌나 정열적이고 매력적으로 연기했는지 곧 대단한 인기를 모았다. 그러고 나서는 선교사, 탐험가, 고독한 항해사 등 다양한 역들을 연기했다. 그때마다 그는 인생에 능욕당하고 인간의 악독함에 절망하는 순진무구한 영웅으로 등장했다. 관객들은 악과 겨루다가 번번이 실패하고 때로는 그 실패에서 마조히즘 같은 것을 느끼는—왜냐하면 텔장의 영화에는 언제나 그가 야만적으로 고문당하는 장면이 등장했다…… 사람들 말로는 그가 그런 장면들을 좋아했다고 한다—이 신비스럽고 천사 같은 모습에 감동을 받았다. 영화 출연을 거듭해가며 그는 매력을 조금씩 잃어갔다. 술이 큰 원인이었지만 나이 탓도 있었다. 사십대에 가까워가는 그는 빼어난 체형을 요구하는 그 역들을 감당할 수 없었던 것이다. 그러던 어느 날 아침 눈을 떴을 때는 머리가 허옇게 세어 있었다.

벨라—그녀를 이름으로만 부르겠다—는 나보다 열다섯 살 정도 많았고 이미 기나긴 경력을 거친 여자였다. 그녀는 열일곱 살 때 칸 영화제의 사진작가들 앞에서 포즈를 잡던 신인 배우의 모습 그대로였다. 그뒤로 그녀는 얼마간의 성공을 거두었다. 춤을 잘 추고 영어가 유창해서 미국 뮤지컬 영화에 단역으로 캐스팅되었다. 할리우드 체류의 후광을 업고 프랑스에 돌아온 그녀는 1950년대 초의 정직한 제작자들이 만들던 여러 영화에서 주연을 맡았다. 그녀는 관객들의 사랑을 많이 받았다. 그러나 십 년이 흘렀다.

그녀는 초록색 눈에 광대뼈가 나오고 들창코에 고집스러워 보이는 이마를 가진 조그마한 키의 흑갈색 머리 여자였다.

텔장은 일주일 후에 일어났지만 체중이 10킬로그램이나 줄었고 종종 지팡이를 짚고 조심조심 걸었다. 롤네는 그에게 우선 야외촬영을 시켰다.

나는 느지막이 일어났으므로 사실상 실제 촬영에는 함께하지 않았다. 롤네는 행동이 느리고 세심하기로 유명했다. 그는 두 개의 장면을 놓고 오랫동안 망설였고 그걸 가지고 어지간히도 마음을 썼다. 음향기사는 이미 그와 같이 일을 해본 경험이 있었는데 편집을 할 때는 훨씬 더 골치를 앓는다고 나에게 설명했다. 그는 그때 금방 자살이라도 할 지경이 된 롤네를 본 일이 있는데 그냥 가볍게 하는 말이 아니라고 했다. 그런데 며칠 후 롤네가 〈남쪽 바다의 반 메르스 선장〉에 대해 전혀 뜻밖의 태도를 보였다. 그가 졸고 있었던 것인데, 촬영 도중에도 그러는 모양이었다. 심지어 한번은 잠들어버리기까지 했다.

물론 스토리는 눈에 띄게 독창적인 것이 못 되었다. 뱃머리에 선 벨라는 그녀의 남자친구 다섯 명, 즉 젊고 할 일 없고 돈 많은 남자들과 함께 유람하며 점점 가까워지는 섬에서 눈을 떼지 않고 있다. 그들은 도덕심이라곤 없는 사람들이다. '더없이 타락한 분위기'가 요트 위를 지배한다. 섬에서 그들은 상선을 타다가 은퇴하고 이십 년 전부터 그곳에서 지내는 뱃사람 '남쪽 바다의 선장'을 만나게 될 것이다. 텔장이 왕년의 젊은 주연배우의 얼굴로 분하게 될 순수한 인물. 벨라는 나이 차에도 불구하고 '선장'에게 반해 이 수풀 우거진 섬의 고독 속에서 그와 함께 살기 위해 친구들을 버린다.

벨라와 텔장은 기이한 한 쌍을 이룬다. 텔장은 거대한 체격인데 벨라는 어찌나 작은지 아버지와 어린 딸 같아 보일 정도다. 내가 촬영장에 나가보았던 어느 날 오후가 기억난다. 벨라와 텔장은 섬 한가운데서 처음으로 둘이 산책을 한다. 남쪽 바다의 선장이 그녀에게 이렇게 선언한다.

"당신과 함께 있으면 내 청춘을 되찾은 것 같은 기분이오……"

그러면 여자는 대답한다.

"왜 그런 말씀을 하세요?…… 당신은 젊으신데요……"

날씨는 매우 더웠고 텔장의 와이셔츠는 땀에 젖어 있었다. 그는 셔츠를 십 분에 한 번씩 갈아입었다. 그가 접이식 의자에 털썩 주저앉으면 사람들은 화장을 고쳐주어야만 했다. 벨라 역시 햇빛을 견디지 못했다. 그녀는 기분이 썩 좋지 않았다. 롤네는 감청색 점퍼를 한 번도 벗지 않고 항상 걸친 채 그들에게 연기 지시를 하면서 농담을 해보려고 애썼다. 휴식 시간에 텔장은 입고 있던 가죽 코르셋의 끈을 풀어놓았다. 오랫동안 서 있어야 하는 장면을 찍을 때 착용하는 것이었다. 사실 그는 서 있는 것을 몹시 힘들어했다.

우리는 해질녘에 호텔로 돌아왔다. 십오 분 정도를 걸어야 했는데 스태프들이 우리보다 앞서갔다. 벨라, 롤네, 텔장, 그리고 나만 남아 있었다. 걷기 전에 텔장은 언제나 지니고 다니는 보드카 병을 우리 한 사람 한 사람에게 건네면서 한 모금씩 마시라고 권했다. 덕분에 우리는 기운을 얻었다.

롤네가 먼저 일어나 걸으면서 텔장을 부축했다. 텔장은 롤네의 오른쪽 어깨에 손을 얹고 몸을 의지하면서 지팡이를 짚었다. 벨라와 나는 몇 미터 거리를 두고 따라갔다. 그녀가 내 팔을 잡았다. 아름다운 달빛이 비치고 있었고 길은 군데군데 덤불에 가려져 죽 이어진 데를 찾기가 어려웠다. 공기중에는 소나무와 유칼리나무의 향기가 진하게 퍼져 있었다. 지금도 그 향기는 그날 어둠 속으로 나아가던 우리의 걸음을 상기시킨다. 우리의 발소리가 점점 더 깊어가는 침묵을 흔들어놓았고 벨라는 드디어 내 어깨에 머리를 기대었다. 얼마 후 텔장이 지친다는 몸짓을 했다.

그는 절름거리고, 비틀거리다가, 롤네의 팔에 간신히 매달렸다. 그러다 문득 걸음을 멈추었다. 저만큼 앞에 서서 얼굴은 땀에 젖은 채 멍한 눈으로 우리에게 계속 걸어가라는 손짓을 했다. 달빛에 비친 그의 모습은 열 살쯤 더 늙어 보였다.

롤네와 나는 마침내 그를 호텔까지 끌고 왔다. 그는 이를 딱딱거리며 몸을 떨었다. 내가 어렸을 때 영화관에서 본 〈스칼렛 핌퍼넬〉 속 날렵하게 몸을 날리던 그 남자가 말이다.

우리는 호텔 식당의 같은 테이블에 넷이서 다시 마주앉았다. 벨라는 전에 롤네와 함께 영화를 촬영한 일이 있어서 추억을 나누었다.

식사 후에 벨라, 롤네, 음향 기사, 그리고 촬영기사는 포커를 치기 시작했다. 나는 텔장과 단둘이 남아 있었다. 그는 프랑스말을 매우 정확하게 했다. 그가 내게 속내 이야기를 털어놓았다. 그 역시 글을 쓰고 싶어했다. 아프리카와 뉴기니에서 모험 많은 생활을 하던 젊은 시절, 작은 배 '태즈메이니아'호를 타고 항해하던 시절의 추억을 글로 쓰기 시작했다고 했다. 그러나 그는 "펜을 잡게 생겨먹지를 못했다"고 했다. 그는 툭하면 철학적인 이야기에 빠졌다. 그는 사람이 살면서 절대로 남의 충고에 귀를 기울여서는 안 된다고 내게 말했다. 그리고 여자와 함께 산다는 것은 매우 어려운 일이라는 것, 청춘이나 영예, 건강은 다 한때뿐이라는 것, 자기야말로 그점을 깨닫기에 딱 맞는 입장이라고 했다. 또 지금은 잘 기억조차 나지 않는 다른 이야기도 했다.

그는 나를 좋아했던 것 같다. 우리는 키가 거의 같았다. 그는 1미터 94센티미터였고 나는 1미터 98센티미터였다. 밤마다 나는 보드카를 마신 그를 부축해 방으로 데려다주었다. 그는 나에게 항상 이렇게 말했다.

"땡큐. 마이 선(고마워요. 젊은이)……" 그러고는 짐덩어리처럼 쓰러져 갔다.

벨라는 방금 포커판에서 큰돈을 잃었다면서 내게 돈을 빌려달라고 했다. 내가 시나리오를 써주고 받은 60만 구 프랑 중에서 남은 것은 40만 프랑이었다. 나는 그녀에게 사분의 삼을 빌려주었다. 초록색 눈에 몸집이 아담한 흑갈색 머리 여자들에게 언제나 약했던 나는 그녀를 좋아하고 있었다. 그러나 그녀에게 그 말을 하기에는 너무 소심했다.

촬영은 삼 주 만에 끝났다. 롤네는 이에르의 한 영화관에서 시험 상영하는 '편집용 필름'을 보러 가는 수고도 하지 않았다. 대신 그곳에 음향 기사를 보냈다. 그는 나에게 영화 끝부분을 사흘 안에 '매듭 지을' 수 있도록 시나리오의 마지막 사십 페이지를 짧게 '압축해달라'고 부탁했다. 그는 더 버틸 수 없었던 것이다. 그는 매 컷마다 지루해서 잠이 들곤 했다.

그는 "유대인으로서 비행대의 정예요원이 될 수 있잖아요, 선생"이라는 대사가 깃발처럼 펄떡거리며 울리는 장면을 촬영할 때에야 비로소 다시 관심을 쏟았다. 그는 그 장면을 텔장에게 열다섯 번이나 다시 연기하게 했지만 자신이 원하는 만큼의 장면은 결코 얻어내지 못했다.

영화 촬영이 끝나고 나서는 조그만 파티가 있었다. 그 기회에 스토클랭이 파리에서 관광용 경비행기로 도착했다. 그는 비행기를 직접 조종하며 파이프를 입에 물고서 곡예하듯 호텔 앞에 착륙하는 데 성공했다.

그날 저녁에는 분위기가 전반적으로 활기찼다. 소나무와 유칼리나무의 향기가 그윽한 8월의 어느 저녁이었다. 롤네는 영화를 잘 만들어내서 안도하는 듯했다.

우리는 팀 단체 사진을 찍었다. 그 사진을 다시 찾고 싶다. 나는 벨라와 텔장 사이에 있었다. 미친듯이 술을 마셔댄 텔장은 간신히 눈을 뜰까 말까 하는 지경이었다. 벨라는 내게서 빌린 돈을 모두 날렸다고 속삭이며 파리에 돌아가면 갚겠다고 맹세했다. 그리고 내게 자기 전화번호를 주었다. 오퇴유 00.08번.

파티 중간에 나는 롤네를 한구석으로 데려가 〈남쪽 바다의 반 메르스 선장〉이 언제 개봉하느냐고 물어보았다.

그의 눈이 게슴츠레했다. 그 역시 술을 많이 마신 것이다.

"아니, 이 친구야, 그 영화는 절대 개봉 안 될걸……" 그는 어깨를 으쓱하면서 말했다.

그러고는 우리가 모두 모여 있던 거실에서 나를 끌고 나갔다. 나는 그를 부축해 함께 계단을 올랐다. 그는 첫번째 층계참에서 멈춰 섰다. 그가 나를 뚫어지게 바라보았다.

"이봐, 이 친구야…… 사실 나는 이 시나리오를 쓸 사람으로 왜 당신을 고용했는지 전혀 납득이 안 가. 스토클랭과 친척인가?"

"저…… 그건 아니고요." 내가 말했다.

그는 미소 짓더니 마치 아버지 같은 손길로 내 머리를 토닥거렸다.

"하여간…… 우리는 모두 서로 가족 같은 관계니까…… 영화계란 대가족이니까……"

우리는 다시 계단을 올라갔다. 그는 한 칸 한 칸 오를 때마다 비틀거렸다.

"이 영화 말이야, 개똥 같은 거지……"

"그렇게 생각하세요?" 내가 말했다.

"내 알 바 아니지. 내가 하고 싶은 얘기는 그 영화에 다 했으니까. 전부 다."

그는 자기 얼굴을 내 얼굴에 갖다댔다.

"알다시피…… 내 문장이……"

나는 복도를 따라가는 내내 그를 부축했다. 나는 그의 방문을 열었다.

"당신한테 참 유감이야, 파트릭." 그가 말했다. "그렇지만 그 영화에서 내가 할 말은 다 했으니까. 아주 간단한 한마디……"

갑자기 그가 세면대 쪽으로 가서 몸을 숙이더니 속을 게워냈다. 나는 문가에서 기다렸다. 그는 창백한 얼굴로 나를 향해 몸을 돌렸다. 그가 씩 웃었다.

"미안. 내가 중병이 났군. 당신은 다른 사람들한테 가봐야지."

그가 어쩌면 나를 필요로 할지도 모른다는 생각에 나는 복도 한가운데에, 문 가까이 앉았다. 가구가 삐걱거리는 소리와 사람이 낡은 침대 위로 몸을 던질 때 스프링에서 나는 탄식하는 듯한 소리가 들렸다. 침묵. 그뒤 그가 잇새로 중얼거리는, 들릴까 말까 한 그 한마디.
"유대인으로서 비행대의 정예요원이 될 수 있잖아요, 선생……"

8

　나와 내 아내는 비아리츠의 클레망소광장에 도착해 있었다. 우리는 귀족 별장 같은 모습의 카페 바스크를 뒤로하고 빅토르위고대로로 접어들었다.
　6월의 햇빛 좋은 오후의 시작 무렵이었고 매우 부드러운 산들바람이 불고 있었다. 행인은 한 사람도 없었다. 드문드문 지나는 자동차들도 침묵을 거의 깨뜨리지 못했다. 시장이 서는 광장과 생조제프성당의 앞뜰을 알아볼 수 있을 것 같았다. 우리는 그 성당 안으로 들어갔다. 그곳에는 아무도 없었다. 고해실 가까이서 촛불 하나만 타고 있을 뿐이었다. 누구에게 봉헌된 초일까? 나는 교인 명부를 열람해보려 했었지만 물어볼 사람이 아무도 보이지 않아 오후 늦게 이곳으로 다시 오면 되리라고 생각했다.

우리는 레퓌블리크대로를 따라갔다. 이십 년이 지났지만 확실히 거리는 크게 변하지 않은 모습이었다. 나는 어느 한 집이라도 추억을 상기시켜주기를 바라면서 건물 전면들을 유심히 바라보았다. 마치 파리 교외, 이를테면 주이앙조자스를, 내 동생과 내가 살던 한가롭고 신비스러운 독퇴르퀴르젠가를 산책하고 있는 것만 같았다. 그런데 다른 것들보다도 해수욕장 냄새가 좀더 나는 어느 건물, 입구에 빌라 미라마르나 빌라 렌 나탈리 같은 간판이 붙은 건물이 우리가 비아리츠에 와 있다는 것을 일깨워주었다. 따뜻하고 밝은 햇빛은 코트다르장의 햇빛이었다.

레퓌블리크대로에서는 전면에 칠을 새로 한 매우 오래된 건물인 생트마리 학교로 어린아이들이 들어가고 있었다. 철책문이 열려 있었고 아이들은 그 문을 지나 운동장으로 계속 걸어들어갔다. 희미한 종소리가 수업시간을 알렸다. 나는 어머니와 내가 저 운동장을 건너질러가, 회색 나무 덧문이 달린 문들 중 하나를 두드렸던 1950년 10월의 그날 아침을 기억했다. 태어나서 처음으로 학교에 간 날이었고 나는 울었다.

우리 왼쪽에는 좁은 골목길이 양쪽 담 사이로 끝없이 깊숙이 뻗어 있었다. '무염시태無染始胎 사립학교'라고 적힌 문이 보였다. 오른쪽에는 조그만 개인 주택들이 연이어 있었다. 우리는 레퓌블리크대로가 끝나는 곳에 이르렀다. 거기에는 네거리가 하나 있었다. 몇 걸음 더 나아가니 내 앞에 라 카사 몬탈보가 나타났다. 두 개의 길이 교차하는 네거리를 선수상船首像처럼 내려다보고 서 있는 건물이었다.

어떻게 묘사해야 할까? 밝은색 돌로 지은 육중한 건물, 아니 그보다는 사면斜面 슬레이트 지붕을 얹은 작은 성. 널찍한 길은 역시 슬레이트 지붕이 덮인 현관문으로 이어진다. 라 카사 몬탈보의 뜰은 성벽으로 둘러싸여 있다. 나는 흰 나무 대문을 지났지만 건물 입구까지는 걸어갈 엄두가 나지 않았다. 길 끝 왼쪽, 덤불숲 한가운데 우리가 어렸을 때 분명 무척 좋아했을 종려나무 한 그루가 솟아 있다. 그러나 그 나무에 얽힌 추억은 전혀 없다. 나는 남동생 뤼디와 내가 살던 작은 집의 창이 어느 것인지 알고 싶었다. 라 카사 몬탈보는 가구가 딸린 여러 세대의 집으로 나뉘어 있었으니까. 우리는 그 창문들에서 네거리 건너편에 있는 그라몽성과 그 성의 루이 13세 풍 붉은 벽돌 전면과 작은 탑들, 그리고 버려진 정원을 바라보곤 했다.

나는 등뒤로 울타리 문을 닫았다. 울타리 양쪽에는 간판이 하나씩 붙어 있었다. 왼쪽 간판에는 카사, 오른쪽 것에는 몬탈보라고 표시된 것을 읽을 수 있었다. 카사 몬탈보.

아내는 담배를 피우면서 나를 기다리고 있었다. 우리는 우리 정면에 있는 생마르탱가로 접어들었고 곧 같은 이름의 성당 앞에 멈춰 섰다. 이 성당은 15세기 것으로 보였다. 우리는 사제복을 입은 신부 한 사람과 마주쳤는데 나는 그에게 세례 증명서를 받을 수 있을지 물었다. 그는 성당 맞은편의 조그만 건물을 가리켰다. 우리는 그 안으로 들어갔다. 매우 연로한 부인이 창구 너머에 있었다. 아내는 안쪽에 있는 긴 의자에 앉았고 나는 창구 쪽으로 몸을 숙이면서 말했다.

"세례 증명서를 받을까 해서 왔습니다만."

이 성당에서 세례를 받았다는 확신이 점점 강해졌다.

"언제였는데요?" 노부인이 매우 부드러운 목소리로 내게 물었다.

"아…… 1950년 여름이요……"

그때 "1950년 여름"이라고 말하면서 나는 한 가닥의 슬픔을 느꼈다. 나는 내 이름의 철자를 말했고 노부인은 명부에서 6월, 7월, 8월, 9월 순으로 차근차근 찾아나갔다. 노부인은 마침내 9월 24일자에서 찾아 냈다.

"1950년 여름이 아니라 가을이군요." 그녀는 퇴색한 미소를 지으며 말했다.

그녀는 세례 증명서를 복사해서 내게 주었다. 종이에는 이렇게 적혀 있었다.

세례 증명서

생마르탱 본당―비아리츠, 바욘 교구

세례 기록부―1950년도, 증명 번호 145번

1950년 9월 24일 P……로 세례받았음

1945년 7월 30일 파리 출생

아버지 A……

어머니 L……

현주소 : 파리, 콩티 강변로 15번지

대　부 : 앙드레 카무앵, J. 맹트와 W. 라셰브스키가 대리 출석

대　모 : 마들렌 페라귀스

특기 사항 : 없음

나는 세례 증명서를 조심스럽게 접어 재킷 안주머니에 넣었다. 아내

와 나는 밖으로 나왔다.

그러니까, 나는 이 조그만 생마르탱성당에서 세례를 받았던 것이다…… 세례식이며 신부님에게 이끌려 성수반 쪽으로 갈 때의 두려움, 그 전날 세례를 받은 내 동생, 어머니, 대모 마들렌 페라귀스, 대부를 대신한 두 사람 등으로 구성된 무리가 어렴풋하게 기억난다. 또렷하게 남은 이미지는 단 하나. 성당 앞에 세워놓은 라셰브스키의 커다란 흰색 무개차의 이미지다. 우연히 받게 된 세례. 누가 먼저 그럴 생각을 했을까? 그리고 동생과 나는 왜 일 년 가까이 비아리츠에 머물렀을까? 한국전쟁이 그 이유 중 하나였던 것 같다. 그 때문에 사람들이 우리를 파리에서 멀리 떨어진 곳에 데려다놓고 지난 전쟁을 상기하면서 신중을 기하기 위해 우리에게 세례를 받게 하기로 결정했던 것 같다. 아프리카로 떠나기 전, 라 카사 몬탈보로 우리를 보러 왔을 때 아버지가 한 말이 생각난다. "전쟁이 계속되면 너희를 브라자빌로 데려가마." 그러고는 우리에게 선물한 지구본에서 프랑스령 적도아프리카의 그 도시를 손가락으로 가리켰다.

그리고 또다른 이미지들…… 생장드뤼즈의 토로 드 푸에고 축제가 있던 어느 날 밤, 나는 어머니에게 꽃가루를 던지는 한 남자에게 달려들었다. 그리고 생트마리 학교에서 나오는데 소형 화물차 한 대가 나를 치었다. 조금 전 우리가 지나온 레퓌블리크대로의 도미니크회 수녀원 건물, 그곳에서 사람들이 나를 치료하기 위해 에테르로 잠을 재웠다. 동생 뤼디와 내가 피에르포르상스광장의 나무 밑에서 들었던 군악대의 나팔소리.

생마르탱가 끄트머리에서 아내와 나는 J. F. 케네디 대로를 따라갔다. 그 길은 당시에는 그 이름이 아니었다. 우리는 어느 카페 테라스의 햇빛이 드는 자리에 앉았다. 카페 주인과 다른 두 사람이 우리 뒤에서 오는 일요일에 있을 바스크 지방의 펠로타* 시합 이야기를 하고 있었다. 나는 재킷 위로 내 세례 증명서를 어루만져보았다. 그후 많은 것이 변했고 가슴 아픈 일이 수없이 많았지만, 그래도 자신의 옛 소속 본당을 다시 찾아냈다는 것은 힘이 나는 일이었다.

---

* 스쿼시와 비슷하게 벽에 공을 튀겨 상대를 공격하는 바스크 지방의 전통 스포츠.

9

 보주州의 로잔에 머물던 시절 이후로 내가 그렇게도 변했을까?
 저녁에 플로리몽 학원의 강의를 마치고 나오면 나는 시내 중심에서 우시로 내려가는, 케이블 철도와 흡사한 이 전철을 탔다. 플로리몽 학원에서 내 할일이 그리 많은 것은 아니었다. 정규 수업과정 이외에 외국인 학생들이 듣는 주당 세 차례의 프랑스어 강의였다. 이를테면 방학 특강 같은 것이었다. 나는 내 흐릿한 목소리 때문에 그들이 전혀 알아듣지 못하는 텍스트들을 끝도 없이 받아쓰게 했다.
 내 나이 겨우 스무 살이었지만, 나는 내가 태어나기 전의 일도 기억했다. 예를 들어 나는 점령기 파리에서 살았던 것을 확신한다. 당시의 몇몇 인물, 자질구레하면서도 마음을 뒤흔드는 세세한 일들, 그리고 어떤 역사책에도 언급되지 않는 사람들을 기억하고 있었기 때문이다.

그렇지만 나는 나를 과거로 잡아당기는 저 묵직한 힘에 끌려가지 않으려고 애썼고 저 유독有毒한 기억에서 벗어나려고 노력했다. 기억을 잃어버릴 수만 있다면 무슨 대가라도 치렀을 것이다.

나는 인도양의 어느 외딴섬에 숨어 살고 싶다고 생각했다. 거기서라면 나의 해묵은 유럽에서의 추억이 보잘것없는 것으로 보일 것 같았다. 매우 신속히 망각이 찾아올 것이었다. 나는 치유될 것이었다. 내 선택은 금세기의 번뇌와 고통을 경험한 적이 없는 더 가까운 어느 나라로 낙착되었다. 스위스였다. 나는 군복무를 연기할 수 있는 한 되도록 오래 그곳에 머물기로 결심했다.

플로리몽 학원의 내 강의는 저녁 일곱시 십오분까지 계속되었고 그런 마비 상태는 뤼민대로에 이를 때까지 나를 휩쌌다. 나는 오늘날도 그 마비된 듯한 상태에 향수를 느낀다. 내가 지나다니던 건물들과 시립극장은 트롱프뢰유*의 배경처럼 입체감이 전혀 없었다. 생프랑수아 광장에는 13세기의 오래된 성당이 하나 서 있었는데, 그보다 좀더 멀리 있는 은행들의 밋밋한 전면들 못지않게 현실감이 없었다. 로잔에서는 모든 것이 허공에 떠 있는 상태였고, 눈길도 가슴도 그 어떤 껄끌한 것에 가서 걸리는 법 없이 미끄러져나갔다. 모든 것이 중립적이었다. 시간도 고통도 이곳에는 그것들의 나쁜 병균을 뿌려놓지 않았다. 게다가 여러 세기가 흐르는 동안 레만호 이편에서는 시간의 흐름이 멈춰 있었다.

나는 벨에르라는 고층 건물 가까이 있는 어느 카페의 테라스에서 자

---

* 실물이라는 착각을 불러일으킬 만큼 철저한 사실적 묘사. 눈속임 그림.

주 발걸음을 멈추고 손님들끼리 주고받는 대화에 귀를 기울였다. 그들의 프랑스어 말투 자체가 내 마음속의 비현실적인 느낌을 더욱 짙게 만들었다. 이상한 억양 때문에, 그들의 입에서 나오는 프랑스말은 국제공항 확성기를 통해 흘러나오는 그런 언어가 되어버렸다. 심지어 보주 사람들의 억양조차 현실적이라기에는 너무 어색하고 촌스럽게 들렸다.

나는 플롱역 플랫폼으로 내려갔다. 냄새도 소음도 없는 지하철역, 어린아이들의 장난감처럼 산뜻한 색깔의 객차들. 우리는 문이 열리기를 얌전히 기다렸다. 객차는 솜에 싸인 듯한 침묵 속에서 미끄러져갔다. 나는 창문에 이마를 바싹 붙이고서 빛을 발하는 광고판을 물끄러미 바라보았다. 광고판의 글자들은 매우 또렷했고—프랑스에서보다 훨씬 또렷했고—색깔도 훨씬 강렬했다. 오직 그 광고판들, 그리고 몽트리옹역, 조르딜역의 간판들만이 마비 상태인 나를 뚫고 들어왔다. 기뻤다. 이제 나에게 기억 따위는 없었다. 나의 기억상실증은 날이 갈수록 단단해지는 피부처럼 두꺼워져갔다. 과거도 미래도 이제는 없어졌다. 시간의 흐름이 멈추고 모든 것이 레만호의 푸른 안개 속에 마침내 녹아들고 말 것이었다. 내가 '마음의 스위스'라고 부르는 그런 상태에 도달한 것이다.

그것은 미셸 뮈즐리와 내가 우정어린 의견 대립을 보이던 주제였다. 그는 내가 그곳에 머물기 시작한 초기에 알게 된 내 또래의 스위스 사람으로 보험회사에서 일했다. 그는 내가 자기 나라에 대해 그릇된 관념을 가졌다고 비판했다. 그것은 마침내 몽트뢰 쪽에 와서 말년을 보내게 된 여러 나라에서 온 돈 많은 거주민들—아니면 정치 망명자들이나 갖는 관념이라고. 사실이 아니다, 스위스는 내가 바라는 것처럼 중간 지대도 불확실의 왕국도 아니라는 것이다. 내가 '스위스의 중립성'이라는 말을 입 밖에 낼 때마다 뮈즐리는 눈에 보일 만큼 역력하게 괴로워하는 모습이었다. 마치 배 한가운데에 총이라도 맞은 것처럼 힘이 쭉 빠지고 얼굴은 벌게졌다. 그는 뚝뚝 끊어지는 목소리로 '중립성'이란 근본적으로, 그가 '스위스 정신'이라 부르는 것과 부합하지 않는다고 나에게 설명했다. 정치인들, 유력자들, 그리고 실업가들이 스위스를 '중립성'의 길로 유도하기 위해 있는 힘을 다하는 것은 사실이지만 그렇다고 해서 '그들'이 이 나라의 열망을 대변했다고 생각하는 것은…… 사실이 아니다. '그들'은 스위스로 하여금―뮈즐리의 말에 따르면―이 세계의 모든 고통과 모든 불의를 받아들이고 속죄해야 할 본연의 사명을 저버리게 만들었다. 뮈즐리가 꿈꾸는, 머지않아 그 '계시'가 나타날 스위스는, 그의 머릿속에서, 모험을 위해 막 떠나려는 순결하고 찬란한 젊은 여자의 모습을 하고 있었다. 그 여자는 이제 온갖 훼손 행위에 끊임없이 노출되고 사람들 때문에 하얀 드레스가 더럽혀지고 있지만 욕설과 진흙탕 한가운데에서도 항상 웃음과 자비심을 보이며 전진하고 있으며, 어쩌면 이 같은 자신의 십자가 행로를 가는 데 어떤 쾌감을 느낄 것이었다. 스위스에 대한 이 고통주의적인 비전은 나를 다소 불안하게 했지만, 미셸은 자기 나라에 대해 이야기할 때를 제외하면 누구보다 부드러운 사람이었다. 키가 매우 크고 광대뼈가 튀어나오고 투명한 푸른 눈에 콧수염이 이제 조금씩 돋아나기 시작한, 스위스 사람이라기보다는 러시아 사람 같은 인상의 금발 남자.

그는 나에게 파푸라는 별명의 또래 청년 바드라위를 소개해주었고 우리는 곧 셋이서 늘 붙어다니는 친구가 되었다. 바드라위는 상트랄가의 은행에서 일했다. 그는 이집트 출신으로 가족들은 파루크왕이 몰락하자 알렉산드리아를 떠났다. 가족이라고는 이제 제네바에 사는 늙은 아주머니 한 분밖에 남지 않았는데 그는 월급의 반을 그분에게 보내고 있었다. 아주 작은 체구에 호리호리하고 눈과 머리가 검은 그는 어린애 같은 웃음을 띠었지만 종종 눈길에는 어렴풋한 분노의 빛이 물들었다. 뮈즐리와 그는 연방법원 인근 샹돌랭가에 있는 같은 현대식 건물에 살고 있었다. 파푸 바드라위의 방에는 영어책들이 어지럽게 들어차 있었다. 침대 머리맡 탁자 위에는 약혼녀의 사진이 있었다. 그녀 역시 영국 사람이었고, 얼굴이 고양이를 닮았다. 그를 사랑하지만 그 몰래 다른 남자와 자기도 한다고, 그래도 자기는 그를 사랑하므로 그런 것쯤은 중요하지 않다는 것을 설명하기 위해 장문의 편지를 써 보내곤 했다. 그러나 파푸의 생각은 그녀와 달랐다. 그는 차를 마시면서 때때로 그 이야기를 했다. 그는 차를 많이 마셨다. 우리가 그의 집 문을 두드릴 때면 으레 따뜻한 얼그레이 한 잔이 준비되어 있으리라고 확신할 수 있었다.

　우리 모두 어려운 시기를 지나고 있었다. 한 달에 한두 번씩 뮈즐리는 우리가 '소동'이라고 부르는 짓을 저질렀다. 그런 밤이면 파푸의 방에 전화벨이 울려댔고 와서 친구를 데려가라는 소리가 들리곤 했다. 뮈즐리가 언제나 바드라위의 전화번호를 지니고 다녔던 것이다. 초기에 뮈즐리는 소동을 피울 장소로 뱅자맹콩스탕대로의 댄스홀을 택했다. 그는 그 집의 여급 한 명과 알고 지냈는데 그녀는 프랑스 여배우 마르틴 카롤과 꼭 닮은 금발로, 아닌 게 아니라 이름도 미슐린 카롤이었다. 뿐만 아니라 라 페 호텔의 식당에서도, 역 대합실에서도, 취리히의 한 극단이 실러의 〈빌헬름 텔〉을 공연하는 시립극장에서도 소동을 벌였다. 곧 얼굴이 알려져서 그는 공공장소 출입을 금지당했다.

어느 날 저녁 바드라위의 집에서 그와 함께 미셸을 기다리고 있는데 두세 시간이 지나 전화벨이 울렸다. 어느 '여인숙' 주인이 우리에게 전해주기를 '뮈즐리 씨'가 벌써 '매우 엉망인 상태'라 '린치를 당할' 게 뻔하다고 했다. 자기는 '경찰과 엮이는 것'은 질색이니 우리더러 '뮈즐리 씨가 잘못되기 전에 데리고 나가라'는 것이었다. 여인숙은 10여 킬로미터 떨어진 샬레 아 고베라는 마을에 있다고 했다. 우리는 택시를 타고 한참 헤맨 끝에 조그만 전나무숲 한가운데에 있는 그 건물을 찾아냈다. 뮈즐리는 부은 얼굴로 셔츠를 풀어헤친 채 홀 안쪽에 있는 테이블에 누워 있었다. 왼쪽 구두는 어디로 갔는지 보이지 않았다. 시골 사람들 같은 인상의 여남은 명의 무리가 우리를 험상궂게 쳐다보았다. 뮈즐리는 테이블에서 미끄러지듯 내려오더니 우리에게 비틀거리며 다가왔다. 입가에 피가 흘렀다. 바드라위와 내가 양쪽에서 그의 팔을 잡고 부축해 문을 지나 밖으로 나올 때 뒤에서 매우 강한 보 사투리가 섞인 누군가의 고함소리가 들렸다.

"저들이 데리러 와서 다행이지. 안 그랬으면 저 빌어먹을 녀석, 아주 끝장날 판이었는데……"

뮈즐리는 습관처럼 그들에게 스위스에 관해 일장 연설을 늘어놓았던 것이다. 그의 논점이라면 나도 훤히 꿰고 있었다. 그는 그들에게 스위스는 금세기 초부터 '잠자고 있으며', 이제는 깨어나야 할 때가, 마침내 '손을 더럽히는' 데 동의할 때가 되었다고 말했다. 그러지 않는

다면 스위스는 날이 갈수록 '엄청 깨끗하고 엄청 발그레한 돼지'같이 될 것이라고. 그날 저녁 그들은 그를 반쯤 죽여놓았다. 그런데 그가 원한 게 바로 그것이었다. 그는 사람들이 자신을, 스위스 사람 미셸 뮈즐리를, 그것도 판자촌 쓰레깃더미 위에서 두들겨패주기를 원했다. 그리하여 자기 나라의 그 과도한 깨끗함과 다른 범죄들에 대해 속죄하고자 했던 것이다.

미셸이 순교의 열망에 불타 있던 반면, 바드라위는 살해당하지 않을까 하는 공포심 속에 살고 있었다. 처음 만났을 때 그는 내게 그 비밀을 털어놓았다. 1932년 파리에서 살해당한 사촌 알레크 스쿠피의 전례가 머릿속에서 떠나지 않는다는 것이었다. 스쿠피가 그런 일을 당한 정황은 끝내 밝혀지지 않았다. 스쿠피는 알렉산드리아 출신으로 프랑스어로 된 소설 두 권을 발표했고 가극 왕 카루소의 전기를 썼다. 그의 사진이 바드라위의 침대 머리맡 탁자 위에 떡하니 놓여 있었는데 둘이 어찌나 많이 닮았는지 나는 오랫동안 그것을 바드라위의 사진으로 착각했다. 때때로 나는 그가 살해당해 죽는다는 생각에 매혹되어 사촌의 존재를 지어낸 것은 아닐까 자문해보았다. 어쨌든 파푸는 사촌을 죽인 사람들이 자기도 죽일 거라 확신하고 있었고 그 어떤 논리로도, 그 어떤 우정어린 맹세로도 그의 머릿속에서 그 생각을 지울 수는 없었다. 단 한 가지 그가 인정하는 점은 다른 어느 곳보다 스위스에서 지내는 것이 훨씬 덜 위험하다는 거였다. 그는 스위스의 중립성이 자신을 베일처럼 보호해주며 그 누구도 이 나라에서는 감히 살인을 범하지 않으리라 확신했다. 뮈즐리는 그에게 그 반대를 증명해 보이려고 애썼으며 그가 자기 방 벽에 앙리 기장 장군*의 초상화를 걸어둔 것을 비난했다.

그러나 바드라위는 그 스위스 장군이 한 번도 전투를 벌인 적 없고 그 누구도 죽인 일이 없으며, 그의 부드럽고 아버지 같은 얼굴은 자기에게 커다란 위안을 주고 불안감을 달래준다고 말했다.

그렇게 밤이 오면 우리는 각자의 고독을 되찾게 되었다. 미셸 뮈즐리는 스위스 사람이 된 불운을, 파푸는 자신으로 하여금 방문을 걸어잠그고 차 한 잔과 함께 침대 깊숙이 파고들어가 웅크리고 있게 만드는, 살해당할지도 모른다는 강박을. 그리고 나는 라디오를 켰다. 다이얼을 1밀리미터씩 돌려가며—확 돌렸다가는 처음부터 다시 시작해야 했다—'제네바 바리에테' 방송의 주파수를 잡아냈다. 방송은 밤 열시 정각에 시작되었다. 〈밤의 음악〉. 매일 겨우 이십여 분 진행되는 이 방송을 우연히 발견한 이래, 나는 우시대로의 내 방에서 혼자 그 방송을 듣지 않고는 견딜 수 없었다. 열대의 멋이 깃든 또랑또랑한 피아노 시그널뮤직. 그 음악이 이어지는 동안 어떤 목소리가, 약간 콧소리가 섞인 낮은 목소리가 말한다.

"〈밤의 음악〉."

그다음에 이어지는 또다른 금속성의 목소리.

"프로듀서……"

그리고 여전히 낮은 처음의 목소리가 뒤를 잇는다.

"로베르 제르보……"

두번째 목소리는 보다 날카롭고 거의 여성스럽다.

"그리고 장자비에 쿼르틴."

---

* 2차대전 동안 스위스군 총사령관으로 임명된 인물.

시그널뮤직이 몇 초간 더 이어졌다. 마지막 화음이 끝나면 처음의 목소리가 들려오고, 즉 제르보가 은밀한 공모자 같은 목소리로 설명해주었다.

"늘 그렇듯이 에이토르 빌라로부스의 곡이었습니다."

이십 분의 방송 동안 그들은 소나타, 아다지오, 카프리치오, 판타지아를 들려주었다. 그들은 특히 스페인 음악가들을 편애했으며, 제르보는 진한 억양으로 알베니스, 마누엘 데 파야, 그라나도스*의 이름을 발음했다…… 그들은 둘 다 부연 설명을 하는 일 없이 곡 제목을 알려주기만 했는데 그 때문에 그들의 프로그램은 세련되면서도 무미건조한 인상을 주었다. 끝에 가서 들리는 어렴풋한 피아노 곡조, 두번째 시그널뮤직이었다. 들릴까 말까 한 마지막 화음. 제르보의 목소리.

"늘 그렇듯이 후멜의 협주곡 6번이었습니다."

그리고 이어지는 짤막하면서도 애무하는 듯한 장자비에 퀴르틴의 목소리.

"〈밤의 음악〉 애청자 여러분, 감사합니다. 내일 다시 찾아오겠습니다. 안녕히 계십시오."

며칠 후 그 프로그램을 듣던 중 내게 어떤 일이 일어났던가? 내 청각이 예리해진 것일까, 음악의 물결 아래 가볍게 지지직거리는 소리를 들은 것 같았다. 처음에는 해외 방송의 주파수를 잡을 때 들리는 잡음일 거라고 추측했다. 그런데 곧 여러 대화가 서로 섞인 중얼거림, 흐릿한 말소리라는 것을, 그 말소리 속에 때때로 구조를 호소하는 목소

---

* 세 명 모두 스페인 대표 국민악파 작곡가.

리, 혹은 여러 사람이 이 방송을 이용해 자기들끼리 어떤 메시지를 주고받거나 서로 만나려는 듯, 불분명한 메시지가 들린다는 것을 확신할 수 있었다. 마치 그들의 목소리가 음악이라는 막을 뚫어보려고 부질없이 애쓰는 것처럼. 어느 날 저녁에는 그런 현상 없이 제르보와 퀴르틴이 틀어주는 음악이 처음부터 끝까지 수정처럼 맑은 음향으로 흘러오기도 했다.

어느 일요일, 나는 '제네바 바리에테' 방송 채널에 주파수를 맞추는 데 평소보다 시간이 많이 걸렸다. 〈밤의 음악〉이 시작한 지 벌써 십여 분이 지나 있었고, 나는 놀랍게도 제르보가 이렇게 말하는 것을 듣게 되었다.

"친애하는 애청자 여러분—그의 목소리는 여느 때와 달리 떨리고 있었다—우리가 방금 감상한 곡은 곧바로 가슴에 와닿습니다. 이 음악은 사후 세계에서 들려오는 탄식과도 같습니다. 유형流刑의 긴 절규죠……."

잠시 침묵. 제르보는 점점 더 감정에 북받친 목소리로 말을 이었다.

"작곡자는 분명 이 곡에서 자신이 지금은 사라져버린 어떤 세계의 마지막 생존자라는, 유령들 한가운데 있는 유령이라는 것을 절감하며 받은 느낌을 표현하고 있습니다."

다시금 침묵. 그러고 나서 퀴르틴의 쉰 목소리.

"그 느낌을 잘 아시는군요, 로베르 제르보."

마치 상대방이 그 이야기를 더 길게 계속하는 것이 겁난다는 듯 끊는 제르보의 목소리. "친애하는 애청자 여러분, 그럼 내일 찾아오겠습니다. 안녕히 계십시오."

'사후 세계' '유형' '유령들 한가운데에 있는 유령' 등 방금 내가 들은 말들로 인해 깨어난 어떤 생각이 나를 그 자리에 붙박듯 잡아세웠다. 로베르 제르보는 누군가를 생각나게 했다. 나는 자리에 누워 내 앞의 벽을 뚫어지게 바라보았다. 벽지에 그려진 꽃들 사이에서 하나의 얼굴이 눈앞에 나타났다. 어떤 남자의 얼굴. 벽에서 또렷이 떠오르는 그 얼굴은 점령기 파리에서 가장 끔찍한 인물이었던 D의 얼굴이었다. 마드리드에, 그리고 나중에는 스위스에 피신한 것으로 알고 있는, 가명으로 제네바에 살고 라디오 방송국에 일자리를 얻은 D. 그렇다, 로베르 제르보, 바로 그였다. 다시금 과거가 나에게 밀물처럼 밀어닥쳤다. 1942년 3월의 어느 밤, 키가 크고 남아메리카 사람처럼 생긴, 서른이 될까 말까 한 남자가 샹젤리제대로의 한 모퉁이, 마리냥가에 있는 식당 '생모리츠'에 있었다. 나의 아버지였다. 헬라 하르트비치라는 이름의 젊은 여인과 함께였다. 밤 열시 반. 사복 차림의 프랑스 경찰 한 무리가 식당으로 들어와 모든 출구를 봉쇄한다. 그러고 나서 손님들의 신분을 확인하기 시작한다. 아버지와 아버지의 여자친구는 아무런 증명서도 가지고 있지 않다. 프랑스 경찰들은 그레퓔가에 있는 유대인 문제 담당 경찰서 본서에서 보다 구체적인 조사를 하기 위해 두 사람을 다른 여남은 명과 함께 호송차에 밀어넣는다.

호송차가 그레퓔가로 들어서자 아버지는 〈마드무아젤 드 파나마〉를 상연하는 마튀랭극장에서 사람들이 쏟아져나오는 것을 눈여겨본다. 형사들은 전에 어느 아파트의 거실이었던 곳으로 그들을 끌고 갔다. 그곳에는 샹들리에와 벽난로 거울이 남아 있었다. 방 한가운데에는 밝은색 나무로 짠 커다란 사무용 책상이 하나 놓여 있고, 아버지의 기억에 따르면 그 뒤에는 살갗이 늘어진 얼굴에 깔끔하게 면도한 한 외투 차림의 남자가 앉아 있었다. 그가 D였다.

그는 아버지와 아버지의 여자친구에게 신분을 밝히라고 요구했다. 지쳐서인지 아니면 도발하기 위해서인지 둘은 이름을 알려주었다. D는 불분명한 발음의 갖가지 이름이 적혀 있을 여러 장의 종이를 건성으로 넘겨보았다. 그리고 고개를 들어 부하 하나에게 신호를 했다.

"유치장으로 데리고 가."

층계에서 아버지와 여자친구와 서너 명의 다른 용의자는 두 형사에게 가로막혀 있었다. 자동 타임스위치가 꺼졌다. 불이 다시 켜지기 전에 아버지는 여자친구를 잡아끌고 아래층까지 층계를 뛰어내려가 현관을 나섰다. 그들은 마튀랭가 쪽으로 달렸다. 등뒤에서 고함소리와 발소리가 들리는 것 같았다. 그러더니 호송차의 모터 소리. 그들은 루이 16세 광장을 따라가다가 어느 건물의 문을 밀고 들어가 어둠 속에서 성큼성큼 층계를 올라갔다. 그들은 누구의 눈에도 띄지 않고 꼭대기층에 이르렀다. 거기서 그들은 아침까지 기다렸다. 하마터면 무슨 일을 당할 뻔했는지 당시 그들은 알지 못했다. 유치장 다음에는 드랑시나 콩피에뉴행이었다. 그다음은 집단수용소행 열차였다.

모가 나지 않은 평면적인 얼굴. 윗입술은 말리고 아랫입술은 얄팍한, 입꼬리가 축 늘어진 입, 그 입은 머리를 어항에 착 붙이고 있는 양서류의 입 같았다. 거무스레하고 땀구멍 하나 없는 듯한 매끄러운 피부. 그날 밤 내 앞에 나타난 D는 그랬다. 까닭은 알 수 없지만 사람들이 '회색 장갑'이라 부르던, 살인자 같기도 하고 소년단원 같기도 한 청년 무리를 거느리고서 점령기 암시장이었던 식당들을 누비던 그 인물. 그레뮐가의 그 남자 D. 그는 내가 조금씩 기억을 잃어가고 있다고 믿었던 이 나라까지 나를 쫓아온 것이었다. 그의 얼굴이 벽면을 따라 미끄러져내려오더니 나에게 다가왔다. 벌써부터 그 싸늘하고도 물렁물렁한 감촉이 느껴졌다.

*

 그러나 삶이란 아름다운 것이어서, 그해 봄…… 일하지 않아도 되는 자유 시간이면 파푸, 뮈즐리, 나, 이렇게 셋은 우시대로와 쿠르대로가 교차하는 모퉁이 호텔의 조그마한 수영장에서 만나기로 약속했다. 수영장은 정원 안쪽에 만들어져 있고 우시대로와 면한 쪽은 장막처럼 늘어선 나무들이 가리고 있었다. 미슐린 카롤은 오후 한시경에나 잠이 깨면 그곳으로 와 우리와 함께 어울렸다. 그녀는 저녁이 되어야 일을 시작했으므로 하루종일 일광욕을 했다. 아주 자그마하고 아름다운 인도네시아인 쌍둥이 자매도 우리 패거리였다. 자매는—그녀들 말로는—로잔에서 "공부를 하고 있다"고 했다.
 연한 초록빛이 감도는 물 위에는 유아용 튜브들이 떠 있었는데, 거기에는 '행복한 날들'이라는 글자가, 그리고 그 뒤에는 연도를 가리키는 숫자가 찍혀 있었다. 1965년? 1966년? 1967년? 어느 해였던가? 상관없다, 나는 스무 살이었다.
 당시 아주 기묘한 우연의 일치가 일어났다. 어느 토요일 아침, 나는 여느 때보다 일찍 수영장에 갔다. 딱 한 사람이 나보다 일찍 와서 접영을 하고 있었다. 그는 나를 보자 황급히 달려들었고 우리는 얼싸안았다. 파리에서 알고 지낸 벨기에 출신의 젊은 가수 앙리 스로카였다. 그는 호텔에 묵고 있었다. 그가 설명하기를, 에비앙에서 열린 황금 보리수 가요 대회에 참가했는데 그곳 호텔들이 만원이라 주최측에서 로잔에 방을 잡아주었다는 것이다. 심사는 닷새 동안 계속되었고 그는 아침마다 로잔과 에비앙을 왕복하는 배를 탔다. 심사진은 그를 준결선에서 선발했다가 '청중의 환호'에도 불구하고 마지막 결선에서 탈락시켰다. 그 실패 때문에 그가 상심한 것 같지는 않았다. 그는 일주일 전부터 이곳에 와 있었는데 호텔을 떠날 생각이 선뜻 나지 않았다. 나른하고 몽롱한 상태에 점차 빠져드는 자신이 스스로 생각해도 놀랍기만 했다. 매일같이 늘어나고 있는, 이제 치를 수도 없게 된 호텔 숙박비도 그다지 개의치 않았다. 우리는 다시 만나게 된 것을 기뻐했다. 앙리 스로카는 아직은 그리 멀지 않은 어떤 과거로 나를 데려갔다. 친구인 위그 드쿠르송과 내가 그라몽가에 있는 판타지아 음악 출판사의 텅 빈 사무실에서 빈둥거리던 그 오후들로. 우리는 그곳에서 노래를 만들었고 스로카는 그 곡들 중 하나인 〈새들은 돌아온다〉를 불러서 소포트 페스티벌과 바르셀로나 가요 대전에서 각각 장려상과 메달을 받았다. 그후 판타지아 음악 출판사는 문을 닫았고 우리가 알던 많은 사람이 출판사와 함께 어디론가 흩어져버렸다. 하지만 이 수영장에서 우리가 다시 만나게 된 것은 기분좋은 일이 아닐 수 없었다.

며칠간의 오순절 연휴를 맞아 우리는 저마다 근심을 잊어버린 듯 보였다. 미셸 뮈즐리는 침착했고 단 한 번도 '소동'을 부리지 않았다. 나는 그가 자기 나라와 화해하기를 바랐다. 바드라위는 햇볕을 쪼이며 동양인다운 태평함을 되찾았고 살해당할 두려움에 떨던 것도 훨씬 나아졌다. 그리고 그의 영국인 약혼녀는 그다음날 로잔으로 그를 만나러 와도 좋은지 허락을 구하는 편지를 보내왔다. 앙리 스로카는 황금 보리수 가요 대회 이야기를 별로 씁쓸해하는 빛도 없이 우리에게 들려주었다. 그는 마지막 결선에서 짧은 반바지, 흰 셔츠에 넥타이를 매고 무대에 올라 로큰롤을 노래한 깜찍한 열세 살짜리한테 지고 말았다. 스로카 자신도 그 이야기를 하며 웃었다. 도대체 무슨 마귀한테 씌어서 그 황금 보리수 가요 대회에 참가하게 되었는지 모르겠다고 했다. 그건 그 자신도 어쩔 수 없는 일이었다. 어디서 가요 대회가 있다는 말만 들으면 매번 달려가는 그는 폴란드 소포트, 이탈리아, 오스트리아, 소련으로 멋진 여행을 하게 되었다. 철의 장막 저편에서 그가 알려지기 시작했다. 그는 모스크바에서, 레닌그라드에서, 키예프에서 노래를 불렀다. 그의 말로는, 그곳에서 비로소 자기를 알아주는 청중을 만났다는 것이다. 나도 믿어 의심치 않았다. 특히 소련 사람들이 매력적인 가수로서의 그의 고전적인 음성과 고전적인 생김새를 높이 평가한 모양이었다. 그는 에롤 플린*의 닮은꼴이었기 때문이다. 한편, 미슐린 카롤은 점점 더 그에게 매력을 느끼는 듯했다. 그것은 양쪽 다 마찬가지였다. 그들은 수영장 한가운데에서 일종의 수중 애무에 빠져들었다. 그들이 이루는 한 쌍—그는 에롤 플린을 닮고 그녀는 마르틴 카롤을 닮았으니—은 세월이 거슬러올라가는 듯한 착각을 불러일으켰다. 작고 한 그 두 배우가 다시금 거기 우리 가운데 와 있었던 것이다. 마치 우리 어린 시절의 아름다운 날들처럼. 그러고는 눈을 반쯤 뜬 내 앞에서

---

* 오스트레일리아 태생의 미국 배우.

수영을 하고 서로 애무해 보이기까지 하는 친절을 베풀어주었다.
 자그마한 인도네시아 자매 중 하나는 나에게 친밀감을 드러내는 한편, 다른 쌍둥이 자매는 뮈즐리가 자기 취향이라고 생각했다. 파푸 바드라위는 덱 체어 깊숙이 몸을 웅크리고서 약혼녀가 도착하기를 기다리고 있었다. 우리는 모두 초록빛 물 위에 반짝이는 햇빛과 우시대로 쪽의 나무들이 설렁이며 내는 소리, 스로카가 우리를 위해 주문한 핌프스 샴페인 때문에 더욱 짙어진 어떤 관능의 안개 속을 떠다니고 있었다. 우리의 모임은 매우 늦은 시간까지 이어졌고 그느러나 더는 〈밤의 음악〉을 청취할 기회가 없었다.

*

 그렇다, 세상에는 어지간히도 기묘한 우연의 일치가 일어나는 법이다. 나는 수영장에서 스위스 신문을 무심히 뒤적거리다가, "내일부터 로잔의 야외극장에서 리비에라 로망드의 음악 주간이 시작된다. 삼 년 전 앙세르메 선생 문하생들이 주도해 만든 이 음악 주간에는 많은 음악 전문가들이 참가하는데 그중에는 우리 동료인 '제네바 바리에테'의 로베르 제르보와 장자비에 퀴르틴도 포함되어 있다"라는 짤막한 기사에 시선이 멈추었다.
 나는 자리에서 일어나 하얀색 비치가운을 걸치고는 다른 친구들 곁을 떠났다. 수영장에서 호텔로 이르는 자갈길을 따라 갔다. 분명 이런 날을 이미 경험한 적이 있는 것 같았다. 금발의 뒤바리 공작부인*이 단두대에서 처형되리라는 것을 미리 알고서 그녀에게 알려주어 너무 늦기 전에 파리를 떠나게 하려고 애쓰지만 그녀는 태연히 어깨만 으쓱할 뿐인 그런 꿈속에서처럼, 이후에 일어날 사태를 예견할 수 있었다.

나는 호텔 프런트로 가서 안내원에게 물었다.

"제르보 씨는 도착했나요?"

"바에 계십니다, 선생님."

바로 내가 기대하던 말이었다. 심지어 그 말을 내가 먼저 귀뜸이라도 해줄 수 있을 것 같았다.

"저기 바에요, 선생님……"

그는 '바' 입구를 가리켜 보이려고 팔을 뻗었다.

나는 그 '바' 입구에서 발을 멈추었다. 밝은색 목재 패널을 두른 벽과 격자 천장의 넓은 홀이었고 낮은 탁자들 주위에 체크무늬 천을 씌운 안락의자들이 놓여 있었다.

나는 첫눈에 그를 알아보았다. 그는 입구 오른쪽에 누군가를 마주보고 앉아 있었다. 그들은 이야기를 나누고 있었다. 공기중에 파피에다르메니** 냄새가 감돌았고 그것이 그의 향수 냄새임을 나는 쉽게 기억해냈다. 나는 자연스럽게 보이려고 애쓰면서—맨발에 비치가운 차림이어서 그들의 주의를 끌까봐 겁이 났다—그들에게서 멀찍이 떨어진 테이블에 가 앉았다. 그들은 대화에 어찌나 열중해 있는지 나를 눈여겨보지 않았다. 그들은 큰 소리로 이야기하고 있었다. 제르보는 열띤 목소리로, 더 젊은 남자는 라디오에서보다 더 금속성의 목소리로.

---

* 루이 15세의 마지막 애첩.

** 안식향, 몰약 등의 나무 수지를 녹여 향을 입힌 종이 방향제 상표명. '아르메니아의 종이'라는 뜻이다.

"그 문제는 나보다 자네가 더 잘 알잖아, 장자비에." 제르보가 말했다.

"물론이죠."

"내가 할 일은 한 가지뿐이야."

"뭔데요?"

"그들을 꼼짝 못하게 만드는 거. 내년에 마누엘 데 파야 페스티벌을 하든지 아니면 힌데미트 페스티벌을 하도록 말이야. 더 말할 것 없어."

"그 사람들에게 그렇게 말씀하실 거예요?"

"만약 그렇게 못하겠다고 하면 난 문 닫고 가버릴 생각이야."

"그렇게 하실 수 있겠어요, 로베르?"

그러니까 바로 내 옆에, 1940년부터 1944년까지 수천 명을 집단수용소로 보낸 장본인, 우리 아버지가 기적적으로 피한 그레퓔가의 '팀'들을 지휘한 자가 앉아 있는 것이었…… 나는 그의 족보를 알고 있었다. 전쟁 전에는 수입이 변변찮은 시시한 변호사였다가 나중에 시의원이 된 그는 자기 이름에 귀족 칭호를 붙이고 반유대인 단체를 창설했다. 해방이 되자 마드리드로 피신해 에스테브라는 이름을 사용하며 프랑스어를 가르쳤다. 그의 생년월일이 1901년 3월 23일이며 카오르 태생이라는 것까지 나는 그에 대해서라면 모두 알고 있었다.

"마누엘 데 파야 페스티벌을 하든가 아니면 페스티벌이고 뭐고 다 집어치우든가!"

"사람들이 전부 파야한데 대놓고 부당하게 구는 게 놀라워요." 장자비에 쿼르틴은 생각에 잠긴 채 말했다.

"부당이고 뭐고 간에 나는 그들 코앞에서 문 닫고 가버릴 거야!……"

그러니까 몇 미터 떨어진 곳에 있는 저자는 내가 이 세상에 절대로 태어나지 않기를 바랐겠구나. 나는 극도의 호기심을 가지고 그를 바라보았다. 내가 해방 당시 어느 신문에서 오려놓은 그의 사진은 종이 질이 나빠서 선명하지 않았지만, 이십오 년 동안 그의 얼굴—특히 볼 아래쪽—이 더 불룩해지고 머리숱이 줄었다는 것을 알 수 있었다. 그는 금테 안경을 쓰고 있었다. 파이프 담배를 피웠고 말을 할 때도 파이프를 그대로 물고 있었는데, 그렇게 평온해 보이는 분위기가 나에게는 뜻밖이었다. 대머리에 통통한 모습이 사람 좋은 인상을 풍겼다. 아래위로 검은색 비로드 양복에 암홍색 터틀넥 셔츠를 입은 그는 뚱뚱한 목사 같았다. 그 앞에 앉은 장자비에 쿼르틴은 반듯하지만 매우 좁은 얼굴에 혈색 창백한 청년에 불과했다. 검은 머리는 꼭 옻칠을 해 붙여놓은 것 같았다. 너무 꼭 맞는 푸른색 비로드 양복, 가문이 새겨진 반지, 군더더기 없는 작은 몸짓, 끈 없는 단화 등 모든 것에서 아시아인 특유의 세심함이 엿보였다. 사실 그는 유럽인과 아시아인 사이에서 태어났을지도 몰랐다.

"그러면 그들이 마누엘 데 파야 페스티벌을 하게 해줄까요?"

제르보는 파이프를 질근질근 씹었다.

"물론……"

그는 파이프를 잇새에 문 채 미소 지었다.

"특히 내가 '제네바 바리에테'의 방송 전체를 맡겠다고 그들에게 약속한다면……"

"그거 멋지겠네요." 쿼르틴은 벌레 소리 같은 금속성의 목소리로 말했다. "파야의 〈아틀란티스〉를 연주할 수만 있다면요."

제르보는 생각에 잠겨 고개를 끄덕였다.

"그럼, 그럼, 그럼……"

그때 바텐더가 그들의 테이블로 다가갔다.

"선생님들, 무엇을 드시겠습니까?"

"맥주 한 잔." 제르보가 말했다. "생맥주로. 자네는?"

"석류 주스요……"

바텐더가 곧 내 테이블에도 왔다.

"쉬즈* 한 잔요." 내가 말했다.

그들은 내가 거기 있다는 것을 알아차리고 나를 쳐다보았다. 내가 비치가운 차림이라 놀란 듯했다. 제르보는 미소 지었다. 그가 고갯짓으로 인사를 하기에 나도 답례를 표했다. 음료수가 날라져왔다.

"좋던가요?" 제르보가 아무에게나 말하듯 물었다.

"좋냐고요?"

"네, 수영장 물 말입니다."

"아주 좋아요."

그가 퀴르틴에게로 고개를 돌렸다.

"자네도 수영이나 하지그래, 장자비에. 저분 말이 물이 좋다는데."

"저도 가볼 생각이었습니다." 상대방이 내게 미소 지어 보였다.

"건배." 제르보가 맥주잔을 들며 내게 말했다.

나는 얼굴을 찡그려 웃어 보이고 자리에서 일어나 바를 나왔다.

그러고는 성큼성큼 홀을 지나 수영장까지 자갈길을 뛰어갔다.

뮈즐리와 파푸는 수영을 하고 있었다. 앙리 스로카는 흰색과 붉은색

---

* 프랑스 페르노 리카르 사(社)가 생산하는, 용담 뿌리로 만든 아페리티프의 상표명. 국내에는 '스즈'라는 이름으로 알려져 있다.

이 섞인 커다란 목욕 수건을 깔고 미슐린 카롤과 나란히 누워 있었다. 그들은 손을 마주잡고 있었다.

"어디 갔다 왔어?" 그가 나에게 물었다.

뭐라고 대답할 것인가? 그들은 인도네시아 여자 헤디가 반시간 전부터 나를 찾아다녔다고 말했다.

뮈즐리와 파푸가 수영장에서 나와 우리 쪽으로 와서 어울렸다.

"너 얼굴이 창백해." 스로카가 말했다. "포르토 플립* 한잔 하는 게 좋겠어."

나는 떨고 있지만 그들이 눈치채지 못하도록 몸에 힘을 주었다.

"괜찮아?" 뮈즐리가 나에게 물었다.

"응, 그럼. 아무렇지도 않아. 아주 좋아."

나는 가운을 벗고 물속에 뛰어들었다. 눈을 뜬 채 오랫동안 잠수했다. 가능한 한 오랫동안. 영원처럼 오랫동안. 수면으로 올라와서는 팔꿈치를 수영장 가장자리에 걸치고 턱을 푸른 모자이크 타일 위에 받쳤다.

"물 좋지, 안 그래?" 스로카가 나에게 말했다. "내가 포르토 플립 한잔 주문해줄게."

두 남자가 저기 길을 걸어서 점차 다가오고 있었다. 퀴르틴과 제르보. 퀴르틴은 V자 모양으로 허벅다리 부분이 깊이 팬 형태의 밝은 청색 수영복을 보란듯이 입었고 제르보는 검은 비로드 양복을 그대로 입은 채 놀랍도록 큰 사진기를 어깨에 둘러메고 있었다.

---

* 포트와인과 달걀노른자를 주재료로 만든 칵테일.

그들은 수영장 건너편에 발길을 멈추었다. 제르보는 그곳에 하나뿐인 캔버스천으로 된 접의자에 앉고 퀴르틴은 그 옆에 쭈그리고 앉았다. 그는 외양이 제법 육상 선수 같아 보였는데, 키가 작은 사람이 지나친 욕심에 근육을 단련시킨 것 같은 모습이었다. 그는 급작스레 일어나 왼발을 수영장 물에 적셨다. 오른쪽 다리는 살짝 굽히고, 발가락 끝까지 길게 뻗는 무용수처럼 왼쪽 다리는 쭉 펴고, 상체는 꼿꼿이 하고, 팔을 등뒤로 돌린 채 몇 초 동안 그렇게 균형을 잡고 서 있었다. 제르보는 자리에 그대로 앉아 사진기 렌즈를 퀴르틴 쪽으로 돌리고 셔터를 눌러댔다. 퀴르틴은 빙그레 웃었다.

내 친구들과 나는 그들을 바라보고 있었는데, 스로카, 미슐린 카롤, 그리고 바드라위가 꽤나 관심을 보이고 있다는 것을 나는 알아차렸다. 제르보를 대놓고 그의 본명으로 불러 세워보고 싶은 생각이 간절했지만 장소가 적당하지 않았고 다른 친구들이 놀라지 않을까 걱정되었다. 퀴르틴은 유연한 발걸음으로 느릿느릿 다이빙대 쪽으로 향했다. 그러고는 다이빙대의 탄력을 시험해보려는 듯 발을 굴러 여러 번 높이 뛰었다. 제르보는 접의자에서 일어나 선 채로 연신 퀴르틴의 사진을 찍었다.

마침내 퀴르틴은 더없이 우아한 동작으로 물속에 뛰어들어 잠시 개구리헤엄을 치더니 몸을 부르르 털고 팔 젓기 한 번 만에 수영장 가장자리로 올라왔다. 다시 한번 제르보는 그의 사진을, 이번에는 매우 가까이서 찍었다. 그는 사진기를 다시 어깨에 둘러메고는 의자 등받이에 접어 걸쳐놓았던 붉은색과 흰색의 커다란 목욕 수건을 집어들어 펼쳐가지고 퀴르틴의 몸을 감싸주고는 마치 권투 코치가 자기 선수를 단단히 보호하듯 그의 어깨를 마사지했다. 퀴르틴은 바닥에 등을 대고 누워 두 다리를 붙이고 배 근육에 눈에 띄게 힘을 주었다. 두 손으로는 머리카락을 끊임없이 뒤로 쓸어넘겼다. 제르보는 한쪽 무릎을 땅에 대고 사진기를 쳐들더니 또다시 그의 사진을 찍었다.

"물 좋아?" 그가 물었다.

"아주 좋아요."

그들이 목소리를 한껏 낮추었으므로 나는 더이상 그들이 하는 말을 들을 수 없었다. 곧이어 제르보가 고개를 들고 수영장 건너편을 바라보았다.

그가 나를 보더니 손짓했다.

"너 저 사람 알아?" 바드라위가 나에게 물었다.

"아니."

십여 분이 지난 후 그들은 자리에서 일어났다. 흰색과 붉은색 수건으로 몸을 감싸고 있던 퀴르틴은 그 수건을 수영장 가에다 아무렇게나 던져버렸다. 그리고 보디빌딩 대회 때 단상으로 나아가는 선수처럼 자갈길을 향해 좁은 보폭으로 걸어갔다. 그는 조금이라도 더 키가 커 보이려고 발끝으로 걸었다. 제르보는 몸을 약간 굽힌 채 그를 뒤따라갔다. 우리가 있는 곳만큼 오더니 퀴르틴은 몸을 돌리고 내게 말했다.

"물이 아주 좋네요. 아주 좋아. 고마워요."

나는 또다시 파피에다르메니 냄새를 맡았다. 그들은 둘 다 호텔 쪽을 향해 길 저 끝으로 사라져갔다.

"웃기는 치들이구먼." 스로카가 말했다.

우리는 대로 반대쪽 끝에 있는, 우시성당 부근의 식당 테라스에 식사를 하러 갔다. 나는 거기서 인도네시아 여자 헤디를 다시 만났고 그녀는 나에게 자기 집에 가자고 청했다. 헤디는 조르딜역 근처의 한 건물 일층에 있는 방을 쌍둥이 자매와 같이 쓰고 있었는데, 그 방 창문으로 조그만 골짜기를 따라 우시행 열차의 작은 객차들이 지나가는 것이 보였다.

가구 하나 없고 벽에 그림 하나 걸려 있지 않은 그 하얀 방으로 들어가자 안도감 같은 것이 느껴졌다. 바닥에 커다란 매트리스 하나, 천장에 전구 하나가 있었고, 그게 전부였다. 중립적인 방. 스위스처럼.

나는 그녀에게 전화를 써도 되느냐고 물었다. 그녀는 내게 아무것도 묻지 않았다. 그녀는 프랑스말을 몰랐고 우리가 대화할 때는 아주 간단한 영어를 사용했다. 하기야 우리는 서로 말을 할 필요가 없었다. 나는 호텔 전화번호를 돌렸다.

"로베르 제르보 씨 연결 부탁합니다……"

짤깍하는 소리. 제르보의 낮은 목소리.

"여보세요, 네…… 말씀하십시오……"

"로베르 제르보 씨인가요?"

"접니다만."

"저는 〈밤의 음악〉 애청자인데요."

잠시 침묵. 그러더니 짐짓 반가워하는 투의 목소리가 들렸다.

"아, 그래요. 내가 여기 있는 줄 어떻게 아셨지요?"

"저는 '음악 주간'에 참가하는 사람인데요……"

"아, 그래요……"

"좀 만났으면 합니다. 저는 젊은 팬이에요……"

"나이가?"

"열여덟 살입니다. 좀 만날 수 있을까요, 제르보 씨? 단 오 분이라도……"

"이거 보세요…… 다짜고짜 이러시니……"

"만나뵐 수만 있다면 정말 기쁘겠어요."

잠시 침묵. 마치 자기 옆에 있는 누군가에게—아마도 퀴르틴이겠지—들리지 않게 하려는 듯 낮은 목소리.

"오늘 저녁에 잠깐 만날 수 있을 것도 같은데……"

"네."

점점 더 낮아지고 점점 더 급해지는 목소리.

"그러니까…… 우시대로의 카페에서…… 보리바주호텔 입구 맞은편…… 여덟시 반에…… 그럼 이만."

그는 전화를 끊었다.

인도네시아 여자와 나는 하얗고 장식 없는 그 방에 오후 다섯시까지 함께 있었다. 그러고 나서 다른 친구들과 합류해 미슐린 카롤, 앙리 스로카와 함께 수영을 했다. 바드라위는 에어 매트리스 위에서 뒹굴거리며 십자말풀이를 하고 있었다. 조금 더 멀리, 나무 아래서는 미셸 뮈즐리가 헤디의 쌍둥이 자매인 다른 인도네시아 여자와 수다를 떨고 있었다. 나는 수면 위로 조그만 튜브가 춤추며 떠다니는 것을 바라보았다.

앙리 스로카가 아페리티프를 한 잔씩 주었고 아니스술 냄새가 풍기는 가운데 우리는 밤에 무엇을 할까 계획을 세웠다. 바드라위가 우리를 식사에 초대했다. 나는 제르보가 약속 장소로 정한 우시대로의 카페 앞에 여덟시 십오분경 내려달라고 그에게 부탁했다. 그리고 나중에 호텔 바로 돌아와 다른 친구들과 합류하기로 했다.

"중요한 약속 있어?" 그는 궁금해 죽겠다는 눈으로 물었다.

"응, 정말 중요한 약속이야."

뮈즐리와 인도네시아 여자가 우리와 동행했다. 바드라위는 낡은 푸조를 천천히 몰았다. 나는 파푸에게 보리바주로 가는 길가에 차를 세워달라고 말했다.

아 참, 누군가를 우리 차에 태우면 방해가 될까? 그를 조금 외딴 곳으로 데려갈 생각인데. 그들이 갑자기 불안해하는 것 같았다. 인도네시아 여자는 아무것도 이해하지 못하겠다는 듯 우리를 번갈아 쳐다보았다. 나는 친구들에게 제르보에 관한 몇 가지 사실을 일러주었다.

"그렇다고 그 사람을 죽이려는 건 아니지?" 뮈즐리가 내게 말했다.

"아니야."

정확히 여덟시 이십오분에 나는 대로 왼편 인도에 모습을 드러낸 제르보를 보았다. 그는 빠른 걸음으로 카페를 향해 걷고 있었다. 베이지색 양복에 역시 베이지색인 티롤리언해트를 쓰고 있었다. 그는 서둘러 카페 안으로 들어갔다.

나는 차에서 내릴 수가 없었다. 뮈즐리가 내 쪽을 돌아다보았다.

"수영장에서 본 그치지?"

나는 대답하지 않았다. 대로를 건너서 그를 뒤따라 카페로 들어가기만 하면 될 일이었다. 그와 악수하고 맥주 두 잔을 시키고서 마누엘 데 파야에 대해 이야기할 수 있으리라. 나는 그에게 호텔까지 자동차로 데려다주겠다고 말하고, 그는 푸조에 타고, 바드라위는 시동을 걸 것이다. 아니다, 그를 죽일 생각은 없었다. 하지만 그에게서 '해명'을 들고 싶었다.

"기다리는 거야?" 바드라위가 물었다.

"응."

'해명'까지는 필요 없다. 호텔 현관에서 그와 헤어지기 전에 나직이 몇 마디만 하면 된다.

"여전히 그래퀼가에?"

그는 과거에 있었던 어렴풋한 일을 누가 단도직입적으로 상기시킬 때 짓기 마련인 깜짝 놀란 표정으로 나를 쳐다보겠지. 가령 어느 날 저녁 입고 있던 옷이나 신고 있던 구두 같은 것. 아니, 당신이 그걸 어떻게 알았지? 당신은 태어나지도 않았을 때인데. 믿을 수 없는 일이군. 당신, 겁나는 사람이군그래.

밤. 뮈즐리가 라디오를 켰다. 바드라위는 담배를 피웠고 인도네시아 여자는 덤덤한 표정으로 말없이 내 곁에 앉아 있었다. 카페에서 나오는 그가 보였다. 그는 인도에서 발길을 멈추고 좌우를 두리번거렸다. 네온 불빛이 그에게 분홍색 빛을 던졌다. 그는 모자를 벗고 따분한 표정으로 자기 신발코 끝을 가만히 내려다보고 있었다. 그는 다시 고개를 들었다. 어둠과 네온 불빛 때문이겠지만 그의 얼굴 윤곽이 푹 팬 것을 보고 나는 놀랐다. 바와 수영장에서는 그 점을 눈여겨보지 못했었다. 내 꿈속에 나오는 양서류처럼 일그러진 입도 툭 튀어나온 턱도.

그가 정말 D라고 치더라도—나는 점점 더 자신이 없어졌다—내가 건네는 짧은 한마디에 나를 흐리멍덩한 눈으로 쳐다보리라는 것을 나는 미리 알았다. 내 말은 그에게 아무것도 상기시키지 못할 것이다. 기억 자체가 산화되어, 그 모든 고통의 비명소리, 과거의 겁에 질린 그 모든 얼굴로부터 남은 것이란 이제 점점 더 나지막해지는 부름과 희미한 윤곽밖에 없는 것이다. 마음의 스위스.

그는 티롤리언해트를 다시 썼다. 그렇게 모자를 쓰니 연꽃 잎사귀 뒷면에 머리를 가만히 붙이고 있는 두꺼비처럼 보였다. 그는 네온 불빛 아래 미동도 않고 서 있었다. 나는 미셸과 파푸의 눈에도 똑같이 보이는지, 아니면 그저 길거리에서 누군가를 기다리다 바람맞은 늙고 한심한 남색자로 보이는지 물어볼 엄두가 나지 않았다.

어쩌면 하나의 허깨비였으리라. 하기야 이 나라에서는 모든 것이 허깨비고 모든 것이 일말의 현실성도 없었다. 사람들은—뮈즐리의 말대로—'세계의 고통'과는 멀찌감치 떨어져 있었다. 남은 할 일은 오로지 내가 고집스럽게 '마음의 스위스'라고 부르는 저 무감각 상태에 휩쓸려 들어가버리는 것뿐이었다.

저기, 대로 건너편 장밋빛 불빛 속에서 그는 여전히 뻣뻣한 자세로 좌우를 두리번거렸다. 그는 주머니에서 파이프를 꺼내더니 생각에 잠긴 듯 물끄러미 바라보았다.

"친구들이 있는 데로 돌아갈까?" 나는 바드라위에게 말했다.

10

 내가 르그로의 죽음을 알게 된 것은 지금부터 십 년 전 어느 겨울날 아침, 뤽상부르공원에서였다. 나는 연못가의 철제 의자에 앉아 신문을 폈다. 콧수염이 난, 선글라스를 쓰고 흰색 실크 스카프를 두르고 외출할 때 즐겨 쓰던 펠트 모자를 쓴 르그로의 사진이 기사와 함께 실려 있었다. 그는 트라스테베레의 식당 비알레에서 사망했다. 아마 그가 무척 좋아하던, 녹색 채소를 넣은 라자냐를 먹고 있었을 것이다.
 로마의 어느 서점에서 일하던 열여덟 살 때 나는 산니콜로 다 톨렌티노 가의 카바레 '오픈 게이트'에서 쇼를 하는, 나보다 몇 살 더 많은 프랑스 여자를 통해 르그로를 소개받았다. 시원스럽고 아름다운 입매와 가늘고 긴 눈에 갈색 머리인 그녀의 이름은 클로드 슈브뢰즈였다. 적어도 예명은 그랬다. 자정쯤 그녀는 무대의상 위에 밍크코트를 입고 무대에 나타나 피아니스트가 연주하는 〈청춘의 멜로디〉에 맞춰 느릿느릿 스트립쇼를 했다. 작고 하얀 강아지 두 마리가 클로드 슈브뢰즈 주위를 빙빙 돌면서 재주넘기를 했고 그녀가 벗어던지는 스타킹, 브래지어, 가터벨트, 팬티를 차례대로 받아 물었다. 얼마 전부터 르그로는 혼자서 매일 저녁 클로드 슈브뢰즈의 쇼를 구경했고, 그녀가 쇼를 마치고 분장실로 돌아오면 열성적인 이 관람객이 선물한 장미꽃이 늘 놓여 있었다.

쇼가 끝난 후, 르그로는 우리를 자기 테이블에 초대했다. 클로드가 나를 소개하자 그는 고래 같은 웃음을 터뜨렸는데 그 때문에 그의 어깨와 살찐 두 볼이 더르르 떨렸다. 사실 내 이름은 이탈리아 사람들이 포커를 할 때 사용하는 트럼프의 상표와 똑같았다. 르그로는 그게 그렇게나 재미있었는지 그때부터 나를 포커라는 별명으로 불렀다.

그날 밤, 우리가 베네토가에 있는 바의 테라스에서 마지막 잔을 마시고 나자 클로드가 자기는 르그로와 함께 있어야 한다고 나에게 귓속말을 했다. 그들은 엑셀시오르호텔 앞에서 택시를 탔다. 르그로는 차창을 내리고 손가락이 뭉뚝한 손을 흔들면서 나에게 말했다.

"아리베데를라(다음에 또 뵙지요), 포커."

클로드가 다시 한번 나를 버리고 그럴 가치도 없는 사람들을 쫓아간다고 생각하니 가슴이 아팠다. '영화계에 진출하기 위해' 몇 년 전에 로마로 온 이 샹베리 출신의 여자를 무엇 때문에 사랑하는지 나 자신도 몰랐다. 그후 그녀는 될 대로 되라는 식으로 살았고 코카인에도 조금 손댔다. 하기야 로마는 만사가 시작보다 끝이 빠른 곳이었으니까.

이후 내가 오픈 게이트에 클로드 슈브뢰즈를 만나러 가면 늘 르그로와 마주치게 되었다. 그는 그녀의 분장실에서 그녀를 기다렸다. 그녀는 그에게 말을 거칠게 했고 그의 외모에 대한 모진 표현을 서슴지 않았지만 그는 아무 대꾸도 하지 않거나 어깨를 으쓱할 뿐이었다. 어느 날 저녁, 그녀는 "아주 매혹적이며 대단히 호리호리한" 청년과 만날 약속이 있다면서 우리 두 사람을 베네토가에 남겨두고 가버렸다. 그녀는 르그로의 마음을 아프게 하려고 '호리호리한'이란 형용사를 강조했다. 우리는 멀어져가는 그녀를 바라보다가 요기를 하러 제과점으로 들어갔다. 나는 무척 충격을 받은 듯 보이는 르그로의 기분을 바꿔주려고 애썼다. 아마도 그 덕에 그가 나에게 호감을 갖게 된 듯했고 우리는 여남은 번 다시 만났다. 그는 종종 어두운 상점들의 거리의 조그만 바에서 오후 네시 정각에 만나자고 약속을 정했다. 그곳에서 그는 '간식'이라며 연어 샌드위치 여남은 개를 먹었다. 혹은 저녁에 나를 키리날 근처의 식당으로 데려갔는데, 그곳 휴대품 보관소의 여자는 그를 '폐하'라고 부르며 인사를 했다.

르그로는 고개를 숙인 채 그 거대한 라자냐에 얼굴을 처박다시피 하고 먹고 나서는 고개를 젖히고 한숨을 쉬더니 곧 암울한 무감각 상태에 빠져버렸다. 새벽 한시쯤 나는 그의 어깨를 두드렸고 우리는 집으로 돌아갔다.

우리는 함께 산책도 몇 번 했다. 택시를 타고 알바니아광장에 내려 아벤티노 언덕으로 올라갔다. 그곳은 르그로가 로마에서 유난히 좋아하는 장소 중 하나였다. 그의 말로는 "조용하기 때문"이라고 했다. 그는 거기서 몰타기사단 본부 정문의 열쇳구멍을 들여다보러 갔는데, 그 구멍으로는 멀리 성베드로대성당의 돔 지붕이 보였다. 그 광경에 그가 매번 폭소를 터뜨리는 것이 내게는 놀랍기만 했다.

도빌이나 몬테카를로에서의 도박, 장난감, 우표, 전화 등의 수집품, 흔들면 천 위에 벌거벗은 여자 형상이 나타나는 형광 넥타이에 대한 취향 등 그에 대한 전설에 일조하는 세세한 것이나 그의 과거에 대해 나는 한 번도 이야기를 꺼내볼 용기가 나지 않았다. 어느 날 저녁 식당에 가서 그가 라자냐를 게걸스럽게 먹는 동안, 나는 모든 요정이 요람을 들여다보며 보살폈던 분께서 이런 식으로 인생을 끝내는 것은 어쨌거나 유감이라고 그에게 말했다.

그가 고개를 들었다. 어두운 빛깔의 안경알 너머로 나를 바라다보았다. 그가 털어놓기를, "세상만사 다 쓰잘데없는 것"이라 자기도 루이 16세, 니콜라이 로마노프, 멕시코의 마지막 황제 막시밀리안과 같은 운명일 테니 포기하고 살아나 찌우자고 결심한 날을 생생히 기억한다고 했다. 1942년 어느 날 밤 이집트에서였다. 로멜의 군대가 카이로로 진군해오고 있었고 등화관제로 온 도시가 암흑에 묻혀 있었다. 그는 남몰래 세미라미스호텔로 들어가 더듬더듬 바 쪽으로 갔다. 불빛 한 점 없었다. 그는 안락의자에 부딪혀 뒤로 나자빠졌다. 어둠 속에서 홀로 바닥에 넘어진 채 그는 신경질적으로 밀려오는 폭소를 참을 수 없었다. 웃음을 멈출 수가 없었다. 바로 그 순간에 모든 몰락이 시작된 것이다.

내게 자기 이야기를 털어놓은 것은 그때 한 번뿐이었다. 이따금 클로드 슈브뢰즈라는 이름을 내뱉었지만 그게 다였다.

그는 송년회를 하자며 우리를 자기 집에 초대했다. 그는 파리올리의 어느 현대식 건물에 있는 자그마한 집에 살고 있었다. 그가 내게 문을 열어주었다. 그는 주머니 부분에 자기 이름의 첫머리 글자들과 사라진 그의 왕국의 왕관이 수놓인, 파란색 낡은 비로드 가운을 입고 있었다. 클로드 슈브뢰즈가 같이 오지 않았다는 사실을 알자 그는 불안해 보였다. 나는 오픈 게이트의 쇼가 다른 때보다 길어져서 클로드는 아주 늦게야 올 거라고 말했다.

'응접실'로 쓰는, 벽이 텅 빈 조그만 방에 르그로는 음식을 차려놓았다. 과자, 연어 샌드위치, 그리고 과일. 나는 바에서 쓰는 등받이 없는 의자 위에 낡은 영사기가 놓인 것을 보고 놀랐지만 그에게 아무것도 묻지 않았다. 그가 대답하지 않으리라는 것을 진작 알고 있었기 때문이다.

그는 손목시계를 들여다보고 땀을 흘렸다.
"그녀가 올까요, 포커?"
"그럼요. 걱정하지 마세요, 선생님."
"자정이에요, 포커. 새해 복 많이 받아요."
"새해 복 많이 받으세요, 선생님."
"정말 그녀가 올까요?"

그는 초조한 마음을 달래기 위해 연어 샌드위치를 연달아 먹어치웠다. 이어서 과자를, 그리고 과일을. 그는 안락의자에 털썩 주저앉더니 선글라스를 벗고 알에 약간 색이 들어간 금테 안경을 썼다. 그는 음울한 눈으로 나를 가만히 바라보았다.

"포커, 자네는 참 친절한 청년이야. 자네를 양자로 맞아들이고 싶어. 어떻게 생각해요……?"

그의 눈에 눈물이 맺힌 것 같았다.

"나는 너무나 외로워, 포커…… 그런데 자네를 입양하기 전에 우선 귀족으로 만들어줄 수 있을 것 같은데…… 베이*라는 칭호를 갖고 싶나요? 오케이?"

그는 고개를 떨구었고 우리는 침묵을 지켰다. 그에게 고마움을 표했어야 했는데.

"자네를 위해 카드 점을 쳐볼까, 포커?"

그는 가운 주머니에서 트럼프 한 벌을 꺼내 섞었다. 그가 카드를 바닥에 펼쳐놓기 시작하는데 벨소리가 세 번 들렸다. 클로드 슈브뢰즈였다.

"새해 복 많이 받으세요! 부온 안노(새해 복 많이 받으세요)! 아우구리(축복을 빌어요)!" 그녀는 응접실을 이리저리 왔다갔다하면서 매우 흥분해 소리쳤다.

그녀는 무대에서 입는 가짜 밍크코트 차림이었다. 화장을 지울 틈도 없었던 모양이었다. 조금 전 친구들과 샴페인을 마시고 난 뒤라 기분이 좋아 보였다. 그녀가 르그로의 이마와 두 뺨에 입을 맞추자 그의 뺨에 빨간 루주 자국이 났다.

"우리 밖으로 나가요, 네? 밤새도록 춤을 춰요!" 그녀가 우리에게 말했다. "나는 피콜로 시암에 가고 싶어요……"

"나는 우선 두 사람에게 영화를 보여주고 싶은데……" 르그로가 진지한 목소리로 말했다.

"아니, 아니! 우리 당장 나가요! 당장 밖으로 나가자고요! 나는 피콜

---

* 오스만튀르크 시대의 고위관리 칭호.

로 시암에 가고 싶어요!"

그녀는 르그로를 문 쪽으로 떠밀었지만 그는 여자를 붙잡아 의자에 앉혔다.

"난 두 사람에게 영화를 하나 보여주고 싶다고……" 르그로가 반복했다.

"영화요?" 클로드가 물었다. "영화라고요? 이 사람 미쳤어!"

그는 전등을 끄고 영사기를 돌렸다. 클로드는 웃음을 터뜨렸다. 그녀는 나를 향해 돌아서더니 가짜 밍크코트의 단추를 끌렀다. 그 안에 걸친 것이라고는 달랑 팬티 하나가 전부였다.

맞은편 벽에 비친 영상은 처음에는 흐릿하더니 곧 선명해졌다. 적어도 삼십 년은 된 옛날 뉴스 필름이었다. 매우 잘생기고 늘씬하고 근엄해 보이는 청년이 알렉산드리아 항구로 천천히 들어가는 전함의 뱃머리에 서 있었다. 어마어마한 군중이 부둣가를 가득 메우고 있었고 수많은 이가 손을 흔들고 있었다. 배가 항구에 다가갔고 청년 역시 손을 흔들었다. 경찰의 저지선을 무너뜨리고 부두를 가득 메운 사람들이 흥분한 얼굴로 모두 배 위의 청년을 향해 있었다. 그의 아버지가 사망함으로써 아직 열여섯 살도 채 되지 않은 그가 전날부터 이집트의 왕이 된 것이었다. 그는 자신에게까지 치솟아오르는 그 열광, 광란하는 군중, 깃발로 뒤덮인 도시에 흥분하고 겁먹은 표정이었다. 모든 것이 이제 시작되었다. 미래는 찬란할 것이었다. 미래의 희망으로 가득차 있던 그 청년이 바로 르그로였다.

샴페인을 마시면 항상 졸음이 쏟아지는 탓에 클로드가 하품을 했다. 나는 기관총 같은 소리를 내며 돌아가는 영사기 오른쪽에 앉아 있는 르그로를 돌아다보았다. 안경을 쓰고 부은 얼굴에 콧수염이 난 그는 평소보다 더 무기력하고 뚱뚱해 보였다.

11

또 언젠가 한번, 6월의 어느 토요일 저녁, 나는 알렉스 삼촌과 함께 파리를 떠났었다. 우리는 DS19라는 자동차를 타고 있었고 삼촌이 운전을 했다. 내 나이 열네 살 때였다. 우리는 서부고속도로를 탔다. 나는 지도를 펼쳐놓고 우리가 통과하는 지역들을 파란 색연필로 표시했다. 그후 나는 그 지도를 잃어버렸고, 그래서 지금 기억나는 것이라고는 우리가 지나왔던 지조르라는 조그만 도시 하나뿐이다. 알렉스 삼촌이 내게 이야기해주었던 그 부동산은 외르도(道)에 있던가 아니면 우아즈도에 있던가? '썩 괜찮은' 가격에 매물로 나온 방앗간 말이다. 신문 광고를 보고 그 사실을 알게 된 삼촌은 내게 광고 문안을 읽어주었다. "매우 안락하고 개성 있는 방앗간. 담으로 둘러싸인 멋진 정원. 강과 과수원. 대단히 아름다운 작은 마을 끝에 위치함." 삼촌은 매매를 담당한 그 지방의 공증인과 접촉해두었다.

밤이 오고 있었고, 여인숙 간판이 보이자 우리는 화살표가 가리키는 길로 접어들었다. 영국식과 노르망디식으로 지어진 매우 부티 나는 여인숙이었다. 식당은 수영장이 딸린 테라스로 이어져 있었다. 목재 패널로 장식된 벽, 유리창에는 일종의 스테인드글라스처럼 색색의 마름모꼴 유릿조각이 끼워져 있고 루이 15세 풍의 다리 달린 테이블들이 놓여 있었다. 시간이 너무 일러서인지 우리 말고는 손님이 없었다. 알렉스 삼촌은 갈랑틴* 두 접시, 노루 구이, 그리고 이름난 부르고뉴산 포도주를 주문했다. 여인숙의 소믈리에가 삼촌에게 시음을 하게 해주었다. 알렉스 삼촌은 포도주를 크게 한 모금 머금고는 마치 입안을 헹구듯 빰을 불룩하게 부풀렸다. 이윽고 삼촌이 말했다.

"좋아요…… 좋긴 한데…… 충분히 보드랍지는 않네요."

"뭐라고 말씀하셨어요?" 종업원이 이맛살을 찌푸리며 말했다.

"충분히 보드랍지가 않다고요." 알렉스 삼촌이 방금 전보다 훨씬 자신 없는 목소리로 반복해서 말했다.

그러더니 급히 얼버무렸다.

"하지만 괜찮아요. 그런대로 좋아요."

소믈리에가 물러나자 나는 알렉스 삼촌에게 물어보았다.

"왜 충분히 보드랍지 못하다고 했어요?"

"전문용어야. 저 사람은 포도주에 대해 아무것도 몰라."

"삼촌은 잘 알아요?"

---

* 양념을 넣고 삶은 고기를 차게 굳혀 먹는 요리.

"꽤 알지."

아니, 삼촌은 아는 것이 없었다. 삼촌은 술이라고는 전혀 마시지 않았다.

"난 저 빌어먹을 시음용 술잔을 들고 증명해 보일 수도 있어."

삼촌은 부들부들 떨었다.

"진정해요, 알렉스 삼촌." 내가 말했다.

삼촌은 웃음을 되찾았다. 그리고 내게 미안하다며 몇 마디 건넸다. 우리가 디저트―타르트 타탱* 두 개―를 다 먹어갈 때쯤 알렉스 삼촌이 말했다.

"그런데 참, 우리 둘이서는 이야기를 나눠본 적이 한 번도 없구나."

삼촌이 내게 뭔가를 털어놓고 싶어한다는 걸 느낄 수 있었다. 그는 적당한 말을 찾는 중이었다.

"나는 인생을 한번 바꿔보고 싶어."

그는 전에 없이 엄숙한 목소리로 불쑥 말했다. 그래서 나는 그의 이야기에 열성껏 귀기울이고 있다는 것을 보여주기 위해 팔짱을 끼었다.

"파트릭…… 사람에게는 지금까지 살아온 삶을 결산해야 할 때가 있는 법이다……"

나는 고개를 가볍게 끄덕이며 동의했다.

"좀더 단단한 기초 위에서 다시 시작해보려고 노력해야 한단 말이야. 알겠어?"

"네."

――――――――――
* 프랑스식 애플파이.

"뿌리를 찾으려고 노력해야 한다 이 말이야, 알아들어?"
"네."
"사람이 언제까지나 뿌리 없이 떠돌며 살 수만은 없는 거야."
삼촌은 '뿌리 없이 떠돌며'라는 말의 음절을 멋있게 힘주어 말했다.
"뿌리 없이 떠돌며 사는 사람……"
삼촌은 고개를 약간 숙이고 매력적인 미소를 살짝 지으면서 왼손으로 자기 자신을 가리켰다. 오래전에 여자들에게 꽤 먹혔을 몸짓이었다.
"네 아버지와 나는 뿌리 없이 떠돌며 사는 사람들이라고, 알겠어?"
"네."
"우리는 심지어 출생증명서도…… 주민등록증도…… 세상 사람들처럼 갖고 있지 않다는 걸 알고 있니…… 응?"
"그것도 없어요?"
"계속 이런 식으로 살 수는 없는 거다, 애야. 내가 깊이 생각해봤는데 중요한 결정을 내리길 잘했다는 확신이 든다."
"무슨 결정요, 알렉스 삼촌?"
"애야, 아주 간단한 거란다. 나는 파리를 떠나 시골에서 살기로 결정했어. 그 방앗간을 깊이 염두에 두고 있어."
"방앗간을 사실 거예요?"
"그럴 가능성이 다분하지. 나는 시골에서 살아야 해…… 발밑에서 흙과 풀을 느끼고 싶구나…… 그럴 때가 된 거다, 파트릭……"
"아주 멋져요, 알렉스 삼촌."
삼촌은 방금 한 말에 스스로 감격한 것 같았다.

"시골이란 인생을 다시 시작해보겠다는 사람에게는 멋있는 곳이거든. 내가 밤마다 무엇을 꿈꾸는지 아니?"

"모르겠는데요."

"조그만 마을을 꿈꿔."

불안한 그림자가 삼촌의 눈길에 드리웠다.

"내가 정말 프랑스 사람 같아 보이니? 솔직히 말해봐. 어때?"

삼촌은 검은 머리를 뒤로 빗어넘겼고 옅은 콧수염에 두 눈은 음울하고 속눈썹이 매우 길었다.

"프랑스 사람 같은 게 어떤 건데요?" 내가 물었다.

"나도 잘 모르지……"

삼촌은 생각에 잠긴 채 작은 스푼으로 커피를 저었다.

"네 장래를 생각해봤다, 파트릭." 삼촌이 말했다. "너한테 적당한 직업을 찾아낸 것 같아."

"아, 그래요?"

그는 담배 한 개비에 불을 붙였다.

"확실한 직업 말이야. 지금 같은 시대에는 무슨 일이 일어날지 알 수 없으니까…… 너는 네 아버지와 내가 저지른 실수를 다시 범하지는 말아야지…… 우리에게는 우리 자신뿐이었다. 충고해주는 사람 하나 없었고. 시간을 많이 허비했지…… 내가 너한테 충고를 해본다면 말이다, 파트릭…… 그 직업이 뭔지 말해줄까?……" 삼촌은 내 어깨 위에 손을 얹더니 지그시 눌렀다. 그리고 내 눈을 물끄러미 바라보며 엄숙하고 감격한 목소리로 말했다.

"너는 삼림 개발 사업가가 되는 게 좋을 것 같구나, 파트릭. 그 방면에 대한 책자를 하나 주마. 어떤 것 같니?"

"우선 생각 좀 해보고요."

"이 책자를 읽어봐. 그러고 나서 다시 이야기하자."

알렉스 삼촌은 먼저 주문해둔 마편초 차를 홀짝홀짝 마셨다.

"그 방앗간이 어떻게 생겼을지 궁금하군…… 물레바퀴가 아직 남아 있을까?"

삼촌은 벌써 여러 날 전부터 그것을 꿈꾸고 있었음이 틀림없었다. 나에게도 역시 '방앗간'은 꿈을 꾸게 하는 말이었다. 물소리가 들리고 풀숲 사이로 흐르는 개울이 눈에 보이는 것만 같았다.

소믈리에가 우리 식탁으로 다가왔다. 그는 난처한 듯한 몸짓을 하더니 알렉스 삼촌의 주의를 끌기 위해 큼큼 기침을 했다.

"선생님……" 마침내 그가 말했다.

내가 알렉스 삼촌의 어깨를 두드렸다.

"알렉스 삼촌, 이분이 하실 말씀이 있나봐요……"

알렉스 삼촌은 고개를 들어 소믈리에를 쳐다보았다.

"무슨 일이죠?"

"선생님, 여쭤보고 싶은 게 있는데요……"

삼촌은 얼굴을 붉히고 눈을 내리깔았다.

"뭐죠?"

"사인을 좀 받고 싶은데요, 선생님."

알렉스 삼촌은 눈이 둥그레져서 그를 똑바로 쳐다보았다.

"배우 그레고리 라토프 씨 맞죠?……"

알렉스 삼촌은 얼굴이 벌게진 채 자리에서 일어났다.

"잘못 보셨습니다, 선생. 나는 프랑스 사람이고 이름은 프랑수아 오베르입니다."

상대방은 계면쩍은 웃음을 지었다.

"그럴 리가요, 선생님. 그레고리 라토프 씨잖습니까…… 러시아 배우 말입니다……"

알렉스 삼촌은 내 팔을 잡아당겼다. 우리는 식당과 바를 지나 도망쳤다. 종업원이 우리를 쫓아왔다.

"부탁입니다, 라토프 씨…… 사인 좀 해주세요, 라토프 씨……"

바텐더가 궁금하다는 듯 소믈리에에게 다가가 무슨 일인지 궁금하다는 몸짓을 했다.

"저이가 러시아 배우예요…… 그레고리 라토프라고……"

우리는 층계로 들어섰다. 알렉스 삼촌은 나를 떠밀었고 우리는 성큼성큼 계단을 올라갔다. 나는 비틀거리다가 간신히 난간을 잡았다. 두 사람이 얼굴을 쳐들고 밑에 서 있었다. 그들이 팔을 흔들어 보였다.

"라토프 씨!…… 라토프 씨!…… 라토프 씨!……"

알렉스 삼촌은 우리 방 트윈베드 중 하나에 몸을 던졌다. 그리고 눈을 감았다.

"내 이름은 프랑수아 오베르야…… 프랑수아 오베르…… 오베르라고……"

그날 밤 삼촌은 쉽게 잠을 이루지 못했다.

*

　우리는 길을 잘못 드는 바람에 정오경이 되어서야 지금은 이름을 잊어버린 마을 근처에 도착했다. 그 마을 이름을 기억해내려고 지난 십오 년간 외르도, 우아즈도, 심지어 오른도의 지도까지 샅샅이 훑어보았었다. 그 마을은 가령 뱅퇴유, 베르뇌유, 혹은 세퇴유처럼 '외유'로 끝나는 듣기 좋은 이름이었던 것 같다.
　중앙로에 옛날식으로 여전히 포석이 깔려 있던 작은 마을. 거의 대부분이 농가인 중앙로 양편의 집들은 조용하고 탄탄해 보였다. 볕이 좋은 날이었다. 노인 하나가 '카페 겸 담뱃가게' 앞 계단에 앉아 우리가 탄 자동차가 지나가는 것을 고개를 돌려가면서까지 지켜보았다.
　알렉스 삼촌은 여인숙에서 하룻밤을 허비한 것을 후회했다. 곧바로 마을로 올 걸 그랬다는 것이었다. 공증인과의 약속이 열한시경으로 정해져 있어 삼촌은 조바심을 냈다. 안 그래? 너는 그렇게 생각하지 않니? 우리는 마침 사람들이 미사를 마치고 나올 때 광장으로 들어섰다. 우리가 커다란 자동차 안에서 태연해 보이려고 애쓰는 동안 신자 무리는 우리를 빤히 쳐다보면서 DS19 자동차의 양편으로 미끄러지듯 지나갔다. 알렉스 삼촌은 고개를 숙였다. 그런데 갑자기 뭔가가 날아와 자동차 앞유리창에 부딪히는 바람에 유리창 한가운데가 으스러졌지만 유리 파편들은 기적적으로 붙어 있었다.
　"어린애가 새총으로 장난을 쳤나봐요." 내가 알렉스 삼촌에게 말했다.
　"정말 어린애가 한 짓이라고 생각하니?"

우리는 광장의 사람들이 모두 사라질 때까지 기다렸다가 차에서 내렸다. 알렉스 삼촌은 자동차 문을 열쇠로 잠갔다. 삼촌이 내 팔을 잡았다. 평소에 하지 않던 행동인지라 삼촌이 몹시 당황했다는 것을 알 수 있었다. 공증인이 기다리고 있는 뷔노바리야가 8번지를 찾는 데는 오랜 시간이 걸리지 않았다. 키가 매우 작고 머리가 벗어지고 사근사근한 육십대의 남자였다. 그는 매우 헐렁하게 재단된 줄무늬 양복을―왜 그것이 내게 인상적이었을까? 그리고 나는 왜 항상 그토록 구체적이고 의미 없는 것을 기억하고 있을까?―입고 있었다. 주름진 눈꺼풀 아래 그의 시선이 마치 덧창의 창살 사이로 비치는 햇살처럼 새어나오고 있었다.

"방앗간에 가보실까요?" 그가 삼촌에게 말했다. "틀림없이 마음에 드실 겁니다. 그렇다면야 저로서도 무척 기쁘겠습니다."

우리는 DS19에 올라 알렉스 삼촌과 공증인은 앞자리에, 나는 뒷자리에 앉았다. 알렉스 삼촌은 앞유리창이 깨진 탓에 전방을 잘 살피지 못하는 채로 차를 몰았다.

"저건 새가 한 짓인가요?" 앞유리창을 가리키면서 공증인이 물었다.

"새라니, 왜요?" 삼촌이 말했다.

"방앗간 주인이 제 친구입니다." 공증인이 말했다.

"벌써 살 사람이 여럿 다녀갔겠지요?"

"첫 손님이십니다, 선생님."

"그런데 말입니다. 그 방앗간은…… 들판 한가운데에 있겠지요, 네?"

"완전히 외따로 떨어져 있죠."

"개울도 있고 풀도 자라고 그렇겠군요?" 알렉스 삼촌은 신이 나서 물었다.

"물론이죠."

"개울가에는 버드나무들이 서 있을 테고요?"

"아뇨. 그렇지만 아주 다종다양한 나무들이 있답니다, 선생님."

"그런데 저…… 참 우스운 얘깁니다만…… 이런 걸 물어봐도 되는지 모르겠지만……"

"아니, 말씀하세요, 선생님." 공증인이 아주 부드러운 목소리로 말했다.

"저의 아주 오랜 꿈입니다만…… 아시다시피 왜 그런 노래 있지요…… 그 노래 가사를 한번 말씀드려보겠습니다……"

알렉스 삼촌이 노래 이야기를 하는 것은 처음이었다.

"그 가사로 말씀드리자면……"

삼촌은 마치 음탕한 말을 하려는 것처럼 망설였다.

그대가 그대의 개울을 다시 보고

초원과 근방의 숲을……

낡은 돌담가의 헌 벤치를 다시 볼 때면……

잠시 침묵이 흘렀다.

"이런 노래를 연상시키는 그런 방앗간일까요?" 마침내 알렉스 삼촌이 물었다.

"직접 보시면 알게 되겠죠, 선생님."

우리는 마을을 벗어났고 알렉스 삼촌은 힘들게 운전을 했다. 반대편에서 차가 올 때는 내가 삼촌에게 알려줘야만 했다. 공증인이 왼쪽에 있는 길을 가리켜 보였고, 우리가 그 길로 접어들었을 때 자동차 앞유리가 완전히 산산조각나 계기판 위로 무너져내렸다.

"차라리 이러면 앞이 더 잘 보이겠네요." 알렉스 삼촌이 말했다.

공증인은 우리에게 흰 나무 대문을 손으로 가리켜 보였다. 대문 양쪽으로 두꺼운 담이 둘려 있었다.

"자, 여깁니다, 선생님들."

우리는 대문을 밀었다. 그사이 나는 오른쪽 담벼락에 중국 한자 같아 보이는 글자로 '양쯔 방앗간'이라고 쓴 나무 팻말을 눈여겨보았다.

"양쯔 방앗간이라고요?" 내가 공증인에게 물었다.

"그렇습니다."

그는 약간 난처해진 표정으로 고개를 끄덕였다.

"왜 '양쯔'죠?" 불안한 눈으로 우리를 바라보며 알렉스 삼촌이 물었다.

공증인은 대답하지 않았고 우리는 어느새 뜰에 들어섰다.

저 안쪽, 두 그루의 불그레한 너도밤나무에 일부가 가려진 방갈로 같은 것이 내 눈에 띄었다. 가까이 다가가며 보니 집은 필로티 위에 세워져 있고 기와지붕은 여러 군데가 겹쳐지고 끄트머리가 떠들려 있다는 것을 알 수 있었다. 몸집이 크고 머리가 하얗게 센 남자가 베란다에 서서 우리를 향해 손을 흔들었다. 그는 층계를 내려와 유연한 걸음걸이로 우리에게 다가왔다. 턱끈 모양으로 정성껏 다듬은 턱수염을 연신 쓰다듬는 그의 눈은 크고 푸르렀다.

추억을 완성하기 위하여

"아보 씨입니다." 공증인이 그 남자를 가리키며 말했다.

"프랑수아 오베르라고 합니다. 여긴 제 조카입니다." 알렉스 삼촌이 사교적인 목소리로 말했다.

"대단히 반갑습니다. 좀 올라오시지요……"

나는 알렉스 삼촌을 몰래 훔쳐보았다. 안색이 매우 창백했다.

우리는 베란다로 통하는 층계를 올라갔다. 아보와 공증인이 앞장섰다.

"내가 생각하기로는…… 방앗간이라고……" 삼촌이 머뭇거리며 말했다.

"오 년 전 제가 옛 방앗간을 헐고 그 자리에 이걸 지었습니다." 아보가 말했다. "이게 훨씬 더 멋있지요. 비교가 안 됩니다."

삼촌과 나는 다른 두 사람과 마주보며 베란다에 꼼짝 않고 서 있었다. 아보는 집게손가락으로 세심하게 수염을 쓰다듬었다. 이유는 알 수 없지만 나는 늘 수염을 너무 정성껏 다듬은 사람들에게는 그다지 믿음이 가지 않았다.

"옛 방앗간보다야 지금 이게 훨씬 특이해 보이죠. 믿어도 좋습니다……" 공증인이 말했다.

"정말 그렇게 생각하십니까?" 삼촌이 물었다. 삼촌의 얼굴이 점점 더 창백해지는 것이 혹시 어디 아픈 건 아닌가 싶어 걱정되었다.

"내 친구 아보는 오랫동안 인도차이나에서 살았습니다." 공증인이 말했다. "1954년에야 이곳에 왔고 낯선 느낌이 싫어 이 집을 지었답니다. 내가 보기에 이 집엔 그야말로 대단한 특이성이 담겼어요…… 선생님도 뭔가 좀 독특한 걸 찾으시는 게 아닌가요?"

"꼭 그렇지는 않습니다." 삼촌이 말했다.

아보와 공증인은 우리를 집안으로 안내했다. 아마 거실인 듯한 길고 좁은 공간이었다.

"보시다시피," 공증인은 거드름을 피우며 말했다. "모든 벽과 격벽이 티크목으로 되어 있지요."

"전부 다요." 아보가 반복했다. "전부 다."

돌로 만든 불상이 우리 앞 커다란 벽감 안에 들어앉아 있었다. 벽에는 그을음 자국이 난 듯한 비단에 그림들이 그려져 있었다. 휘고 묵직한 다리가 달린 중국식 앉은뱅이 탁자 주위에는 흔들의자들이 놓여 있었다.

"어떻게 생각하세요?" 나는 알렉스 삼촌에게 귓속말로 물어보았다.

삼촌은 내 말을 듣지 못했다. 질린 듯한 표정으로 낙담한 나머지 곧 눈물이라도 흘릴 듯 입술을 꼭 다물고 있었다.

"자, 선생님?" 아보가 물었다.

알렉스 삼촌은 말이 없었다. 삼촌은 구부정하게 자동인형 같은 걸음걸이로 그 공간을 건너질러갔다. 저 아편 쟁반들, 장미나무 병풍들 등 있는 대로 어질러져 있는 극동의 온갖 자질구레한 물건들 사이를 어렵사리 헤치고 나아갔다. 삼촌은 커다란 칠화 앞에 이르러 걸음을 멈추었다.

"이건," 아보가 말했다. "시시한 물건이 아닙니다. 17세기 것이랍니다, 선생님. 1726년 타이 궁중에 루이 15세의 대사들이 도착하는 광경을 표현한 것이지요."

"이것도 다른 것들과 함께 파는 건가, 미셸?" 공증인이 물었다.

추억을 완성하기 위하여 159

"모든 게 값에 달렸지."

"다른 방들도 보여드리지요."

"아뇨," 알렉스 삼촌이 말했다. "아니, 그럴 필요 없습니다……"

"아니, 보셔야죠. 왜요?" 공증인이 놀라서 말했다.

"아뇨, 아닙니다. 됐습니다……"

무슨 일이 일어날 것만 같아 나는 고개를 숙이고 구두코 끝을 가만히 내려다보았다. 조금 떨어진 곳 바닥에는 엄청나게 커다란 표범 가죽이 깔려 있었다.

"어디 불편하세요, 선생님?" 아보가 물었다.

"아무것도 아닙니다…… 잠깐 바람 좀 쐬겠습니다." 알렉스 삼촌이 중얼거리듯 말했다.

우리는 삼촌을 따라 베란다로 나갔다.

"저기 앉으세요." 아보가 등나무 의자들을 가리키며 말했다.

알렉스 삼촌은 그중 하나에 털썩 주저앉았다. 공증인과 나는 맞은편에 앉았다.

"시원한 음료수를 가져오겠습니다." 아보가 말했다. "잠깐 실례하겠습니다……"

나는 그가 거실로 사라지면서 공증인과 나누는 공모의 몸짓을 놓치지 않았다. 그 몸짓은—내가 고약한 심보로 보았기 때문일지 모르지만—이런 뜻이었다.

'잘 구슬려보세요.'

하기야 수염을 턱끈 모양으로 그토록 정성껏 다듬은 그 사람은 처음부터 좀 수상쩍어 보였고, 나는 그가 피아스트르* 밀거래에 연루된 사람이라고 상상했다.

"모든 게 예상 밖이라서요." 삼촌은 다 죽어가는 목소리로 말했다.

"아, 그래요?"

"나는 '진짜' 방앗간인 줄 알았어요. 무슨 말인지 아시죠……"

"이것도 진짜 방앗간이기는 하지 않습니까, 안 그래요?" 공증인이 말했다.

"보는 관점 나름이지요…… 나는 좀 마음이 푸근해지는 걸 원합니다. 아시다시피……"

"아니, 양쯔 방앗간이야말로 마음이 푸근해지는 집인데요." 공증인이 말했다. "꼭 모든 것에서 멀리, 수천 킬로미터 떨어져 있는 기분이 들 정도인걸요. 이건 아주 이국적인 그런……"

"나는 이국적인 걸 찾는 게 아닙니다, 선생님." 알렉스 삼촌이 엄숙하게 말했다. "도대체 뭘 피해 이국적인 걸 찾겠어요?"

삼촌이 갑자기 말을 멈추었다. 이렇게 잘라 말하느라 기진한 것이다.

"잘못 생각하시는 겁니다." 공증인이 말했다. "둘도 없는 기회인데요…… 아보는 급히 갚아야 할 돈이 있답니다…… 그러니 선생님께 아주 헐값으로 넘겨줄 겁니다…… 이 기회를 놓치면 안 될 텐데요……"

우리는 말없이 가만히 있었다. 나는 희한하게 생긴 둥근 나무 탁자를 손가락으로 또닥거리고 있었다.

"이 탁자를 뭐라고 부르는지 아나요?" 공증인이 나에게 그 작은 탁

---

* 프랑스령 인도차이나에서 통용되던 은화.

자를 가리키며 물었다.

"아뇨."

"타이 사람들은 이걸 '비 오는 북'이라고 불러요."

알렉스 삼촌은 의기소침해 있었다. 아주 세찬 여름비가, 열대지방의 비, 몬순지대의 비가 쏟아지기 시작했다.

"비 얘기를 하니까 바로 비가 오는군요." 공증인이 농담을 했다.

베란다 반대편 끝에서 하얀 재킷을 입어 사환처럼 보이는 젊은 베트남 사람이 쟁반을 들고 우리 쪽으로 다가왔다. 비는 점점 더 억수같이 쏟아졌고 공기는 무겁기 그지없었다. 알렉스 삼촌이 이마의 땀을 찍어 냈다. 카키색 셔츠의 앞자락을 풀어헤친 채 아보가 다시 나타났다. 그는 수염을 쓰다듬었다.

"이거 받으세요. 키니네*를 가져왔습니다. 혹시 알 수 없는 일이니까요." 그가 알렉스 삼촌에게 말했다.

사환은 음료수 쟁반을 땅바닥에 내려놓았고 아보는 그에게 그 나라 말로 뭐라고 지시를 했다. 사환은 중국 등에 불을 켰고 등이 우리 머리 위에서 흔들렸다. 그 순간 알렉스 삼촌에게서 감지된 슬픔과 실망감이 나에게도 고스란히 엄습해왔다. 여기까지 오는 동안 삼촌은 오래된 돌방아와 풀숲 사이로 흐르는 개울과 프랑스의 들판을 꿈꾸었다. 우리는 우아즈, 오른, 외르, 그리고 그 밖의 여러 도를 거쳐왔다. 그리하여 마침내 이 마을에 이른 것이다. 그런데 삼촌, 그 많은 노력이 다 무슨 소용이던가요?

---

* 말라리아 특효약.

12

　푸크레는 창문 앞에서 누군가와 나지막이 이야기를 하고 있었다. 금발의 젊은 여자가 방안의 유일한 가구인 긴 소파에 앉아 있었다. 그녀는 담배를 피웠다. 내가 도착하자 푸크레가 돌아보았다. 그는 나에게 다가오더니 젊은 여자를 가리키면서 말했다.
　"드니즈 드레셀을 소개합니다."
　나는 그녀와 악수를 했고 그녀는 내게 무심한 눈길을 던졌다. 푸크레는 다시 수군거리며 이야기를 계속했다. 내가 소파 발치에 앉았지만 그녀는 나에게 조금도 관심을 보이지 않았다.
　조금 전 들은 '드레셀'이란 이름을 마음속으로 되뇌다보니 곧 이름 하나가 머릿속에 떠올랐다. 하리. 그런데 하리 드레셀이 누구였던가? 나는 그렇게 조합해보면 분명해지는 다섯 음절의 이름 위에 어떤 얼굴을 겹쳐보려고 애썼다. 나는 정신을 더욱 집중하기 위해 눈을 감았다. 어느 날 누군가가 나에게 하리 드레셀이란 사람에 대해 이야기한 일이 있던가? 어디선가 그 이름을 읽은 일이 있던가? 전생에 그 남자를 만났을까? 나지막한 소리로 이렇게 묻는 내 목소리가 들렸다.

"당신은 하리 드레셀의 딸이죠?"

그녀는 눈을 크게 뜨고 나를 빤히 바라보았다. 그녀는 급작스럽게 움직이다가 피우던 담배를 떨어뜨렸다.

"그걸 어떻게 알죠?"

나는 대답할 말을 찾고 있었다. 그러나 허사였다. 무의식중에 나온 말이었고 나는 여자에게 그 사실을 고백하고 싶었다. 그러나 그녀의 표정이 너무도 갑작스럽게 변해 나는 아무 말도 하지 못하고 가만히 있었다.

"하리 드레셀을 아세요?"

여자는 마치 그 이름에 입술이 데기라도 할 듯 나지막한 목소리로 하리 드레셀이라고 발음했다.

"조금은, 네."

"그럴 리가 없는데요."

"그분 얘기를 자주 들었습니다." 나는 하리 드레셀이 정확히 누구였는지 알게 해줄 모호한 정보나마 그녀의 입에서 나오지 않을까 기대하며 말했다.

"우리 아버지 얘기를 들었단 말이죠?" 그녀는 조바심을 내며 내게 물었다.

"많이들 얘기했어요."

"왜요? 당신은 연예계 분인가요?"

나는 서커스 무대를 보는 듯했다. 끝날 것 같지 않은 북소리가 들리고, 저 꼭대기에서 공중그네를 타는 여자가 죽음의 점프를 하려는데, 나는 내 구두코를 내려다보며 그녀를 위해 기도한다.

"아주 훌륭한 예술가였죠." 내가 말했다.

그녀는 고마움 가득한 눈길로 나를 바라보았다. 심지어 내 손까지 잡았다.

"사람들이 아직도 그분을 기억한다고 생각하세요?"

"물론이죠."

"당신 얘기를 들었다면 아버지가 무척 좋아하셨을 거예요." 그녀가 말했다.

그날 저녁 나는 그녀를 집까지 데려다주었다. 그녀의 집 앞까지 우리는 걸어서 갔다. 그녀는 자신이 유일하게 가지고 있는 아버지의 사진을 내게 보여주려 했다. 함께 걷는 동안 나는 그녀를 찬찬히 살펴보았다. 몇 살이나 되었을까? 스물세 살. 나는 이제 겨우 열일곱. 그녀는 중키 정도에 금발이었고, 가늘고 긴 눈매에 밝은색 눈동자, 작은 코, 진홍빛 입술. 튀어나온 광대뼈, 앞머리, 흰 여우털 외투 때문에 그녀는 몽고인처럼 보였다.

그녀는 말라코프대로에 있는 일군의 건물 중 하나에 살고 있었다. 우리는 현관을 지나 그녀의 방으로 들어갔다. 매우 널찍한 방이었다. 문을 겸한 두 개의 창문, 샹들리에. 지금까지 한 번도 본 적이 없는 넓은 침대는 표범 가죽으로 덮여 있었다. 방의 다른 쪽 창가에는 하늘빛 새틴을 씌운 화장대가 놓여 있었다. 방 안쪽 벽에는 똑같은 금빛 액자 때문에 돋보이는, 나란히 걸린 두 장의 사진. 그녀는 곧 그 사진들을 떼어 침대 위에 놓았다.

고개를 살짝 숙인 채로 얼굴의 사분의 삼쯤 보이는 두 사람의 사진이었다. 남자의 사진 밑부분에 흰 글자로 이름이 쓰여 있었다. 하리 드레셀.

굽슬굽슬한 금발과 강렬한 눈빛의 미소 띤 남자는 갓 서른 살 정도 되어 보였다. 앞자락이 열린 셔츠 안에 물방울무늬 스카프를 느슨하게 매고 있었다. 그의 사진과 딸의 사진 사이로 아마도 이십 년이 넘는 세월이 흐른 듯했다. 아버지와 딸은 오누이처럼 닮아 보였다. 딸이 굳이 아버지와 똑같은 포즈로 같은 조명 아래서 사진을 찍고 싶어했다는 생각을 하자 어떤 감동이 느껴졌다.

"아버지와 닮았죠? 나는 완벽하게 드레셀 가문의 딸이에요."

그녀는 마치 합스부르크 가문이나 뤼지냥 가문의 딸이라고 말하기라도 하듯 '드레셀 가문의 딸'이라고 말했다.

"원했다면 나도 연예계에서 일할 수 있었겠지만 아버지는 좋아하지 않았을 거예요. 아버지에 이어서 제가 하기는 힘들 거라고 하셨죠."

"좋은 아버지였나봐요." 내가 말했다.

그녀는 황홀하고 놀란 눈길로 나를 바라보았다. 마침내 그녀는 자기가 아무나의 딸이 아니라 하리 드레셀의 딸이라는 것을 이해하는 누군가를 만난 것이었다. 그후 그녀의 집에 아주 와 살게 되자 나는 내가 그녀의 삶에서 중요한 역할을 하게 되리라는 것을 깨달았다. 나는 그녀가 아버지 이야기를 처음으로 할 수 있었던 사람이었다. 그런데 그녀에게 관심 있는 화제라곤 그것뿐이었다. 나는 나 역시 그녀의 아버지가 여간 궁금한 게 아니라고, 우리가 만난 후로 마음속에서 그분에 대한 의문이 끊임없이 생겨나고 있다고 말했다. 나는 그녀에게 내 계획을 털어놓았다. 하리 드레셀의 전기를 쓰는 일을. 그녀를 위해서라면 무슨 일이든 하고 싶었다.

아직 어린아이였던 1951년 이후로 그녀는 아버지를 다시는 만나지 못했다. 그해 아버지가 피라미드 여인숙 부근 한 카바레의 홍보차 이집트로 떠나달라는 제안을 받았던 것이다. 그뒤 1952년 1월 카이로에 대화재가 발생했고 하리 드레셀은—불행하게도—같은 시기에 실종되었다. 그는 당시 전소되어버린 한 호텔에 묵고 있었다. 적어도 사람들은 그렇게 말했지만 그녀는 믿지 않았다.

그녀는 아버지가 아직 살아 있다는 것, 그 나름의 여러 이유로 숨어지내지만 언젠가는 반드시 다시 나타나리라 확신하고 있었다. 나 역시 그렇게 믿는다고 힘주어 말했다. 이상한 여자였다. 그녀는 강렬한 붉은색 목욕 가운을 걸친 채 아편 냄새가 나는 담배를 피우면서 그 커다란 침대에 누워 대부분의 오후 시간을 보냈다. 그리고 내게 열 번이고 스무 번이고 계속 다시 걸어달라고 청해서 똑같은 음반을 들었다. 림스키코르사코프의 〈셰에라자드〉와 〈2수짜리 꽃들〉이라는 단막 오페라 서곡이 담긴 78회전 레코드였다.

처음에 나는 왜 그녀에게 그토록 돈이 많은지 이해하지 못했다. 같은 날 오후, 나는 그녀가 표범 가죽 외투와 보석들을 사는 것을 보았다. 그녀는 친절하게도 나에게 스폴레토 공작, 아오스타 공작 들의 단골 양복점에서 양복 몇 벌을 맞춰주겠다고 제안했다. 그러나 나는 감히 그런 엄청난 곳의 문턱을 넘을 용기가 없었다. 나는 결국 옷 같은 것엔 관심 없다고 고백했고, 그러면 '내가 관심 있는' 것은 무엇이냐며 한사코 알아내려는 그녀에게 책이라고 대답했다. 고맙게도 그녀가 사준 책들을 나는 지금까지 간직하고 있다. 여섯 권으로 된 20세기 라루스 사전, 리트레 사전, 삽화가 들어간 매우 오래되고 아름다운 판본인 뷔퐁의 『박물지』, 그리고 얇은 초록색 모로코 가죽 장정의 뷜로의 『회상록』. 얼마가 지난 뒤, 조카가 출전하는 폴로 경기를 보러 매년 5월에 프랑스로 오는 아르헨티나 남자에게 돈을 받아 쓴다는 이야기를 그녀에게서 들었을 때 나는 괴로웠다. 그렇다, 그녀가 사진으로 보여준 로베르토 로렌 영감이 나는 부러웠다. 그는 매우 검고 반짝거리는 머리털을 가진 땅딸막한 남자였다.

나는 내 모든 정열을 바쳐서 그녀 아버지의 일생을 그리는 책을 쓸 준비가 되어 있었다. 그녀는 내가 그 첫 페이지를 쓰는 것을 보게 되리라는 생각에 조바심을 냈다. 그녀는 내가 그런 일을 하는 데 격이 맞는 환경에서 일하기를 원했고 내가 작품을 쓸 책상에 여간 마음을 쓰지 않았다.

그녀는 마침내 아주 무거운 제정양식의 청동 책상으로 결정했다. 내가 앉을 의자는 검붉은색 비로드로 감싸고 가장자리에 금빛 못을 박아 장식한 팔걸이와 높고 두툼한 등받이가 달린 것이었다. 결국 나는 오랫동안 앉아서 일하는 게 힘들다는 것을 설명해야 했고 그녀는 거액을 들여 대성당에서 쓰는 보면대를 사들였다. 그럴 때면 그녀가 나를 많이 사랑하고 있다는 것을 느낄 수 있었다.

그리하여 첫날 저녁, 나는 내 책상 앞에 앉았다. 책상 위에는 그녀가 깎아놓은 연필들. 잉크를 가득 채운 커다란 미국제 만년필 두세 자루.

갖가지 색깔의 잉크병들. 지우개들. 분홍색과 초록색의 압지들. 백면 쪽으로 펼쳐놓은 큰 사이즈의 편지지 다발. 나는 대문자로 '하리 드레셀의 일생'이라고 썼다. 그리고 그다음 장의 오른쪽 상단에는 숫자 1을 썼다. 발단 부분부터 시작해야 했으므로 그녀에게 아버지에 대해 기억나는 대로, 아버지의 어린 시절과 청년 시절에 대해 아는 것을 모두 말해달라고 부탁했다.

하리 드레셀은 암스테르담에서 태어났다. 그는 일찍 부모를 여의고 네덜란드를 떠나 파리로 왔다. 1937년 미스탱게트*의 남자 무용수들 사이에 끼어 파리의 카지노 무대에 출연하기 전까지 무슨 일을 했는지는 그녀도 알지 못했다.

이듬해에는 폴세잔가에 있는 '바그다드'에 고용되어 엉터리 쇼를 했다. 그러다 갑자기 전쟁이 일어났다. 그뒤로 그는 스타가 되지 못하고 특선 쇼맨이 되었다. 우선 1943년까지는 '볼드뉘'에서. 그리고 1951년까지는 '생카뇌프'에서. 그해 이집트로 떠난 뒤 실종되었다. 크게 간추려보면 그의 직업 활동 면의 이력은 그랬다.

드니즈의 어머니는 회전목마를 타고 등장하는 '타바랭'의 여자 기수騎手들 중 하나였다. 회전목마는 돌고, 더욱 천천히 돌고, 말들은 뒷발로 일어서고, 여자 기수들은 가슴을 드러내고 머리를 풀어헤친 채 뒤로 눕는다. 베버의 〈무도회의 권유〉가 연주된다. 드레셀은 그녀와 삼년 동안 같이 살았고 그뒤 여자는 아메리카로 가버렸다. 그리하여 그는 혼자서 드니즈를 키웠다.

---

* 프랑스의 인기 여배우.

어느 일요일 오후, 그녀는 아버지와 함께 살던 18구의 카르포광장으로 나를 데리고 갔다. 건물 맨 아래층의 그들이 살던 조그만 집 창문들이 광장 쪽으로 나 있어서 그녀 아버지는 딸이 모래 더미 옆에서 노는 모습을 지켜볼 수 있었다. 그 일요일 날, 집 창문들은 열려 있었다. 사람들의 말소리가 들렸지만 우리는 감히 안쪽을 들여다보지는 못했다. 모래 더미는 예나 지금이나 변함없다고 그녀가 말했다. 이곳에서 지낸 일요일 오후의 끝자락들, 그 색깔과 먼지 냄새를 그녀는 다시금 느꼈다. 그녀의 생일이었던 어느 목요일, 아버지는 그녀를 식당으로 데리고 갔다. 그녀는 그 길을 잊지 않고 있었다. 아카시아나무들 아래로 콜랭쿠르가를 따라 나아간다. 우리 어린 시절의 몽마르트르. 길 왼편, 프랑쾨르가와 만나는 모퉁이에 식당이 하나 있다. 거기였다. 그녀는 거기서 후식으로 피스타치오 딸기 아이스크림을 먹었었다. 나는 세세한 것까지 모두 메모해두었다.

그녀의 아버지는 매우 늦게야 잠자리에서 일어나곤 했다. 밤에 일을 하기 때문이라고 아버지는 그녀에게 설명해주었다. 아버지가 집에 없을 때는 플랑드르 출신의 한 부인이 그녀를 돌봐주었다. 그리고 그는 이집트로 떠나는 이야기를 하기 시작했다. 그녀는 몇 달 후 플랑드르 출신의 부인과 함께 그리로 가서 합류할 예정이었다.

메모들을 모아두긴 했지만 나는 그 일생의 빈 구멍들을 도무지 메울 수가 없었다. 가령 1937년까지 하리 드레셀은 무엇을 했을까?

나는 조사를 위해 암스테르담으로 갈 생각이어서 드레셀의 사진과 함께 '찾습니다' 난에 낼 글을 네덜란드 신문사 두 군데로 보냈다. "쇼맨 겸 가수 하리 드레셀의 1937년 이전 행적에 대해 자세히 알려주실 분은 파리, 말라코프대로 123-2번지, 드레셀 씨의 집, P. 모디아노 앞으로 편지 바람." 아무 소식도 없었다. 나는 파리의 큰 일간지에 짧은 광고문을 실었다. "쇼맨 겸 가수 하리 드레셀이 1951년 7월부터 1952년 1월까지 이집트에서 벌인 직업 활동이나 그의 생애 전반에 관해 자세한 내용을 아는 분은 말라코프 10-28번, P. 모디아노 앞으로 급히 전화 바람."

이번에는 한 남자가 나타났다. 전화로 자기가 "말년의" 드레셀의 매니저였다고 밝힌 조르주 얀센이라는 사람이었다. 그는 신경질적인 목소리로 말했고 나는 그와 만나기로 약속했다. 그는 경계하고 있었다. 그는 "혹시 무슨 함정이 아닌지" 물었다. 사람이 많이 모이는 장소에서 만나는 게 좋겠다며 약속 장소로 빅토르위고광장에 있는 어느 카페를 먼저 제안했다. 나는 그가 제시한 조건을 받아들였다. 무엇보다 책이 중요하니까.

나는 내 키가 2미터 가까이 되니 바로 알아볼 수 있을 거라고 말해두었는데 카페 스코사의 테라스 저 안쪽에서 누군가가 가볍게 손을 흔들었다. 나는 그의 테이블에 가 앉았다. 예전에는 눈에 확 띄는 금발에 상당한 곱슬머리였겠지만 세월이 흐름에 따라 눈과 머리와 피부의 색이 바랜 것이리라. 남자는 창백했다. 그는 백피증에 걸린 듯한 눈으로 나를 보았다.

"그래, 하리 드레셀에게 관심이 있으시다고요? 도대체 뭐가 알고 싶은 건데요?"

그의 목소리는 거의 들리지 않았다. 나는 생각했다. 그 목소리는 내게 이르기까지 수년의 세월을 지나온 것이라고, 이 세상에 더는 존재하지 않는 사람의 목소리라고.

"제가 그분의 딸을 압니다." 내가 말했다.

"그 사람 딸요? 드레셸에게 딸이 있을 리 없는데……"

그는 희미한 미소를 띠었다.

"당신 또래의 청년이 하리 드레셸에게 관심이 있다니 반갑군요…… 나조차도……"

그의 목소리가 어찌나 희미한지 나는 그에게로 몸을 기울였다. 목소리는 마치 숨소리처럼 희미했다.

"나조차도 오랫동안 잊고 지냈는데 말이죠…… 그런데 당신이 낸 광고에서 그의 이름을 읽으니…… 가슴이 뜨끔했어요……"

그는 내 팔에 자기 손을, 살갗이 어찌나 희고 여린지 핏줄과 뼈가 훤히 비쳐 보이는 손을 얹어놓았다.

"내가 처음 드레셸을 만난 게……"

"처음 드레셸을 만나신 게요……" 나는 궁금하다는 듯 반복했다.

"1942년 에글롱에서였지요…… 그는 바에 팔을 기대고 있었는데…… 꼭 대천사 같았어요……"

"그래요?" 내가 말했다.

"이게 도대체 당신에게 무슨 소용인데요?"

"달리 또 기억나시는 게 있어요?"

그의 얼굴이 어렴풋한 미소로 환해졌다.

"하리는 카페에 갈 때면 늘 몸을 그을리기 위해 햇빛 비치는 쪽 테라스에 가서 앉았답니다……"

"그래요?"

"더욱 진한 금발로 보이려고 머리에 약을 바르기도 했어요."
 얀센은 눈썹을 찡그렸다.
 "바보같이…… 그 약 이름은 생각나지 않는군요……"
 갑자기 그가 지친 기색이었다. 말이 없었다. 그가 침묵을 지킨다면 누가 또 나에게 하리 드레셀의 이야기를 들려줄 수 있단 말인가? 하리 드레셀이란 이름의 한 남자가 이 세상에 존재했다는 것을 말할 수 있는 사람이 파리에 몇이나 있을까? 이 남자와 나, 그리고 드니즈.
 "당신이 그분의 이야기를 들려주기를 무척 고대하고 있답니다." 내가 그에게 말했다.
 "그 모든 게 어찌나 먼 옛날 이야긴지…… 아 참…… 하리가 늘 머리에 바르던 약 이름이 생각났어요…… '클레르에클라'예요…… 그래요…… 클레르에클라였어요……"
 우리 주위는 햇빛 비치는 4월의 그 첫 오후를 만끽하려는 손님들로 가득했다. 대부분 젊은이들이었다. 그들은 매우 가벼운 최신 유행의 멋진 옷들을 입고 있었다. 지금 보면 그런 옷들이 시대에 뒤떨어진 것 같겠지만 그날 오후 다른 사람들의 옷에 비해 한물간 듯 보였던 것은 얀센의 복장—대단히 길고 양어깨가 불룩 솟은 외투와 추레한 플란넬 양복—이었다. 만약 하리 드레셀이 우리 테이블에 와 앉는다면 아마도 그의 외양 역시 얀센과 마찬가지로 무덤에서 살아 돌아온 유령 같으리라고 나는 생각했다.
 "나는 마지막 무렵에 그의 매니저로 일했습니다……" 얀센이 중얼거렸다. "그가 이집트로 떠나자……"
 그가 나의 모든 질문에 대답하지는 않았지만 그의 말로는 이집트에서 무슨 일이 있었는지 확실히 알 길은 절대 없으리라고 했다. 그 점에 대한 그의 생각은 아주 확고했는데, 내가 입을 다문 그에게 막무가내로 대답을 강요하자 드레셀이 그곳에서 살해되었다는 것을 짤막한 몇 마디로 암시했다. 주저하는 듯한 고백 다음에 더이상의 이야기를 얻어내기란 불가능했다. 그는 드레셀이 이집트에 가 있던 시절 파루크왕의 측근이었던 에드몽 잘랑이라는 사람을 찾아 물어보라고 무성의하게 충고했다. 나중에 그 에드몽 잘랑이라는 사람을 찾아보았지만 헛수고였다. 잘랑, 도대체 당신은 어디 있습니까? 나에게 소식 좀 전해주세요.

그는 박하 음료 한 잔을 시켜놓고 텅 빈 눈길로 앞을 바라다보았다.

"하리 드레셀은 어떤 종류의 쇼를 했었나요?"

"노래를 불렀어요, 선생. 탭댄스도 추었고요."

"노래는 어떤 노래였습니까?"

그는 제목들을 생각해내려는 듯 눈썹을 찡그렸다.

"독일 노래들이었어요. 그의 십팔번이 있었어요.

카프리올-렌……

카-프리올-렌……

카프리올렌……"

그는 곡조를 다시 생각해내려고 애썼지만 목소리가 갈라졌다. 아득한 목소리. 그토록 아득한 목소리.

"그분은 분명 카르포광장에 살았지요?" 내가 물었다.

그는 어깨를 으쓱하고 나서 어이가 없다는 투로 말했다.

"아닙니다, 선생. 라투르모부르대로에 살았어요."

"그분에게 딸이 하나 있다는 것은 알고 계셨나요?"

"아니, 천만에요. 그게…… 벌써 두번째로 그 얘기를 하는군요, 선생…… 농담을 좋아하는 모양이지요, 네?"

그는 눈살을 찌푸리며 입가에 빈정거리는 빛을 띤 채 나를 바라보았다.

"그는 남자들을 너무 좋아했어요."

그의 목소리는 나를 불안하게 했다.

"이만 헤어져도 좋겠군요…… 더 들려드릴 말씀도 없고요……"

그는 자리에서 일어섰다. 나도 일어섰다. 우리는 빅토르위고광장의 포도를 나란히 걸었다.

"당신은 무엇 때문에 과거를 파헤치려는 거요?"

그는 지친 얼굴과 퇴색한 머리털에 다 해진 외투를 걸치고 백피증에 걸린 듯한 눈으로 바라보며 거의 위협적인 태도로 내 앞에 버티고 서 있었다.

"이번만은 우리를 가만 좀 내버려둘 순 없어요? 제발 좀!"

그는 나를 그곳에 세워두고 가버렸다. 나는 꼼짝하지 않고 뷔조대로 쪽으로 걸어가는 그의 모습을 바라보았다. 그는 돌아보지 않았다. 어렴풋한 인간의 형상, 시시각각 흩어지는 한줄기 수증기, 카프리올렌.

*

그것은 긴 시일을 요하는 작업이었다. 저녁에 드니즈가 내 '작업실'에 올 때면 나는 그녀에게 그렇게 설명했다. 우선 하리 드레셀이 이 땅에 머물렀던 모든 물적 증거를 수집해야 했다. 그러자면 시간이 걸릴 것이다. 벌써 한 뭉치의 옛날 신문들을 읽다가 그의 이름이 언급된 콜로넬르나르가의 카바레 '볼드뉘'의 광고를 발견했다. 다른 신문의 '공연'란 하단에서 아주 작은 글씨로 쓰인 광고도 찾아냈다. "현재 가수 하리 드레셀이 퐁티외가에 있는 카바레 생카뇌프에서 공연중. 차―아페리티프 오후 5시―저녁식사―쇼 저녁 8시 30분. 철야 개점." 나는 이 광고를 잘라내어 커다란 스케치북에 붙였다. 그리고 나서 몇 시간 동안 돋보기로 자세히 살펴보았다. 그만큼이나 하리 드레셀의 존재에 의구심이 들었던 것이었다. 그에 대해 이야기해줄 가능성이 있는 사람들이 아직 살아 있다면 그들의 긴 명단도 작성해야 했다. 그러기 위해서는 온갖 종류의 오래된 전화번호부를 구해야만 했다. 그러나 이제는 그 번호로 전화를 걸어도 받는 사람이 없었고, 편지들은 수취인 불명으로 반송되었다.

드레셀에게는 개가 한 마리 있었다. 드니즈는 메크툽이라는 이름의 그 래브라도를 기억했다. 어느 날 밤 방공 사이렌이 요란하게 울어대자 플랑드르 출신의 부인과 드니즈는 개를 데리고 지하실로 내려갔다. 같은 시각 퐁티외가의 생카뇌프에서는 드레셀이 자기 차례가 되어 노래를 부르기 시작한 참이었다. 지하실의 불이 꺼지고 폭음이 점점 더 가까이 들렸다. 아마도 라샤펠역을 폭격했던 것이리라. 드니즈가 개를 꼭 껴안자 개는 그녀의 뺨을 핥아주었다. 까실까실한 혓바닥이 어린 여자아이의 공포심을 진정시켜주었다.

그녀는 이베트가에 있는 오퇴유 반려동물 가게에서 아버지와 함께 그 개를 사던 오후를 기억했다. 나는 그곳에 다시 가보았다. 세심한 가게 주인은 사십 년 전부터 자신이 판 모든 개의 혈통 증명서와 조그만 증명사진을 보관하고 있었다. 그는 넓은 공간 하나를 차지한 문서 보관실을 보여주었고 드니즈 개의 혈통 증명서와 증명사진을 찾아냈다. 드니즈의 개는 1938년 생로의 사육장에서 태어났고 그 부모와 조부모 네 마리의 이름이 기록되어 있었다. 반려동물 가게 주인은 나에게 혈통 증명서 사본 한 통과 사진 한 장을 주었다. 우리는 오랫동안 이야기를 나누었다. 그는 모든 개의 정보가 태어날 때부터 기록되는 애견정보시스템을 구축하는 것이 꿈이었다.

그는 사라져버린 개들과 관련된 모든 자료—사진, 장편 혹은 아마추어 영화, 글 혹은 말로 된 증언들—를 수집하고자 했다. 이름 하나 없이, 어떤 흔적도 남기지 못한 채 죽어버린 수천 수만의 개가 마음에 걸렸던 것이다. 나는 하리 드레셸과 관련된 자료를 수집해놓은 스케치북에 그 개의 혈통 증명서와 사진을 다른 것들과 함께 붙여놓았다. 나는 조금씩조금씩 단편적으로 내 책을 쓰기 시작했다. 제목은 최종적으로 '하리 드레셸의 생애들'이라고 정했다. 얀센이 한 말 때문에 나는 드레셸이 여러 삶을 동시에 살았다고 믿게 되었다. 그 증거를 가진 것도 아니고 가진 자료도 보잘것없지만 상상력을 발휘할 생각이었다. 상상력이야말로 진정한 드레셸을 되찾는 데 도움이 될 터였다. 마치 사분의 삼이 부서진 조각상을 놓고서 나머지 부분을 머릿속으로 재구성해내는 고고학자처럼 내가 찾아낸 두세 가지 요소를 바탕으로 상상의 날개를 펼치기만 하면 되었다. 나는 밤에 일했다. 낮 동안은 드니즈가 곁에 있어주었다. 우리는 저녁 일곱시경 자리에서 일어났다. 빨간 목욕 가운을 입은 그녀에게서는 다른 누군가가 지나갈 때 종종 맡게 되는 향수 냄새가 났다. 그러면 나는 오후의 끝자락에 비치는 회색빛과

비 오는 길을 달리는 자동차들의 흐르듯 멈추지 않는 바퀴 소리, 자줏빛 그늘이 진 그녀의 두 눈, 그녀의 입, 그녀의 금빛 엉덩이의 매혹에 빠져 방으로 돌아갔다. 더 일찍 자리에서 일어날 때면 우리는 숲이나 호숫가, 혹은 프레카틀랑으로 산책을 나가곤 했다. 우리는 미래에 대해 이야기했다. 개를 한 마리 살까. 여행을 떠날까. 그녀가 머리를 자르는 게 좋을까? 1킬로그램이 불었으니 그녀는 오늘부터 다이어트를 할 것이다. 이따가 내가 쓴 글의 한 구절을 그녀에게 읽어줄까? 우리는 말라코프대로에 있는 식당으로 저녁식사를 하러 가기도 했다. 커다란 홀의 목재 장식 패널은 모두 칠을 새로 해야 할 것 같았고 네 귀퉁이에 서 있는 코린트 양식의 기둥들 역시 껍질이 일어나 있었다. 침묵. 호박색 빛. 나는 언제나 어김없이 세 사람이 앉을 수 있는 테이블을 선택했다. 혹시 하리 드레셀이 문을 열고 들어설 때를 위해……

자정쯤 나는 편지지 다발을 쌓아놓은 책상 앞에 자리잡았다. 만년필 뚜껑을 여는 순간 피로가 엄습해왔다. 친애하는 드레셀이여, 당신 때문에 내가 얼마나 괴로워했는지…… 그러나 당신을 원망하지는 않습니다. 잘못은 나에게 있습니다. 확신하건대 당신은 당신 삶에 대해 회의를 품었을 테지요. 그래서 내가 당신 삶에 대해 아무것도 찾아낼 수 없었던 겁니다. 그런 까닭에 나는 내가 사랑하는 당신의 딸에게 아버지를 찾아주기 위해 상상을 해야만 했습니다. 그녀는 옆방에 누워 나에게 "잘되어가?" 하고 물었고, 음악을 들으면 글이 쉽게 써질 거란 생각에 림스키코르사코프의 레코드를 전축에 걸었지요.

5월 초, 그녀의 정부 로베르토 로렌 영감이 그의 조카와 조카의 폴로 경기팀을 데리고 아르헨티나에서 왔다. 그녀는 우리가 자주 만나지 않는 것이 좋겠다고 했다. 내가 그녀의 집에서 계속 지내고 있으면 이따금 만나러 오겠으니 그때 아버지에 대한 책의 다음 부분을 읽어달라고 했다. 그때부터 나는 그녀가 없는 허전함을 달래기 위해 하루종일 일을 했다. 나는 드레셀의 초년기, 내가 전혀 아는 것이 없는 그 시기에 대해 오십 페이지 가까이 썼다. 나는 일종의 데이비드 코퍼필드를 만들어냈고 내 글 속에 디킨스의 문장들을 요령껏 끼워넣었다. 암스테르담에서 보낸 어린 시절을 그린 부분은 작고한 프랑시스 카르코*의 영향을 크게 받은 '분위기'에 젖어 있었다. 그러나 드레셀이 파리의 카지노에서 연기 생활을 시작하고, 타바랭의 기수인 드니즈의 어머니를 만나게 되는 시기부터는 좀더 개성적인 필치를 찾게 되었다.

 1951년 이집트로 떠나 그곳에서 체류하는 부분에서는 유난히 영감이 샘솟아 펜 끝이 종이 위를 내달렸다. 카이로와 알렉산드리아 사이에 이르러서는 내 세상을 만난 것 같았다. 피라미드 여인숙 근처, 드레셀의 연기 무대였던 푸른색과 금색의 카바레 이름은 '르 스카라베'였고, '연예인' 아니 베리예가 거기서 연기하고 있었다. 아니의 노래를 들으러 온 파루크왕이 이탈리안 보좌관을 시켜 그녀에게 매우 값비싼 보석들을 보냈지만 보좌관은 모조품을 만들어주고 진짜는 자기가 챙겼다. 어떤 파경에서 살아남았는지 모를 사람들도 그곳을 찾아들곤 했다. 그런데 사람들이 하리 드레셀을 마지막으로 본 것은 언제였을까? 화재가 일어나기 며칠 전 1월, 사즐리 베이 부인이 카이로 근교에 있는 새 별장, 삼나무 가로수가 늘어선 〈바람과 함께 사라지다〉의 '타

---

* 프랑스 작가. 악한이나 도둑, 매춘부 등을 주요 소재로 삼아 뒷골목 분위기와 하층민 생활을 묘사했다.

라'와 똑같이 지은 별장의 신축식을 위해 파티를 열던 날……

나는 드니즈에게 몇 장을 읽어주었다. 그녀는 더는 말라코프대로의 내 곁에서 잠을 잘 수 없었다. 로베르토 로렌 영감이 그녀에게 청혼을 했던 것이다. 그는 그녀보다 서른 살이나 위였는데 그녀는 그가 약간 뚱뚱하다고 생각했고 화장품을 바르는 남자를 좋아하지도 않았다…… 그러나 그는 아르헨티나의 최고 갑부 세 사람 중 하나라고 했다. 나는 절망했지만 그녀에게는 내색하지 않았다.

새벽 두시경 그녀는 때때로 나를 잠깐씩 찾아왔다. 로베르토 로렌 영감과 그의 조카가 카바레 '흰 코끼리'에서 밤이 새도록 머무는 사이 슬쩍 빠져나오는 데 성공한 것이다. 나는 최근에 쓴 몇 페이지를 보여주었는데 그녀는 「하리 드레셀의 생애들」을 훑어보면서 한 번도 놀라는 법이 없었다.

우리는 나른한 오후를 몇 번 함께 보냈다. 그녀는 표범 가죽으로 몸을 감쌌고, 나는 그녀에게 계속해서 아버지의 천일야화를 읽어주었다.

어느 날 저녁, 나는 한 직원과 공모해 영화자료센터에서 훔친 커다란 필름통 세 통을 한아름 안고 말라코프대로의 집으로 돌아왔다. 그것은 1943년에 촬영된, 드레셀이 '재치 있는 조역'을 맡은 〈말브뇌르의 늑대〉의 첫 부분이었다. 나는 영사기 한 대를 빌려서 그의 얼굴을 알아볼 수 있을 만큼 가까이서 찍힌 장면들을 하나씩 사진으로 찍을 작정이었다.

집안의 불이 전부 켜져 있었지만 아무도 없었다. 제정양식의 내 책상 위에 서둘러 휘갈겨쓴 짧은 메모가 놓여 있었다.

"나는 아르헨티나에 가서 살 거예요. 무엇보다 아버지에 대한 책은 계속 써주세요. 당신에게 키스를 보내며. 드니즈." 나는 책상 앞에 앉았다. 세 통의 필름을 발치에 내려놓았다. 어린 시절, 사람과 물건들이 어느 날인가는 우리를 떠나 사라져버린다는 것을 깨달은 이후로 내게는 이미 익숙해져버린 공허감이 느껴졌다. 방안을 이리저리 서성이자니 그 느낌이 점점 짙어졌다. 드레셸과 그 딸의 사진들은 이제 거기 없었다. 그녀가 아르헨티나로 가져간 것일까? 침대, 표범 가죽, 하늘색 새틴을 씌운 화장대, 그것들은 이제 다른 방들을, 다른 도시들을 거쳐 어쩌면 헛간으로 들어가고 말 것이고, 머지않아 세상 그 누구도 그 물건들이 짧은 시간이나마 하리 드레셸의 딸이 살았던 말라코프대로의 방에 한데 모여 있었다는 사실을 알지 못하게 될 것이다.

오직 나를 제외하고는. 나는 열일곱 살이었다. 그리고 나에게는 이제 프랑스의 작가가 되는 일만이 남아 있었다.

13

그해 여름이 끝날 무렵 나는 결혼했다. 그 놀라운 예식을 치르기 전, 나는 장차 아내가 될 여자와 함께 그녀의 고향 튀니지에서 몇 달을 보냈다. 그곳에는 황혼이란 게 존재하지 않았다. 시디부사이드*의 테라스에서 잠깐 졸고 나면 밤이 내려와 있었다.

우리는 집과 집에 배어 있는 재스민 향기와 작별했다. 카페 데 나트에서는 알루루 셰리프를 둘러싸고 블로트**가 한창인 시간이었다. 우리는 라마르사에 이르는 도로를 따라 내려갔다. 이른 아침이면 은빛 해무에 휩싸인 바다가 내려다보이는 도로였다. 그러다 바다는 차츰차츰, 어린 시절 학교에서 쓰지 못하게 했기에 더 예뻐 보였던 잉크 색인

---

* 튀니스에서 북쪽으로 20킬로미터 정도 떨어져 있는 마을.
** 카드놀이의 일종.

플로리다 블루* 색을 띠어간다. 마지막 모퉁이, 양쪽에 별장들이 늘어선 마지막 길, 그리고 왼쪽에는 T.G.M** 노선의 작은 역, 그림자들이 기차가 지나가기를 기다리고 있었다. 플랫폼에는 가로등 불빛 하나가 역과 그 흰 전면 벽과 쇠붙이 장식이 달린 낡은 차양 위로 희미하게 비치고 있었다. 차양의 푸른색과 벽면의 흰색이 수상쩍은 인상을 풍기지 않았다면 몽타르지나 생로에 있을 법한 역이었다.

맞은편에 있는 카페 제피르는 잣을 띄운 박하차를 마시거나 도미노 놀이를 하려는 사람들로 붐볐다. 어둠에 감싸인 채 수군거리는 말소리들이 들렸다. 때때로 젤라바***의 반짝거리는 흰빛. 길 건너편 영화관에는 〈로마의 휴일〉 광고가 붙어 있고, 1부에는 파리드 알아트라슈가 나오는 아랍 영화. 내게는 그 영화배우가 가수인 여동생 아스마한과 함께 찍은 낡은 사진이 한 장 있다. 둘 다 드루즈 산악지대의 귀족 가문 출신이었다. 사진은 영화관을 지나 오른쪽 첫번째 길에 있는 라마르사 이발소의 늙은 이발사가 그해 나에게 준 것이었다. 그가 이발소 유리창 한가운데에 붙여놓았던 그 사진을 보고 가수이자 스파이라는 저 기묘한 여자 아스마한과 내 아내가 너무 닮아 나는 깜짝 놀랐었다.

우리는 종려나무 가로수가 두 줄로 늘어선 바닷가의 산책로를 따라 걸었다. 길은 어두웠다. 프랑스 대사관을 지나 라마르사의 주택가로 들어섰다. 우리는 바다로 향하는 내리막길의 가장 높은 곳에서 걸음을

---

* 잉크 제조사 워터맨사에서 짙은 파란색 잉크에 붙인 색채명.
** 튀니스, 굴레트, 마르사를 연결하는, 총 길이 19킬로미터에 이르는 철도.
*** 아프리카 서북부 마그레브 지역의 전통 의상으로, 두건과 긴 소매가 달린 카프탄 형태의 가운이다.

멈추었다. 철문을 밀어 열었다. 아내의 가족이 있는 보르주였다.

경사진 정원을 굽어보는 작은 길을 따라가면 그 끝은 바다다. 낮은 철책을 떠받치고 있는 담벼락은 부겐빌레아로 뒤덮여 있다. 또하나의 철책문을 넘어서면 포석 깔린 일종의 안뜰에 이르게 된다.

그들은 모두 정원 탁자에 둘러앉아 낮은 목소리로 이야기를 하거나 카드놀이를 하고 있었다. 의사인 타하르 자우크, 유세프 겔라티, 파트마, 마미아, 셰피카, 자우이다, 그리고 어둠에 반쯤 젖은 모르는 얼굴들. 우리도 자리에 앉아 대화에 동참했다. 그들은 6월에 튀니스의 코미시옹가에 있는 고급 아파트를 떠나와서 여름 동안 보르주에 자리잡은 것이었다. 매일 저녁이 오늘 저녁과 같을 것이고, 우리는 탁자에 둘러앉아 푸른빛에 젖은 채 카드놀이를 하거나 이야기를 하는 그들을 만나게 될 것이다.

우리는 우리의 정다운 친구 에시아와 몽세프 겔라티와 함께 정원 층계를 내려갔다. 그 아래는 옛날에 네덜란드 화가 나르뒤스의 소유지였던 곳의 경계를 표시하는 길이 있었다. 그 소유지는 해변까지 이어지는 널따란 정원이었다. 사람들은 그 땅을 분할했고, 아주 먼 옛날 나르뒤스의 딸인 금발의 플로가 알몸으로 산책하던 그 정원의 그늘진 자리에 조그만 정원으로 둘러싸인 수많은 집이 대신 들어앉아 있었다…… 작은 탑이 솟아 있는 장밋빛 대리석 별장은 허물어진 곳 없이 건재했다. 보름달이 뜨는 밤이면 별장 앞에 외로이 서 있는 나르뒤스의 하얀 흉상이 보였다. 그가 직접 자기 모습을 조각한 그 조각상을 새로운 주인들이 고스란히 남겨둔 것이다. 그는 석고 눈으로 바다를 바라보면서 몸은 우리 쪽을 향해 있었다. 정원에 남은 것이라고는 밤을 향기로 가득 채우는 키 큰 유칼리나무 몇 그루뿐이었다.

그런데 가끔 우리는 보르주를 방문하고 나서 가마르트 도로로 들어서기도 했다. 바다를 따라 뻗은 도로였다. 가마르트 도로에 이르기 조금 전 우리는 된 여인숙 앞에서 발길을 멈추었다.

층계가 있고, 흑백의 마름모꼴 대리석으로 바닥을 깐 테라스가 있었다. 테이블들 대부분은 푸른 넝쿨식물 시렁 아래 놓여 있었다. 우리는 모래사장과 바다가 바라다보이는, 테라스 가장자리의 항상 같은 테이블을 골라 앉았다.

그 바다의 파도 소리가 들렸다. 알렉산드리아의 마지막 메아리가, 그리고 그보다 더 멀리 테살로니카와 화재로 불타기 전의 수많은 다른 도시의 마지막 메아리가 바람에 실려 내게로 왔다.

14

 신문을 뒤적거리다가 우연히 부동산 광고란에 시선이 머물러 이런 내용을 읽었다.
 "빈집. 콩티 강변로의 아파트—센강 조망—오층. 승강기 없음. 당통 55. 61번."
 전화를 걸었을 때 내 예감은 적중했다. 그렇다, 그것은 분명 내가 어린 시절을 보낸 집이었다. 왜 그랬는지는 모르겠지만 나는 그 집을 방문하겠다고 요청했다.
 붉은 머리에 기름을 잔뜩 바른 뚱뚱한 중개인 남자가 앞장서서 층계를 올라갔다. 오층에 이르자 그는 여남은 개의 열쇠 꾸러미를 주머니에서 꺼내더니 일말의 머뭇거림도 없이 맞는 열쇠를 찾아냈다. 그는 출입문을 열고 비켜서며 말했다.

"먼저 들어가시죠."

가슴이 저릿했다. 그 문턱을 넘어본 지 십오 년도 더 지나 있었다. 전깃줄 끝에 매달린 전구가 여전히 장밋빛이 감도는 베이지색을 간직한 벽들을 비추고 있었다. 오른쪽에는 아버지가 외투를 몇 벌씩이나 걸어놓던 외투걸이, 낡은 여행가방들과 날씨가 더운 고장에서 쓰는 캔버스천 모자들—아직도 기억이 난다—을 놓아두던 커다란 선반. 기름 바른 붉은 머리의 중개인이 현관문 한쪽을 열었고 그와 나는 전에 우리 가족이 식당으로 사용하던 큰 홀로 들어갔다. 6월, 이제 겨우 저녁 일곱시 무렵이어서 호박색의 부드러운 빛이 홀을 감싸고 있었다. 그가 내 팔을 잡으면서 말했다.

"실례합니다……"

그의 관자놀이에서 땀방울이 흘러내렸다. 그는 몹시 초조한 듯했다.

"제가…… 제가 깜빡하고 서류 가방을 어느 손님 댁에 두고 왔군요…… 그러니까…… 그게 그 댁에 있으면 좋겠는데…… 저는…… 당장 거기 가봐야 할 것 같습니다…… 한 십오 분이면 됩니다……"

그는 당황해서 눈을 굴렸다. 가방 속에 무엇이 있길래 그가 이 지경이 되었을까? 그는 무엇을 걱정하는 것일까?

"제가 돌아올 때까지 여기서 기다려도 괜찮으시겠어요?"

"상관없습니다."

"혼자서 집안을 한 바퀴 둘러보실 수 있겠죠?"

"물론입니다."

그는 빠른 걸음으로 현관 쪽으로 갔다.

"그럼 잠시 후에…… 잠시 후에 뵙지요…… 먼저 한번 둘러보고 계세요……"
 그가 나가고 문이 쾅 닫혔다.
 나는 옛날에 우리가 함께 식사를 하던 테이블이 놓여 있던 그 자리에 혼자 남았다. 햇빛이 마룻바닥에 오렌지빛 줄무늬를 그리고 있었다. 아무 소리도 들리지 않았다. 다른 방이 넘겨다보이는 둥근 창도 여전히 그대로였다. 나는 가구들이 놓여 있던 모습을 기억했다. 둥근 창 양쪽에 커다란 지구본 두 개가 놓여 있었다. 둥근 창 밑에는 모형 범선을 얹어놓은 유리 책장. 책장 발치에는 퐁트누아 전투에서 사용되던 대포의 축소판 모델. 두 개의 지구본 뒤쪽에는 판급 갑옷과 사슬 갑옷을 입은 나무 인형 둘. 범선 모형 앞에는 글루체스터 공작의 소유였던 긴 칼. 그 건너편 벽이 우묵하게 들어간 공간에는 긴 안락의자, 의자 양쪽으로는 책 선반들이 놓여 있다. 저녁식사를 하기 전 그곳에 앉아 붉은 천으로 장정한 책들 중 하나를 꺼내 읽고 있노라면 마치 기차간에 들어앉아 있는 기분이었다.
 텅 비어 있는 방은 더 작아 보였다. 그게 아니라면 내가 어른이 되어서 이 방을 실제 크기로 볼 수 있게 된 것일까? 나는 '여름 식당'으로 들어갔다. 그곳은 바닥에 흑백 타일을 간 일종의 넓은 복도로 커다란 유리문을 통해 조폐국의 지붕들과 옆집 정원이 내다보였다. 가짜 대리석판이 붙은 네모난 테이블이 어렴풋이 머릿속에 떠올랐다. 그리고 햇빛에 바랜 오렌지색 가죽 의자들.『폴과 비르지니』의 한 장면이 그려진 벽지. 나는 다시금 입구를 지나 강변으로 난 두 개의 방 쪽으로 갔다. 복도의 거울은 떼어내고 없었다. 나는 옛날에 아버지의 서재였던 곳으로 들어갔다. 그리고 그곳에서 아주 깊은 쓸쓸함을 느꼈다. 소파도 없고 그와 구색을 맞춘 검붉은색 당초무늬 커튼도 없었다. 입구 가까이 왼쪽 벽에 걸려 있던 베토벤의 초상도, 벽난로 한가운데에 있던 뷔퐁의 흉상도 없었다. 사이프러스 향과 영국 담배 냄새도.

이제는 아무것도 없었다.

나는 내부의 작은 층계를 통해 육층까지 올라가 아버지가 욕실로 개조한 오른쪽 방으로 들어갔다. 검은색 바닥 타일, 벽난로, 밝은색의 대리석 욕조는 여전히 그곳에 있었지만 센강 쪽으로 난 방의 하늘색 목재 장식 패널은 없어졌고, 나는 텅 빈 벽을 물끄러미 바라보았다. 그 벽에는 나의 부모님보다 먼저 살았던 사람들이 남긴 주이 천* 조각들이 이곳저곳에 붙어 있었다. 주이 천 조각들을 뜯어내면 그보다 더 오래된 작은 천조각들이 드러날지도 모른다는 생각이 들었다.

어느새 저녁 여덟시가 다 되었고 나는 중개인이 혹시 나를 잊어버린 것은 아닌가 싶은 생각이 들었다. 그 방은 이십 년 전과 마찬가지로 안쪽 벽에 작은 황금빛 네모꼴을 만드는 석양빛에 잠겨 있었다. 창문들 중 하나가 빠끔히 열려 있어 나는 난간에 팔꿈치를 괴었다. 지나가는 차는 별로 없었다. 몇 척의 나룻배가 섬의 끝, 베르갈랑공원의 무거운 나뭇잎새들 아래 떠 있었다. 키 큰 실루엣과 긴 외투로 알아볼 수 있는 헌책 장수—그는 내가 어렸을 때부터 이미 거기 있었다—가 휴대용 캔버스천 접의자를 접고 퐁데자르 다리 쪽으로 느릿느릿 걸어가고 있었다.

열다섯 살 때 그 방에서 잠이 깨면 나는 커튼을 열었고, 햇빛, 토요

---

* 꽃이나 전원 풍경 등의 모티프를 날염한 천. 인테리어에 흔히 쓰인다.

일의 산보객들, 자기 매대 덮개를 여는 헌책 장수들, 전망석 지붕이 달린 버스, 그 모든 것에서 안도감을 얻곤 했다. 여느 날과 다름없는 하루. 잘 알지도 못하면서 막연히 두려워했던 재난은 일어나지 않았다. 나는 아버지의 서재로 내려가 그곳에서 조간신문을 읽었다. 푸른 가운 차림의 아버지는 끝없이 전화를 걸었다. 아버지는 늦은 오후에 미리 약속한 호텔 로비로 당신을 찾아오라고 내게 일렀다. 우리는 집에서 저녁식사를 했다. 그리고 옛날 영화를 보러 가거나, 여름날 저녁이면 카페 뤼크위니베르의 테라스로 셔벗을 먹으러 갔다. 때로는 우리 둘이 아버지의 서재에 남아서 음반을 듣거나 체스를 두었는데 아버지는 체스 말을 옮겨놓기 전에 집게손가락으로 머리 윗부분을 긁곤 했다. 아버지는 내 방까지 나를 데려다주고 당신의 '계획'을 설명하면서 마지막 담배를 피웠다.

벽을 뒤덮은 벽지나 겹겹이 발린 천들처럼 그 집은 그보다 더 오래된 추억을 내게 상기시켜주었다. 비록 태어나기도 전이지만 나에게 아주 중요한 몇 해들. 1942년 6월의 어느 날 하루해가 저물어갈 무렵, 오늘처럼 따뜻한 황혼녘, 저 아래 조폐국과 학사원 사이로 난 콩티 강변로의 우묵하게 들어간 자리에 벨로택시 한 대가 와서 멈추었고 거기서 젊은 여자가 내렸다. 내 어머니였다. 어머니는 벨기에에서 기차로 이제 막 파리에 도착한 것이었다.

서가 근처 두 개의 창문 사이에 사무용 책상이 놓여 있었는데 내가 이 방에 살 때 그 서랍들을 뒤져보던 생각이 났다. 낡은 라이터들, 싸구려 목걸이들, 이제는 그 어떤 문도 열 수 없는 열쇠들—그런데 어떤 문을 열던 열쇠들이었을까?—틈에서 어머니의 것이었던, 그후 내가 잃어버리고 만 1942년, 1943년, 1944년의 일기 수첩을 발견했었다. 그 수첩들을 어찌나 자주 펼쳐보았는지 어머니가 거기 적어놓은 짤막한 기록들을 다 외울 지경이었다. 가령 1942년 가을의 어느 날 어머니는 이렇게 기록했다. '셰퍼가—토디 베르너의 집에.'

바로 그곳에서 어머니는 아버지를 처음 만났던 것이다. 한 여자친구가 젊은 여자 둘이 사는 셰퍼가의 그 아파트로 어머니를 데려갔다. 가짜 신분으로 사는 유대계 독일 여자 토디 베르너와, 생드니의 수용소에서 석방시키려고 애쓰던 영국인과 결혼한 독일 여자 리젤로테의 집이었다. 그날 저녁 셰퍼가에는 여남은 명이 모였다. 그들은 이야기를 나누고 음반을 들었는데 방공을 위해서 커튼을 쳐놓았으므로 분위기가 한결 아늑했다. 어머니와 아버지는 서로 이야기를 나누었다. 그곳에 함께 있던 사람들, 그들의 첫 만남과 그날의 모임에 대해 들려줄 만한 사람들은 모두 사라져버렸다.

셰퍼가를 떠나면서 아버지와 제자 펠몽은 라퐁프가에 있는 코로맹데의 집으로 가려고 했다. 그들은 어머니에게 같이 가자고 청했다. 그리고 다 함께 펠몽의 포드 자동차에 올랐다. 스위스 시민이었던 펠몽은 통행증을 가지고 있었다. 아버지는 펠몽의 포드에 올라타자 그레퓔가의 게슈타포와 형사들의 관할을 벗어난 듯한 착각이 들더라고 나에게 종종 말했었다. 그 자동차는 이를테면 스위스 영토의 한 조각이었기 때문이다. 그러나 나중에는 친독 의용대원들이 그 자동차도 검문을 했고, 조르주 망델*은 바로 그 포드 안에서 살해되었다.

---

* 나치 독일에 맹렬히 저항한 프랑스 정치가.

코로맹데의 집에서 그들은 야간 통행금지 시간을 보내며 동이 틀 때까지 이야기를 주고받았다.

그뒤 몇 주 동안 아버지와 어머니는 서로를 보다 자세히 알게 되었다. 그들은 포스탱엘리가에 있는 조그마한 러시아 식당에서 자주 만났다. 처음에 아버지는 어머니에게 자기가 유대인이라는 사실을 감히 밝히지 못했다. 파리에 도착한 이래 어머니는 샹젤리제에 자리잡은 독일 영화사 '라콩티낭탈'의 '동시녹음부'에서 일하고 있었다. 아버지는 어릴 때 친구가 승마 강사로 있는 불로뉴숲의 승마장에 숨어 살았다.

어제 나는 어린 딸을 데리고 아클리마타시옹공원을 산책하다가 우연히 그 승마장 가에 이르렀다. 삼십삼 년이 흘렀다. 아버지가 피신해 있던 벽돌로 지은 마구간 건물은 그후로 분명 아무것도 변한 것이 없었다. 장애물도, 하얀 울타리도, 트랙의 검은 모래도. 나는 무엇 때문에 다른 장소보다 유독 여기서 점령기의 유독한 냄새를, 내가 태어난 저 토양의 냄새를 맡게 된 것일까?

혼란의 시대. 뜻하지 않은 만남. 그 어떤 인연으로 나의 부모는 1942년 송년의 밤을 보리외에서 배우 셋슈 하야카와와 그의 아내 플로 나르뒤스와 더불어 보내게 되었을까? 책상 서랍 안쪽에 한 장의 사진이 있었다. 그 사진 속에서 그들 네 사람은 테이블 주위에 둘러앉아 있다. 〈마카오, 유희의 지옥〉에 출연했을 때만큼 태평한 얼굴인 셋슈 하야카와, 거의 백발 같아 보일 정도로 밝은 금발인 플로 나르뒤스, 수줍은 젊은이의 표정을 짓고 있는 내 아버지와 어머니…… 그날 저녁 뤼시엔 부아예가 보리외에 모임의 스타로 등장했고 새해가 밝았다고 선포되기 직전에 그녀는 유대인이 만들었다는 이유로 금지되었던 노래를 불렀다.

내게 사랑을 말해주오

내게 말해주오

정다운 얘기들을……

 그후 셋슈 하야카와는 사라져버렸다. 점령기에 그 옛날 일본계 할리우드 배우는 파리에서 무엇을 하고 있었던 것일까? 그와 플로 나르뒤스는 샬그랭가 14번지 마당 안쪽에 있는 조그만 집에서 살았다. 아버지와 어머니는 그곳으로 자주 찾아갔다. 바로 옆, 르쉬외르가—오른쪽 첫번째 길—에서는 프티오* 박사가 자신이 처형한 희생자들의 시체를 태우고 있었다. 나선형 기둥들과, 벽에 어두운색 목재 장식 패널이 붙어 있는 일층 아틀리에에서 셋슈 하야카와는 '도복'을 입고 아버지와 어머니를 맞아들였다. 플로 나르뒤스의 금발은 그 사무라이와 함께 있으면 더욱 비현실적으로 보였다. 그녀는 생육이 까다로운 꽃과 식물을 가꾸었고, 그것들이 아틀리에를 점점 뒤덮어가고 있었다. 또 그녀는 도마뱀들도 길렀다. 네덜란드 화가 아버지의 소유인, 튀니지 라마르사에 있는 장밋빛 대리석 별장에서 그녀는 유년기와 청소년기를 보냈다. 1976년 7월, 내가 그녀를 만난 곳도 바로 튀니지였다. 삶이 시작된 곳으로 되돌아오는 다른 사람들처럼, 나는 그녀가 얼마 전 그곳에 정착한 것을 알게 되었다.

 나는 그녀에게 전화를 걸어 내 이름을 말했다. 삼십 년도 더 지났는

---

* 레지스탕스 일원인 척 가장해 수많은 유대인을 죽인 프랑스의 연쇄살인마.

데 그녀는 아직 내 부모를 기억하고 있었다. 우리는 7월 8일 목요일 오후 여섯시 카르타주대로의 튀니지아 팔라스 호텔에서 만나기로 약속했다.

그 호텔은 보호령 시절에는 분명 영화의 시기를 누렸을 법하지만 그 후 의자들이 드문드문 놓이고 벽이 텅 빈 로비는 꼭 버려진 곳 같았다. 나와 가까운 곳에 검은 양복을 아주 단정하게 차려입은 뚱뚱한 남자가 오른손에 쥔 호박 묵주를 미끄러뜨리듯 넘기며 앉아 있었는데, 누군가 다가와서 그를 '하지'라고 불렀다.

나는 나의 부모에 대해 생각하고 있었다. 내가 만약 그들 젊은 시절의 증인들과 친구들을 만나고자 한다면 그 장소는 항상 지금 이곳과 비슷한 곳이리라고 나는 확신했다. 유형의 냄새가 감돌고 평생 편안하게 정착해본 일도 없고 정확한 출생 등록도 없는 사람들이 굴러드는 머나먼 나라의 버려진 듯한 호텔의 로비. 플로 나르뒤스를 기다리면서 나는 내 곁에서 다정하면서도 포착되지 않는 내 어머니 아버지의 존재를 느꼈다. 그녀가 들어오는 모습을 보자마자 누구인지 알아차렸다. 나는 자리에서 일어나 손짓했다. 그녀는 장밋빛 터번을 쓰고 같은 색깔 블라우스에 바지와 낡은 샌들 차림이었다. 허리에는 오렌지빛 유릿조각과 거울 조각 같은 것을 꿴 은줄을 맸다. 나는 사진 속 그 여자를 알아보았다. 그녀의 옆모습은 여전히 매우 단정했고 눈은 물망초의 푸른빛이었다.

내가 과거에 대해 얘기하자 그녀는 깜짝 놀랐다. 그녀 자신도 그런 세세한 것들은 이제 잘 기억하지 못했다. 그러다 차츰차츰 그녀의 기억이 맑아졌고 나는 그녀가 서랍 속에 깊숙이 넣어두고 잊어버렸던 옛날 녹음테이프를 재생시켜주는 듯한 인상을 받았다.

그녀는 내 아버지가 신분증이라고는 아무것도 없는지라 일제 검문이 두려워 단 한 번도 외출하지 못한 채 샬그랭가 14번지에 한 달씩이나 숨어 있었던 것을 기억했다. 셋슈 하야카와 역시 정상적인 신분이 못 되었다. 독일 사람들은 그 일본인이 미국 여권을 소지하고 있다는 것을 몰랐고 일본 사람들은 그를 징집하려고 했다. 저녁이면 아버지, 셋슈, 그리고 그녀는 근심을 잊기 위해 도미노 놀이를 하거나, 아버지의 청에 따라 셋슈는 크리스티앙 샹보랑이라는 감독이 연출한 〈백색 순찰〉에서 맡았던 배역을 재현해보기도 했다. 아버지는 그들의 오랜 친구였다. 아버지는 1940년 일본 영사관에서 올린 두 사람 결혼식의 증인이었다. 그렇지, 보리외에서의 저녁 파티가 눈에 선했다. 그런데 그들은 그보다 일주일 전인 크리스마스 날 샬그랭가 14번지에서 만났었다. 아버지, 어머니, 토디 베르너, 코로맹데, 펠몽, 그리고 다른 모든 사람들이……

로비에는 이제 우리 둘만 남아 있었다. 길에서 자동차 소리, 경적음이 들려왔고 우리는 그곳에 앉아 우리를 만나게 해주었지만 너무나 아득해서 현실감을 잃어가는 과거에 대해 이야기하고 있었다.

우리는 호텔을 나와 부르기바대로를 따라 걸었다. 밤이 오고 있었다. 도로 중앙 교통섬의 나무들 잎사귀 틈에 숨어 있는 수백 마리의 새가 귀가 먹먹해지도록 일제히 재잘거렸다. 나는 그녀가 하는 이야기에 귀기울이기 위해 몸을 숙였다. 삼십 년 전부터 그녀는 갖가지 우여곡절을 겪었다. 해방이 되자 '독일놈들의 간첩'으로 몰려 체포되었지만 투렐 감옥을 탈옥하는 데 성공했다. 이미 그 괴상한 전쟁 중, 하야카와

와 그녀가 바티뇰의 소쉬르가에 살 때, 동네 사람들은 그들을 '제5열'이라고 몰아댔다.

셋슈는 미국으로 돌아갔다. 그는 죽었다. 그녀는 아버지를 여의었다. 어린 시절을 보낸 라마르사의 별장은 몰수당했다. 그녀는 라메디나의 어느 방 한 칸에서 지냈고 생계를 위해 유리로 뱀, 물고기, 새 등의 작은 동물들을 만들었다. 꼼꼼함이 필요한 일이었다. 유릿조각들을 다듬어 한데 모아서 철사에 하나씩 차례로 꿰었다. 내가 원한다면 어느 날 그 작은 동물들을 보여주겠다고 했다. 미리 약속을 정해서, 시디 자물가에 있는 그녀의 집으로 걸어서 가면 되는 일이었다. 그런데 그날은 너무 늦은 시간이라 내가 집으로 돌아오다 길을 잃을 염려가 있었다. 나는 그녀를 포르트 드 프랑스까지 바래다주었다. 그녀는 골목길을 나른하면서도 우아한 걸음새로 걸어갔고 나는 옷감, 향료, 보석 등을 진열대에서 거둬들이는 보석 상인들 사이로 걸어가는 그녀의 실루엣에서 눈을 떼지 못했다. 그녀는 시장통의 인파 사이로 사라지기 전 나에게 마지막으로 손을 흔들어 보였다. 그녀와 함께 내 아버지 어머니의 젊은 시절이 내게서 멀어져가고 있었다.

너무 작아서 자세히 보려면 돋보기가 필요한 사진 한 장을 나는 간직해왔다. 그들은 응접실의 긴 안락의자에 나란히 앉아 있다. 어머니는 오른손에 책을 한 권 들고 왼손은 아버지의 어깨에 얹고 있고, 아버지는 몸을 숙이고 품종을 알 수 없는 크고 검은 개 한 마리를 쓰다듬고 있다. 어머니는 이상한 모양의 줄무늬 긴소매 블라우스를 입었고 금발은 어깨 위로 늘어져 있다. 아버지는 밝은색 양복을 입었다. 갈색 머리에 가느다랗게 콧수염을 기른 아버지는 미국 비행가 하워드 휴스를 닮왔다. 점령기의 어느 날 밤, 도대체 누가 그 사진을 찍었던 것일까? 그 시대가 없었더라면, 그 시대가 불러일으킨 우연적이고 모순된 만남들이 없었더라면 나는 결코 태어나지 않았으리라. 어머니가 육층 방에서 책을 읽거나 창밖을 내다보던 저녁들. 저 아래층에서 쇳소리를 내며 닫히던 현관문. 아버지가 비밀스러운 방황으로부터 돌아온 것이었다. 그들은 둘이서 오층 여름 식당에서 저녁식사를 했다. 그러고 나서는 아버지의 서재로 쓰이는 응접실로 돌아왔다. 방공을 위해서 커튼을 닫아놓아야 했다. 그들은 라디오를 들었고, 아마도 어머니는 매주 라콩티낭탈 영화사에 제출해야 하는 영화 자막을 서투른 솜씨로 타이핑하고 있었을 것이다. 아버지는 뷜로의 『육체와 영혼』이나 『회상록』을 읽었다. 그들은 이야기를 주고받고 계획을 세웠다. 그리고 자주 폭소를 터뜨렸다.

어느 날 저녁, 그들은 마튀랭극장으로 〈건설자 솔네스〉라는 연극을 보러 갔다. 거기서 그들은 웃음을 참지 못해 도망치듯 극장을 나왔다. 더는 폭소를 참을 수가 없었다. 아버지를 잡아죽이려는 경찰이 버티고 있는 그레퓔가를 지척에 두고 인도를 걸으며 폭소를 터뜨렸다. 이따금, 그들이 커튼을 치고 응접실에 앉아 있을 때면, 그리하여 침묵이 너무나 깊어 지나는 마차 소리나 강변로의 가로수 잔가지들이 흔들리는 소리까지 들릴 때면, 상상컨대 아버지는 막연한 불안감을 느꼈으리라. 1943년 여름 오후의 끝 무렵처럼 공포가 그를 엄습해왔다. 소나기가 쏟아지자 아버지는 리볼리가의 아케이드 밑으로 피했다. 사람들은 서로 바짝 붙어서서 비가 그치기를 기다렸다. 아케이드 밑은 점점 더 어두워졌다. 신중함이 요구되는 일촉즉발의 분위기, 일제 검문검색 직전의 분위기였다. 아버지는 감히 당신의 공포에 대해 말하지 못했다. 아버지와 어머니는 발붙일 곳 하나 없는 두 명의 뿌리 뽑힌 자였고 그늘에서 너무 환한 빛으로, 빛에서 그늘로 그리도 쉽게 옮겨다니며 점령기 파리의 밤 속을 배회하는 두 마리 나비였다. 어느 날 새벽 전화벨이 울렸고 알 수 없는 목소리가 아버지의 본명을 부르며 그를 찾았다. 그러고는 곧 전화를 끊어버렸다. 아버지가 파리에서 도망치기로 마음먹은 것은 그날이었다…… 나는 두 창문 사이 선반 밑에 앉았다. 희미한 어둠살이 방을 가득 채웠다. 그 시절 전화기는 바로 옆 책상 위에 놓여 있었다. 삼십 년이 지난 후 내 귀에 그 가냘픈 벨소리, 반쯤 소리를 죽인 듯한 그 벨소리가 들리는 것만 같았다.

내게는 지금도 그 소리가 들린다.

현관문이 쾅 닫혔다. 집안의 계단에서 나는 발소리. 누군가 내게 다가왔다.

"어디 계세요? 어디 계세요?"

기름 바른 붉은 머리의 중개인 남자…… 나는 그가 지나가면서 풍긴 로자 향수 냄새를 알아차렸다.

나는 앉았던 자리에서 일어났다. 그가 나에게 손을 내밀었다.

"미안합니다. 시간이 좀 걸렸습니다."

그는 이제 안심했다. 가방을 다시 찾은 것이다. 그는 창가에 있는 나에게로 다가왔다.

"집을 좀 둘러보셨습니까? 아무것도 보이지 않는군요. 손전등을 하나 가지고 올 걸 그랬습니다."

그 순간 센강의 유람선이 나타났다. 배는 강변의 집들에 장식 등불을 비춰대며 시테섬의 끝 쪽으로 미끄러져갔다. 방의 벽들이 갑자기 빛의 반점과 격자무늬로 뒤덮이고 빙빙 돌더니, 점과 무늬가 천장에서 사라졌다. 이십 년 전 바로 이 방에서, 바로 저 유람선이 지나갈 때 잠시 불을 끄고 있노라면 바로 그 순간적이고 낯익은 그림자들이 내 동생 뤼디와 나의 마음을 사로잡곤 했다.

그날 저녁 무슨 축제가 열리기로 예정되어 있었던 모양이다. 루브르 박물관과 베르갈랑공원과 앙리 4세의 조각상이 퐁네프 다리 위쪽에서 환하게 빛나고 있었다.

"전망이 어떻습니까?" 기름 바른 붉은 머리가 작지만 의기양양한 목소리로 내게 물었다. "아주 특별한 전망이죠? 안 그래요?"

나는 뭐라고 대답해야 좋을지 몰랐다. 1945년 5월 어느 저녁의 강변과 루브르도 이와 같은 방식으로 환하게 빛나고 있었다. 인파가 센 강변과 베르갈랑공원을 가득 메웠다. 저 아래 콩티 강변로의 우묵하게 들어간 자리에서는 사람들이 즉흥 무도회를 벌이고 있었다.

〈라마르세예즈〉다음으로는 〈갈색 왈츠〉가 연주되었다. 어머니는 발코니에 팔꿈치를 괴고서 춤추는 사람들을 바라보았다. 나는 7월에 태어날 예정이었다. 내 아버지도 평화의 첫날밤을 축하하는 군중 속 어디엔가 있었다. 그 전날 밤 아버지는 펠몽과 함께 기차를 타고 떠났던 것이다. 나르본 부근의 어느 헛간에서 포드 자동차가 발견되었으니 말이다. 자동차 뒷좌석에는 피가 묻어 있었다.

15

 택시 한 대가 강베타대로와 프랑스가가 만나는 모퉁이에 정차해 있었다. 운전사 옆 조수석에 한 남자가 앉아 있어서 나는 차문을 열기를 망설였다. 그런데 운전사가 고갯짓으로 빈 차라고 알려주었다.
 아내와 딸, 그리고 나는 뒷좌석에 자리를 잡았다. 나는 갓 한 살이 된 딸아이를 품에 안고 있었다. 나는 서른 살 하고 넉 달, 아내는 스물다섯 살이 된다.
 우리는 감청색 유모차를 우리 사이에 접어놓았다. 앞자리 조수석에 탄 남자는 꼼짝도 하지 않았다. 이윽고 내가 말했다.
 "아렌공원이 있는 시미에즈로 갑시다."
 운전사는 천천히 차를 몰았다. 그도 옆에 앉은 남자도 내 또래의 청년이었다.

"배전기가 말썽인데……"

"디젤차인데도?"

"네 형을 좀 만나봐야겠어……"

"이제는 그뢰즈 정비소에서 일 안 해."

두 사람 다 니스 말씨를 썼다. 운전사가 소리를 죽인 채로 라디오를 켜둔 터였다. 이제는 아내가 아기를 품에 안고 차창 너머로 지나가는 집들을 가리켜 보이고 있었다.

금발의 운전사는 콧수염을 짧게 길렀다. 그의 친구는 갈색 머리에 땅딸막했고 쑥 들어간 눈 때문에 꼭 고대의 염소 머리 조각 같았다.

"그뢰즈 정비소를 없앤다는 거 알아?"

"왜?"

"가비종에게 물어봐."

아기는 아내의 목걸이를 가지고 놀고 있었다. 목걸이를 흔들다가 입으로 가져갔다. 우리는 플라타너스 가로수들 사이로 빅토르위고대로를 지나고 있었다. 1975년 12월 1일 월요일 오후 두시. 맑음.

우리는 좌회전해 구노가로 들어섰고 같은 이름의 호텔 앞을 지났다. 회전문이 닫혀 있는 커다란 흰색 건물. 나는 철책 너머 저 안쪽, 아마도 공원으로 바뀐 뜰을 잠시 보았다. 그런데 문득 또다른 생의 어느 여름날 저녁, 내가 그 문을 밀고 들어서는데 뜰에서 음악이 들려왔던 것만 같은 느낌이 들었다. 그렇다, 나는 저 호텔에 머무른 적이 있었다. 내게는 그때의 희미한 기억, 당시 오늘과 똑같이 아내와 어린 딸아이와 함께였다는 기묘한 인상이 남아 있다. 그 전생의 자취를 어떻게 하면 되찾을 수 있을까?

추억을 완성하기 위하여 201

구노호텔의 오래된 숙박계를 조사해봐야 할지도 몰랐다. 그런데 당시 내 이름은 무엇이었을까? 그리고 우리 세 사람은 어디서 오던 길이었을까?

"그래, 그래. 가비종이……"

"그게 놀라워?"

"그 친구, 포르셰 자동차 대리점 양도 계약 때도 똑같은 짓을 했거든."

"바로 그거야……"

갈색 머리 염소 얼굴이 가는 엽궐련 한 개비에 불을 붙여 신경질적으로 빨았다. 그가 우리 쪽으로 몸을 돌렸다.

"미안합니다…… 아기가 있는데……"

그는 미소 지으며 엽궐련을 가리켜 보이더니 재떨이에 짓이겨 껐다.

"담배 연기가 아기들한테 나쁘잖아요." 그가 우리에게 말했다.

나는 그 세심함에 놀라며 그에게도 어린아이가 있나보다고 생각했다.

무엇 때문에 그렇게 돌아서 왔는지는 모르지만 우리는 러시아 교회를 뒤로하고 파르크앵페리알대로를 따라 달리고 있었다. 러시아 교회의 어둠침침한 그늘에서 그 옛날 여황의 시종이었던 늙은 남자가 졸고 있는지도 몰랐다. 우리는 시미에즈대로의 초입에 이르렀고 아기는 차창 너머를 바라보고 있었다. 아기가 자동차를 타고 니스를 가로질러보기는 처음이었다. 눈에 보이는 모든 것이 아기에게는 새로운 것이었다. 나무의 초록색 반점들, 오가는 자동차들, 인도를 걸어가는 사람들.

"그러면 네 형은?"

"걱정 마. 수를 찾아냈으니까……"

"낡은 파셀 베가를 가지고?"

"물론이지, 파트릭……"

그러니까 갈색 머리에 염소 얼굴을 한 남자는 나와 이름이 같았다. 아마도 앵글로색슨 군인들과 지프차와 처음 생기기 시작한 미국식 바 때문에 1945년에 대유행이던 이름이었다. 1945년 한 해 전체가 '파트릭'이라는 세 음절에 통째로 담겨 있었다. 우리 역시 그때는 아기였다.

"파셸뿐만이 아니라고……"

"아, 그래?……"

"게다가 형이 되찾아낸 내시 여남은 대도 있으니까……"

1945년의 니스는 어떠했던가? 징발되어 미군 차지가 된 룰호텔의 창문들에서는 재즈가 흘러나온다. 이탈리아에서 프랑스군 보안대에 체포된 내 불쌍한 누이 코린은 바로 이 근처 빌라 생탄에 감금되어 있다가 후에 감옥으로, 또 파스퇴르병원으로 옮겨지게 되었다…… 그리고 파리에서는 포로수용소에서 살아남은 사람들이 줄무늬 파자마를 입고 뤼테시아호텔의 샹들리에 아래서 기다리고 있었다.

모든 것이 기억난다. 가장 오래된 종잇조각들을 되찾기 위해 나는 오십 년 동안이나 바르고 또 발라 겹겹이 붙어 있는 벽보들을 떼어낸다. 윈터팰리스호텔이 있던 자리 앞을 지나면서는 1910년의 폐병 걸린 젊은 영국 여자들과 러시아 여자들이 보였다. 택시가 속도를 늦추더니 멈춰 섰다. 우리는 아렌공원에 도착했다. 갈색 머리 염소 얼굴, 파트릭이라는 이름을 가진 남자가 차에서 내려 우리가 유모차를 꺼내는 것을 도와주었다. 유모차는 바퀴가 여섯 개에, 앉는 자리를 높이거나 회전시킬 수 있고 차양을 접었다 폈다 할 수 있고, 강철로 된 손잡이는 움직여 조정할 수도 있고 양산을 단단히 꽂을 수도 있는 아주 복잡한 모델이었다. 택시가 출발하자 그들이 우리에게 손짓했다.
　나는 딸아이를 품에 안았다. 아이는 내 어깨에 머리를 기댄 채 잠들어 있었다. 그 무엇도 아이의 잠을 방해하지는 못했다.
　이 아이에겐 아직 기억 같은 것이 없었다.

초판 해설

기억의 어둠 속으로 찾아가는 언어의 모험*
—『추억을 완성하기 위하여』와 같은 해에 태어난 알린Aline을 위하여

　1970년대까지 우리나라에 소개되어온 프랑스문학은 낯익은 몇몇 작가의 작품으로 국한되어 있었다. 6·25 이전까지 일본 문화권에서 교육받은 교양인들, 혹은 문인들이 중역重譯이라는 굴절의 무리를 각오하고 젊은 날의 독서에서 받은 그 시대 특유의 감동을 전달하고자 단편적으로 소개해온 작가들 중 우선 떠오르는 프랑스 작가는 가령 앙드레 지드 정도로, 대표작은 그 이름과 함께『좁은 문』정도가 될 수 있을지 모른다. 그리고 한 걸음 더 나아가 '나타나엘'이라는 이름이 충동하는『지상의 양식』의 정열에 찬 대전 전의 감동이 어느 세대의 머릿속에

---

* 이 글은 1977년 프랑스 갈리마르출판사에서『추억을 완성하기 위하여 Livret de famille』가 출간되고 그 이듬해인 1978년 우리말로 번역해 파트릭 모디아노를 우리나라에 최초로 소개한 당시 초판에 붙인 소개의 말을 다듬은 것이다.

는 고이 간직되어 있을 것이다.

그러나 곧 한국전쟁과 더불어 고통스러운 세대교체가 일어나고, 실제로 사회의 뿌리깊은 곳에서 겪은 파괴와 허무의 경험은 오륙 년의 간격을 두고 프랑스 전후의 새로운 감수성을 우리 나름으로 수렴하게 만들었다. 이와 함께 한국 문화계에는 가령 낯익다못해 이제는 거의 감미로운 추억의 후광까지 쓰게 된 '부조리' '참여' 등의 어휘가 등장했고, 장폴 사르트르, 알베르 카뮈는 프랑스문학의 대명사 같은 존재가 되었다. 이는 전후의 경제적, 사회적 복구의 기운과 때를 같이해 고개를 드는 출판계, 특히 세계문학전집, 기타 전집류 및 문고판의 양적 증가와 더불어 강화되었지만, 과연 우리는 실존주의라는 매혹적인 술어와 함께 보통명사로 변신하려 하는 카뮈, 사르트르 이외에 또 어떤 작가를 접할 수 있었던가? 물론 시류를 타고 들어오는 어떤 특수성의 뒷받침 아래 1950년대 '천재 소녀'로 출발한 프랑수아즈 사강의 영원한 인기도 있고, 실존주의보다 앞선 세대로서 앙드레 말로, 프랑수아 모리아크, 그리고 기이하게도 (어쩌면 『어린 왕자』의 그 서투른, 그래서 감동적이라는 그림과 글 덕분에) 앙투안 드 생텍쥐페리 등이 그들 위치에 합당한 대접을 받은 것은 사실이다. 그뿐 아니라 과연 실존주의적 낡은 휴머니즘에 반기를 들고 새로이 등장한 누보로망 역시 그 어려운 번역에도 불구하고 부분적으로나마 소개될 수 있었다. 그리고 또 마르그리트 뒤라스, 앙드레 피에르 드 망디아르그, 마르그리트 유르스나르, 로맹 가리, J. M. G. 르 클레지오 등도 성의 있는 독자에게는 접할 기회가 주어졌다. 그러나 1970년대 후반에 (어떤 이유에서인지 모르지만) 갑작스럽게 한국의 출판계가 관심을, 맹렬한 관심을 보이기 시작한 몇 사람의 공쿠르상 수상자를 제외한다면 적어도 1960년대 중반부터 십여 년에 걸친 시기에 등장한 새로운 작가들은 어둠 속에 묻혀 있다.

1960~1970년대에 프랑스 문단은 어떤 새로운 작가를 탄생시켰을까? 이에 대한 해답은 지극히 어렵다. 그 정답은 어디에도 발표되어 있지 않다. 새로이 등장한 작가는 오히려 수적으로 증가했다 할 수 있지만 '대표적'이라 할 만한 작가의 선정에는 우선 객관적인 기준을 세울 수 없다. 베스트셀러 순위에도, 매년 늦가을에 발표되는 각종 문학상 수상자 명단에도, 신문 문화면의 머리기사 제목에도 '대표적', 혹은 '천재'의 바로미터는 표시되어 있지 않았다. 게다가 프랑스의 사회적이고 문화적인 뿌리깊은 변혁에 따라 작가가 대중의 이목을 집중시키는 현상이 서서히 자취를 감추어갔다는 것 또한 '새로운 작가'를 찾아내는 작업의 난점이었다. 실존주의나 누보로망, 혹은 〈라 누벨 르뷔 프랑세즈〉 같은 문예지를 창간하는 집단적인 운동도, 집단화의 노력도, 뒷받침도 없이 많은 작가들이 각자 나름대로의 책을 가지고 전기, 회고록, 논픽션, 정치평론, 녹음기 소설, 에세이 등 다양한 분야의 베스트셀러들 사이에 자욱이 등장했을 뿐이다.

이 같은 어렴풋한, 혹은 혼란스러운 조망 속에서 지난 1960~1970년대에 프랑스문학이 새로이 거두어들인 수확을 지극히 주관적인 각도에서 살펴보던 과정에서 역자가 파트릭 모디아노라는 완전히 낯선 이름을 『추억을 완성하기 위하여』(원제: 가족 수첩)라는 소설과 함께 접하게 된 것은 1978년 봄이었다. 사실 대학을 중심으로 '연구'를 위해 프랑스문학을 접하는 외국인이 시시각각 변모하는 현재의 프랑스 문단을 직접적으로 소상하게 느낀다는 것은 지극히 어려운 일이었다. 잠시 나타났다가 무명으로 사라질지도 모르는 다수의 저자들을 일일이 읽고 그 가운데 한두 작품을 찾아내는 것은 프랑스 밖에 살고 있는 외국 문학도에겐 모험일 뿐만 아니라 시간 낭비일 공산이 컸다. 어쨌든 『추억을 완성하기 위하여』는 사실 프랑스에서 출간된 직후 신빙성 있는 신문 문예란의 서평들, 베스트셀러 목록, 그리고 역시 오랜 전통의 후광을 등에 진 갈리마르출판사 출간작이라는 타이틀 등 이를테면 문화적 체제가 담당한 '예선'을 거치고 선별되어 나의 손까지 이른 여러 소설 중 하나였다.

  『추억을 완성하기 위하여』의 표제 다음 페이지에는 다만 "파트릭 모디아노는 1945년생이다. 그는 1968년 첫 소설 『에투알 광장』에 이어서 『야간순찰』『외곽 순환도로』『슬픈 빌라』『에마뉘엘 베를의 심문』을 차례로 출간했다. 그는 루이 말과 함께 〈라콩브 뤼시앵〉의 시나리오를 썼다"라는 지극히 간략한 작가 소개가 실려 있다. 파트릭 모디아노는 내가 숱하게 읽은 프랑스문학 신간들 중에서 가장 기이한 여운을 남겼다. 그 여운의 힘이 한여름을 통과하여 가을 속에서 익는 동안 여러 신간이, 심지어 여러 문학상의 수상 작품들이 비교적 무심하게 그들의 책장들을 넘겨 보이고는 창고 안으로 들어가버렸다. 파트릭 모디아노의 작품이 이런 특유한 매력을 행사하게 된 데는 소설의 구체적인 감동 이외에 당시 역자의 사사로운 경험 또한 무관하지만은 않았다. 우선 첫딸을 낳은 아버지가 병원의 낯선 방문객으로서, 혹은 평소에 발걸음할 일이 없는 시청 가족관계등록과의 민원인으로서 겪는 남다른 경험이 수줍게 서술된 소설의 첫 장면이라든가, 지난날 내가 오래도록 정들었던 프랑스를 떠나면서 세상의 마지막 영화처럼 보았던 루이 말 감독의 〈라콩브 뤼시앵〉이 준 형언할 수 없는 감동, 심지어 모디아노가 데뷔작을 쓴 해, 다시 말해 작가가 등단한 해가 1968년, 저 참다운 축제의 1968년이라는 사실에서 어쩌면 무의식적으로 '새로운 감수성'이라는 선입견을 갖게 된 것 등은 작품의 객관적인 가치와는 좀 거리가 있는 나만의 개인적인 감동의 이유가 되었을 것이다.

이 작품을 처음 접하고 여러 달이 지난 뒤 새삼스럽게 파트릭 모디아노를 우리말로 옮기게 되기까지 작품 자체의 강력한 설득을 받아온 것이 사실이다. 당시 만 32세의 젊은 작가(젊다지만 십 년간의 작가 생활에 페네옹상, 로제 니미에 상, 아카데미 프랑세즈 소설 대상을 수상했고, 1977년에 『추억을 완성하기 위하여』로 마지막까지 공쿠르상을 다툰 경력을 등에 업고 있었다)였던 모디아노는 어떤 작가였을까? 『에투알 광장』『야간순찰』『슬픈 빌라』를 통해 이미 특유의 문체와 분위기를 정착해놓은 터였지만, 『추억을 완성하기 위하여』에서 모디아노는 그때껏 다루어온 소재, 주제, 스타일을 가장 간결한 문장과 그에 실린 고압의 전력으로 구현해놓았다.

우선 이 소설 자체가 보여주는 특이한 인상, 참으로 막연하게 '인상'이라고 부를 수밖에 없는 개성적 성격은 아마도 인물, 성격, 구조, 테마 등 전통적인 소설의 구성 요소에 길들여져 있던 독자를 어느 면에서 당혹하게 했다. 그러나 다른 한편 1950년대 및 60년대에 걸친 프랑스 소설의 특징적인 실험을 구체화해 새로운 문학이론을 탄생시킨 누보로망에 익숙한 독자 역시 이 소설을 앞에 놓고서는 기이한 놀라움을 경험했다. 아마도 이런 놀라움이 전통적 소설 특유의 '재미'나 '스토리'에 익숙한 독자와 동시에 언어적 기능에 바탕을 둔 실험에서만 문학적 진실을 파악할 수 있다고 생각한 독자들의 공통된 주목을, 그리고 공통된 호평을 유도했는지도 모른다.

『추억을 완성하기 위하여』에는 외형상 '나'라는 일관된 인물이 등장하기는 하지만 사실 주인공이라 할 만한 서술의 중심은 없다. 이처럼 짧은 소설에 이처럼 많은 인물이 등장하는 경우도 드물 것이다. 도대체 이 책은 한 권의 장편소설인지(숫자로 배열된 각 장의 외형을 보면 장편인 듯도 하다) 아니면 어떤 막연한 주제들을 중심으로 열다섯 편의 단편을 모은 소설집인지—각 장의 독립된 분위기며 독자적인 구성과 서술의 통일성은 한 권의 책이라는 형식과 무관하게 각기 다른 단편으로도 충분히 읽힐 수 있고, 과연 개개의 장은 다른 어떤 장의 후속편도 아니며 인과율의 관계나 시간적인 연속성도 없다—아니면 열다섯 장으로 무심하게 분할된 따뜻한 분위기의 수필집인지 분간하기 어렵다. 그러나 문학적 습관에 따라 우리가 자신도 모르게 조바심하며 장르를 구분해 결정짓는 것이 한 작품의 파악에 실질적으로 무슨 도움을 주겠는가? 그 모든 어렴풋하고 낯선 불확실성에도 불구하고 『추억을 완성하기 위하여』는 매우 단정하고 아름다우며 그 속에 담긴 강력한 현실성으로 여기 우리 눈앞에서 최고의 호소력을 발휘하고 있다는 사실을 우선 인정하지 않을 수 없다.

모디아노의 매혹과 호소력은 참다운 문학 언어의 본질적 기능이 그러하듯 어떤 상반된 두 개의 극이 잡아당기는 저 신비스러운 의미의 어둠 속에서 생겨난다. 읽는 사람을 끊임없이 불안하게 하면서 동시에 다음 페이지로 전진하게 하는 이 책의 추진력은 일견 지극히 관습적인 듯한 서술 양식에서 독자가 마땅히 기대하게 되는 이야기의 '줄거리'를 끊임없이 유예시키는 데서 생겨난다. 즉 끊임없이 유예되는 기대다. 1장의 아기의 탄생, 그리고 시청 가족관계등록과로 가는 동안 '나'와 동행하는 코로맹데, 그리고 코로맹데 못지않게 낡은 자동차 등은 거의 탐정소설이 불러일으키는 것과 유사한 흥미와 기대를 갖게 한다. 그런데 2장에서는 보다 구체적인 행동의 진전을 보여줄 것이라 기대했던 코로맹데도, 그의 낡은 레장스 자동차도, 그렇게도 어렵게 등록한 '제나이드'라는 이름의 어린아이도 소식이 없고, 이번에도 역시 코로맹데 못지않게 불확실한 과거의 어둠 속에서 앙리 마리냥이라는 인물이 출현한다. 독자는 또 한번 저 해소되지 못한 궁금증을 안은 채 3장으로 옮겨간다. 이번에도 역시 코로맹데도, 마리냥도 어디론가 사라져버리고 화자의 할머니가 우연처럼 밀려와 유령처럼 살다 간 불확실한 파리의 어느 거리가 자세히 묘사된다. 이렇게 해서 소설이 막을 내리는 15장에 이르기까지 독자의 궁금증을 풀어줄 해답들은 나타났다가 사라지곤 하는 인물들과 시간, 공간 사이로 유예되기를 거듭하다가 끝내 어둠 속으로 가라앉아버린다. 결국은 전체적인 이야기의 연속성을 조직적으로 단절하는 이 책의 책장을 굶주린 듯 넘겨가며 '그래서 어쨌다는 것일까?' 하는 질문을 연발해온 독자는 '그래서? 도대체 작가는 무엇을 말하고자 하는 것일까?'라고 마침내 자문하면서 첫 페이지로, 파트릭 모디아노라는 이름과 '추억을 완성하기 위하여'라는 표제가 인쇄된 첫 페이지로 되돌아오게 된다. 우선 이 차분한 서술 방식의 책이 우리에게 표현하는 것은 바로 독자들이 자연발생적으로 제기하게 되는 하나의 질문, '그래서 어쨌다는 것일까?'다. 이 질문은 다분히 '가족관계등록부'라는 기이한 사회적 제도, 아니 그것을 넘어서는 한 인간적 욕망에 적용될 가능성이 있다.

우리는 자기 자신은 물론 타인의 정체성을 파악하고자 할 때 거의 관습적으로 그 인물의 가족관계등록부에 관심을 가진다. 가족관계등록부란 한 인간을 그가 태어난 사회와 연결시켜주는 공적인 문헌이다. 그 속에는 아주 건조한 객관성과 함께 일련의 이름들과 시공간의 좌표에 따라 한 인물이 지나온 삶의 이정里程이 기록되어 있다. 부모의 성명, 출생, 결혼, 자녀, 그리고 마침내 죽음…… 모디아노는 특유의 섬세하고 집요한 표현 양식을 빌려 자기 나름으로 이 '가족 수첩'을 다시 기록한다. 관공서의 짧은 문서가 무시해버린 모든 종류의 사항이 조명을 받으며 과거 속에서 나타난다. 이로 인해 관청 서류로서의 가족 수첩이 가진 그 간결하고 너무나 자명한 듯하던 요식이 깨져버리고 인간의 일생이 문득 지극히 밝은 빛 아래 껍질을 벗고 드러나지만, 다른 한편으로는 지극히 정확한 사실들과 지극히 정확한 시공간 속에 던져지는 빛으로 인해 밝혀지는 개개의 현실의 강도에 비례해, 정작 그 전체를 관류해야 할 통일성, 혹은 그 사실, 시간, 장소 전체에 계속성과 일관성을 부여해야 마땅할 '의미' 자체가 허구로 변질되어버린다. 이같이 자명하고 섬세하게 묘사된 개개의 사실이 가진 밝음과, 하나의 통일된 숙명의 얼굴을 완성하는 데 없어서는 안 될 의미의 어둠이라는 이 명암의 마찰 속에 여운처럼 떠서 감돌고 향기처럼 문득 스쳐왔다 사라지는 박명의 정서, 아마도 여기에 『추억을 완성하기 위하여』의 감동이 내재하는 듯하다.

모디아노의 펜은 마치 복잡하고 정교하고 미세한 톱니바퀴들을 국부적으로 정확히 투사하는 시계 수리공의 강렬하고 조그만 전등을 연상시킨다. 그 명징한 불빛은 '전체성'이나 '구조'나 '관계'에는 영향을 미치지 않은 채 어떤 현실의 분리된 국면만을 적나라하게 조명한다. 여기서 그 국면들에 '현실성'의 외관을 부여하는 것은 우리가 일상적인 관습에 따라 상황이나 사실 파악의 기준으로 삼는 시간, 공간, 이름 따위다. 이 점에서 『추억을 완성하기 위하여』는 관청 서류의 요식이 가지는 허구를 조직적으로 사용한다. 허물어진 과거를 기억력의 도움을 받아 적어도 현재와 흡사한 겉모습을 갖춘 어떤 현실체가 되도록 조립하기 위해 작가는 시간과 공간이라는 기둥들을 폭넓게 활용하는데, 그 시간, 공간의 표현이 소설의 거의 모든 장의 서두를 이룬다. "그때 나는 아직 스무살도 되기 전이었다" "나의 할머니는 그 레옹보두아예가에 살았다. 어느 무렵이었을까? 1930년대였을 거라 생각한다" "내 어머니는 열여덟살 때……" "그해 겨울 나는 열다섯 살이었다" "1973년 10월 초의 어느 저녁이었다" "그래. 맞아. 테른 지구의 이 작은 영화관에서는……" "나와 내 아내는 비아리츠의 클레망소광장에 도착해 있었다" "보주州의 로잔에 머물던 시절 이후로 내가 그렇게도 변했을까?" "십 년 전 어느 겨울날 아침, 뤽상부르공원에서……" "6월의 어느 토요일 저녁, 나는 (……) 파리를 떠났었다"…… 모든 이야기란 현실성을 지니기 위해 시간, 공간, 고유명사를 사용하는 법이다. 그것의 가장 원시적인 형태는 아마도 거의 모든 동화에 나오는 '옛날에 아주 먼 나라에 한 임금님이 살았다'라는 식의 서두일 것이다. 그러나 지금까지 파트릭 모디아노처럼 이 방법을 극한까지 밀고 나간 경우는 드물다. 방금 언급한 예에서처럼 『추억을 완성하기 위하여』는 도처에서 시간과 공간과 이름들을 조직적으로, 의식적으로 사용한다. 도대체 이 소설에 등장하는 도시 이름, 무엇보다도 수많은 거리 이름, 왼쪽, 오른쪽, 위아래, 이층, 삼층, 그리고 6월 12일, 토요일, 저녁, 아침, 1973년, 1930년대, 열여덟 살, 열네 살…… 거기에 겹쳐 코로맹데, 레트 버틀러, 제나이드, 로제 푸셍, 조르주 보 웨, 토토, 준비에브 카틀랭, 오펜펠트, 레놀드, 마기, 슈베르, 랑드리…… 끝도 없이 나타났다가 사라지는 인물들의 이름이며 〈남쪽 바다의 반 메르스 선장〉 『회상록』 〈밤의 음악〉 등의 영화 제목, 책 제목, 라디오 프로그램 제목, 심지어 낡은 전화번호부에 등록된 이름과 주소와 전화번호…… '현실성'의 기본 요소라고 우리가 늘 생각해오던 시간, 공간, 고유명사, 숫자가 도처에 무시로 등장함으로써 마침내 똑같은 이유로 본래의 현실성마저 상실하게 되지는 않는가? 해묵은 문서 보관소에 보관된 가족관계등록부상의 낯선 이름이나 출생일자나 장소가 대량으로 축적됨으로써 그 현실적 의미와 실감을 완벽하게 잃고 말듯, 여기서도 단순히 서류상의 기록처럼 지나치게 사용된 시간, 공간은 오히려 비현실적인 것이 되고 만다. '가족관계등록부'는 이렇게 해서 파열되어버린다.

그러나 기이하게도 이 수많은, 그리고 무의미해진 시간, 공간, 이름의 정확성이 유도하는 비현실성에 일말의 현실성의 가능성을 남겨놓은 것은 그 정확성의 저변에 깔린 부분적 부정확성이다. 가령 "1944년 2월 므제브에서 나의 아버지와 어머니는 무엇을 하고 있었을까?"라는 문장에서 그 서술에 현실성을 부여하는 것은 1944년 2월, 므제브, 아버지, 어머니…… 등 얼핏 보기에 가장 구체적일 듯한 단서보다 오히려 마지막의 의문부호나 '무엇'이라는 빈칸으로 남겨진 불확실성이다.

바꿔 말해보면, 의미 전달 도구로서의 언어와 단순히 빈 공간, 혹은 침묵을 가리키는 언어 사이의 마찰 속에 모디아노의 현실성이 새로이 탄생하는 것이다. '1944년'이나 '2월'과 같이 숫자로 표시된 자명하고 객관적인 시간, '므제브'라는 지명이 표시하는 부정할 수 없는 공간적 좌표는 그 자명한 객관성 자체로 인해 하나의 추상으로 변질되고 그에 따라 현실적 경험의 탄력을 상실하는 데 반해, "나의 아버지와 어머니는 무엇을 하고 있었을까?"라는 의문은 실상 밝혀지지 않고 밝힐 수도 없는 사실의 어둠이면서 동시에 그 어둠의 신비로움에서 가동될 수 있는 어떤 힘을 추상으로 변질시킨 현실에 충돌시킴으로써 참다운 상상력의 탄력을 발생시킨다. 그 결과, 소설은 이렇게 발생한 독자의 상상력에 의해 현실성의 잠재력을 획득한다.

 모디아노가 이 소설에서 우리에게 드러내 보이는 것은 역설적이며 상반된 두 가지 노력이다. 객관적인 문서, 지명, 시간, 사람들의 이름, 주소 등을 동원해 마치 고고학자처럼 과거의 미세한 사실들을 추적하고 잊혀버린 추억 위에 시계 수리공의 조그만 전등과도 같은 국부적이며 예리한 조명을 가한다. 이같이 철저한 추적과 조명은 물론 국부적인 사실들의 매우 생생한 묘사를 동반한다. 마치 허물어져버린 과거의 편린들을 주워모아 한데 맞추어서 어떤 덩어리의 형체를 만들어보려는 듯한 안타까운 노력이 도처에서 지극히 사실적인 묘사를 사용하게 만든다. 그러나 이 사실성은 앞서도 강조했듯이 '국부적'인 한계를 넘어서지 못한다. 이런 조명 장치는 어느 한 부분의 톱니바퀴들이 서로 엇갈린 모양을 극명하게 비춰줄 수는 있지만 각 부분 하나하나에 의미를 부여하는 근원인 전체, 즉 삶의 전모를 다 비춰주지는 못한 채 빛을 받지 못한 다른 부분들을 완전한 어둠 속에 남겨놓는다. 그리하여 어떤 문단이나 어떤 장들은 그 자체로서는 매우 자상하고 사실적이지만 다른 문단이나 다른 장들과 연결되지 못한 채 제각기 분리된 섬같이 고립된 상태로 떠 있게 된다. 이것은 어떤 각도에서 보면 지극히 현상학적인 기술 방법이라 하겠다. 부분적으로 철저하게 사실적이며 정확하고 자명하면서도 그 부분들 사이는 철저하게 단절된 개개의 편린들. 이것이 바로 우리의 추억이 가지는 실제 모습이다. 전통적인 이야기꾼들은 몇 개의 사실에서 출발해 그 사이사이에 허구적인 사실들의 다리를 놓아서 하나의 일관된 전체를 만든다. 모디아노는 오히려 몇 개의 사실을 최대한 자세히 묘사함으로써 그 사실들의 사이를 완전한 어둠으로 단절시킨다. 빛을 받고 있는 지대의 가장자리를 에워싸고 조금씩 조금씩 빛을 침식해들어오는 어둠, 작가는 바로 그 어둠 속에 문학적 상상력이 들어와 살게 만든다. 사실 이 소설처럼 사실적인 묘사를 하면서도 처음부터 끝까지 서정적인 반과거시제로 일관되어 있는 경우도 드물 것이다. 요컨대 모디아노의 작품에서 우리가 받는 서정적 혹은 낭만적인 인상은 어둠 속에 묻힌 과거 위에 국부적인 빛을 던짐으로써 과거의 조각이 군데군데 되살아나는 모습을 보여주면서도 사실은 그 과거의 편린들이 어둠 속으로 다시 가라앉아가는 모습을 목격하게 하는, 서로 상반된 방향의 움직임을 동시에 드러내 보이는 데서 오는 것이다.

　소설 속에 수없이 나타나는 예지만 가령 12장의 하리 드레셀의 이야기는 이 서로 상반된 방향의 움직임을 보여주는 좋은 본보기다. 대개의 전기작가들이 그렇듯 '나'는 저 무명의 하리 드레셀이라는 사람의,

밝혀진 바가 거의 없는 과거를 최대한 자세히 추적해들어간다. 이를테면 그의 가족관계등록부를 추적해가는 셈이다. 이것은 모든 사람의 기억의 어둠 속에 가라앉아 있던 드레셀의 과거를 빛 속으로 끌어내리는 철저한 노력이다. 그러나 막상 독자는 드레셀의 과거가 되살아나는 과정을 목격하는 것이 아니라 필연적으로 망각 속으로 깊이깊이 가라앉는 과거를, 그리고 영원히 해체되고 잊혀가는 한 일생의 어둠을 보고 있다는 느낌을 더 강하게 받는다.

요컨대 모디아노가 '추억을 완성하기 위하여' 그 조각조각을 주워모아 맞추어놓은 과거들은 마치 피라미드 속에서 이제 막 꺼낸 미라처럼 그 외면적인 형체를 어느 순간 지탱하고는 있지만 손끝으로 건드리기만 해도 산산조각나 무너져내릴 것만 같다. 이 작품은 시간의 힘에 의해 부서져버리는 삶을 불가능한 줄 알면서도 덧없이 붙잡아보려는 인간의 비극적인 모습을 비통하게, 그러나 지극히 단정한 방식으로 그리고 있다. 단 한 번도 그 슬픔을 직접적으로 표현하지 않고, 다만 무의미한 사실들을 차분하게, 집요하게 묘사해나가면서 때때로 삶 전체에 던지는 작가의 눈길에는 끝없는, 그러나 유리처럼 맑은 슬픔이 비쳐 보인다. "침대, 표범 가죽, 하늘색 새틴을 씌운 화장대, 그것들은 이제 다른 방들을, 다른 도시들을 거쳐 어쩌면 헛간으로 들어가고 말 것이고, 머지않아 세상 그 누구도 그 물건들이 짧은 시간이나마 하리 드레셀의 딸이 살았던 말라코프대로의 방에 한데 모여 있었다는 사실을 알지 못하게 될 것이다. / 오직 나를 제외하고는. 나는 열일곱 살이었다. 그리고 나에게는 이제 프랑스의 작가가 되는 일만이 남아 있었다." 따라서 작가가 해야 할 일은 세상을 전전하다가 부서지거나 헛간으로 들어가거나 영원히 사라져버리는 가구, 혹은 기억의 조각들, 의미 없는 디테일을 하나씩 주워모아 '추억을 완성하는' 일이다. 그러나 그 추억이 끝내는 완성될 수 없음을 작가는 미리부터 알고 있다.

  오직 일회적으로 만났다가 우연과 외부적 사건들과 삶의 뜻하지 않은 곡절로 인해 헤어지는 사람들, 모였다가 흩어지는 물건들, 바스러져버리는 삶들의 어둠, '잃어버린 시간'을 찾아 그 어둠 속으로 오직 펜 한 자루를 비추며 찾아들어가는 작가가 만나는 것은 사실 사람도, 사물도, 기억도 아니다. 시간이 만드는 저 어둠 그 자체, 그 어둠에 의해 필연적으로 허물어지는 삶 그 자체일 것이다. 의미 있는 것이 있다면 그 어둠 속에서도 어떤 사람들의 기억이 섬광처럼 소생시키는 의식의 빛, 그 빛에 동력을 제공하는 삶에 대한 사랑일 것이다. 2차대전이 파괴한 것은 단순히 재산이나 인명만이 아니었다. 그것은 실질적인 인간의 정체성이기도 하다. 모디아노는 바로 대전의 우연 속에 태어나 모든 과거를 상실한 세대로 성장한 대표적 작가다. 모디아노는 기억의 뿌리를 내릴 '콩브레'를 가지지 못한 대전 후의 떠도는 프루스트다. 그가 되찾는 '잃어버린 시간'은 시간의 산산조각난 편린이며 슬픔이 가득 담긴, 그러나 손에 잡히지 않아서 더 아름다운 기억의 어둠이다.

김화영

개정판 해설

현실과 상상의 무지개다리를 넘나들며

　파트릭 모디아노는 예순아홉 살이 된 2014년에 노벨문학상을 수상함으로써 세계적 명성을 얻었다. 그러나 역자가 이 소설을 통해 한국에 최초로 모디아노를 소개했을 때 그는 서른세 살의 비교적 젊은 작가, 우리 독자들에게는 미지의 작가였다. 프랑스어판은 1977년에 갈리마르출판사에서 출판되었다. 한국어 번역본은 그 이듬해인 1978년에 '추억을 완성하기 위하여'라는 제목으로 '문장사'에서 간행되었다. 그후 2015년에 같은 번역본이 출판사 '문학동네'에서 다시 나왔다. 거의 반세기가 지난 오늘, 이 소설을 '문학동네 세계문학전집'에 편입하는 기회에 같은 역자가 처음부터 '다시' 번역하는 차원에서 대폭 수정하여 펴내게 된 것을 다행스럽게 생각한다. 오늘의 이 면모 일신한 번역은 문학동네 편집부 김미혜님의 총명과 세심한 주의력에 크게 빚지고 있음을 밝히고 감사드리고자 한다.

소설의 원제목인 '가족 수첩Livret de famille'은 프랑스 정부, 혹은 지방 시청의 가족관계등록과에서 발행 교부하는, 약 열다섯 장 내외의 서류를 묶은 가족관계 증명 수첩을 가리킨다. 이 수첩은 결혼식을 올린 신혼부부, 첫 자녀의 출생을 신고한 부부, 첫 자녀를 입양한 양부모 등에게 교부하고 그 소지자는 자녀의 출생, 이혼, 사망 등의 사항을 확인받아 수첩에 추가로 등재한다. 과연 소설의 첫머리에서 화자는 첫딸이 출생하자 그 "붉은색 가죽 표지가 씌워진 조그만 노트인 가족관계 증명 수첩"을 들춰보면서 시청의 가족관계등록과를 찾아간다. 그리고 그 공적 서류가 지닌 명료함과 불확실성, 드러냄과 숨김의 양면적 성격을 이렇게 덧붙여 설명한다.

처음 두 장에는 나와 내 아내의 성명과 더불어 나의 혼인 증명서 초본이 있었다. 내 가족관계 등록상의 상세한 내용은 따지고 싶지 않았는지 '부父'에 해당되는 칸은 빈칸으로 남아 있었다. 사실 나는 내가 어디서 태어났고 내가 태어날 때 부모의 이름이 정확히 무엇이었는지 알지 못한다. 네 등분으로 접힌 감청색 종이 한 장이 이 가족 수첩에 핀으로 부착되어 있었다. 내 부모의 혼인 증명서였다. 독일 점령기에 한 결혼이었으므로 거기 적힌 아버지의 이름은 가명이었다.(본문 12쪽)

1968년 『에투알 광장』으로 데뷔한 뒤 모디아노가 잇달아 내놓은

『야간순찰』『외곽 순환도로』 등 이른바 '독일 점령기 3부작', 그리고 『슬픈 빌라』에 이어 다섯번째로 발표한 이 작품은 모디아노의 소설들 중에서도 독특한 위치를 점하는 일종의 자전소설, 즉 '오토픽션'의 하나다. 연속적인 줄거리를 따라가는 다른 소설과 달리 이 작품에는 과연 가족관계 증명 수첩이라는 공문서가 그러하듯 열다섯 개 장의 단편적인 서술, 길이가 서로 다른 일종의 메모, 기억의 스냅들이 불연속적이고 독립적인 방식으로 병치되어 있다. 각 장에서 화자는(부분적으로 작가 모디아노 자신과 혼동될 수 있다) 여러 장소, 얼굴, 이름, 어렴풋한 기억과 흔적 등을 바탕으로 빈칸, 부재, 침묵, 점차 지워져가는 뒷모습들로 점철된 자신의 불확실한 태생적 기원, 가족사, 궁극적으로는 자신의 정체성을 탐색, 재구성해보려고 노력한다.

여기서 소설 본래의 제목인 동시에 주제인 '가족관계 증명'은 양면적 애매성을 드러낸다. 그것은 한 가족의 구성과 관련된 가장 중요한 요소들, 즉 결혼, 자녀 출생, 이혼, 사망 등 기본적 사실들을 기록한 행정 문서 특유의 객관적 사실들을 보여주기도 하지만 다른 한편으로는 모디아노가 자신의 상상력을 통해 '혈통'과 가족관계의 내면을 완성해가는 하나의 문학적 기획으로 읽힌다. 이 소설은 이처럼 '가족관계 증명 수첩'이라는 본래의 제목과 작가가 시인 르네 샤르에게서 차용하여 책머리에 붙인 제사, "산다는 것은 하나의 추억을 완성하기 위하여 집요하게 애쓰는 것이다", 즉 이 역서의 역자가 임의로 붙인 제목이 암시하는 탐색 과정을 동시에 그려 보인다.

각 장은 공문서나 장부에 등재된 날짜, 도로명, 번지, 전화번호 등의 자명한 사실과, 만남, 추억, 이미지, 불확실한 실마리 등이 혼재하는 고의적인 불연속적 구조를 드러낸다. 소설의 이런 파편적 구조는 결코 단순한 하나의 선을 따라 이어질 수 없고 조각조각 부서져 흩어진 요소들을 바탕으로 재구성할 수밖에 없는 기억의 특성을 반영하는 것이다. 이것이 바로 모디아노 특유의 가족관계와 보편적 삶이 보여주는 불확실성인 동시에 노벨상 위원회가 지적한 "기억의 예술"이다. 즉 우리에게 믿음과 안도감을 주는 분명한 계보 대신 이 수첩은 우리에게 빈칸과 형태를 분간할 수 없는 어둠, 부재를 동시에 드러내 보인다. 이 결여와 사라짐은 모디아노가 앞서 '독일 점령기 3부작'을 통해서 탐색해온 그의 '태어나기 이전의 기억'과도 관련이 깊다. 화자는 잘라 말한다. "나는 내가 태어나기 전의 일도 기억했다. 예를 들어 나는 점령기 파리에서 살았던 것을 확신한다."(111쪽) 이 특이한 '기억'은 가족 구성원, 특히 어머니와 아버지, 혹은 제3의 인물이 말이나 행동, 암시를 통해 전승한 과거이기도 하고 화자 자신이 불확실한 흔적들로부터 유추해내거나 상상력을 동원하여 재구성하는 수용 방식을 말한다. 그 기억들은 행복한 체험이 아니라 흔히 어둡고 의문에 싸여 있는 강박적인 과거다. 가령 하리 드레셀이라는 인물의 생애를 재구성하는 화자의 태도가 그렇다.

얀센이 한 말 때문에 나는 드레셀이 여러 삶을 동시에 살았다고 믿게 되었다. 그 증거를 가진 것도 아니고 가진 자료도 보잘것없지만 상상력을 발휘할 생각이었다. 상상력이야말로 진정한 드레셀을 되찾는 데 도움이 될 터였다. 마치 사분의 삼이 부서진 조각상을 놓고서 나머지 부분을 머릿속으로 재구성해내는 고고학자처럼 내가

찾아낸 두세 가지 요소를 바탕으로 상상의 날개를 펼치기만 하면 되었다.(177쪽)

이리하여 우리는 『추억을 완성하기 위하여』를 일관된 줄거리와 결말을 갖춘 전통적 소설이 아니라 기억과 정체성과 흘러가는 시간의 파괴력에 대한 일종의 시적 명상으로 읽을 수 있다. 이 소설은 바탕과 기원이 불확실한 개인의 과거—그것도 모디아노처럼 독일 점령 시대의 악취가 서린 부식토 속에서 잉태된 유대인 혈통의 과거일 경우—를 재구성하는 일이 얼마나 어렵고 고통스러운 것인가를 조각조각 파열된 형식을 통해서 실감하게 해준다. 결론적으로 말해서 이 작품은 자서전, 상상력이 만들어낸 허구, 그리고 교차하는 집단기억의 중심에 놓인 모디아노 특유의 수상하고 매혹적인 '수첩'이다.

*

끝으로 역자가 덧붙여 지적하고 싶은 점이 한 가지 있다. 모디아노가 근본적으로 '시각적' 작가라는 사실이다. 그는 특히 1960년대 영화에 '중독된' 세대에 속한다. 그는 모든 사건, 모든 행동, 모든 환상을 구체적인 '장소'에 위치시키며 상상한다. 데뷔작 『에투알 광장』을 위시하여 초기 대부분의 소설들, 가령 『외곽 순환도로』 『야간순찰』 『슬픈 빌라』 『어두운 상점들의 거리』 등은 그 제목부터 어떤 공간과 장소를 암시한다. 모디아노의 대표작이라고 할 수 있는 1978년작 『어두운 상점들의 거리』는 로마 시내 중심부에 실제로 존재하는 중세의 거리 'Via delle Botteghe oscure'를 가리키는데 작가는 일찍이 『추억을 완성하기 위하여』에도 이 거리의 이름을 숨겨놓고 있다. 10장에서 왕년의 이집트 왕이었지만 지금은 로마에 흘러들어와 살고 있는 뚱보 '르그로'는 "종종 어두운 상점들의 거리의 조그만 바에서 오후 네시 정각에 만나자고 약속을 정했다".(141쪽)

이번에는 6장, 화자의 발길을 따라가보자. 1973년 10월 어느 날 저녁 파리의 마리보가의 서점을 나선 그는 마들렌성당 앞을 지나 오스만 대로를 따라 걷다가 생토귀스탱광장을 지나 메신대로 초입으로 들어선 다음 몽소공원 철책문 앞에 있는 어떤 카페의 테라스에 가 앉는다. 그는 어느 순간 가까운 테이블에 앉은 육십대 남자가 테이블에 머리를 대고 쓰러져 죽은 것을 발견한다. 그 남자는 인근의 녹음기 대여점 직원인 부를라고프라는 러시아 상트페테르부르크 출신 이민자로, 녹음기를 반납하지 않을 경우 대여해간 고객의 집으로 찾아가 회수해오는 것이 그의 일이었다. 죽은 남자의 발치에 놓여 있는 비닐봉지에는 녹음기를 대여한 고객의 주소인 "쿠르셀가 45번지"와 고객의 이름이 적힌 전표가 들어 있다.(87쪽) 이 주소지의 건물은 2장에 등장하는 "중국식 건물"의 대각선 맞은편에 있다. 2장에서 화자 "아버지의 수많은 화신 중 하나"로 여겨지는 앙리 마리냥은 화자와 함께 발길 닿는 대로 파리의 거리를 걸어다니다가 "페르낭 블로크라는 사람이 1928년에 건축했다는 표지판이 붙어 있는, 쿠르셀가의 그 커다란 중국식 건물 앞에서 발길을 멈추기도 했다".(31~32쪽) 이렇게 작가는 중국 상하이에서 오랫동안 파견 근무를 하다 이후 유럽 곳곳을 옮겨다닌 2장의 앙리 마리냥과, 6장의 녹음기 대여점 직원인 러시아 이민자 부를라고프,

즉 "뿌리 뽑힌" 떠돌이 두 사람이 교차로를 사이에 두고 서로 마주보게 만든다. 그뿐이 아니다. 쿠르셀가 45번지 모퉁이의 원형 건물은 모디아노의 1984년작 『잃어버린 거리』에서 변호사 로크루아와 작가 장 데케르에게 중요한 장소가 된다. "그는 선 채로, 혹은 안락의자에 누운 채로 손님을 맞곤 했다. 서서 맞을 때는 항상 건물 모서리 원형 공간의 커다란 창 앞에서였다. 중국식 탑이 바라보이는, 쿠르셀가와 렘브란트가로 난 창문이었다."(『잃어버린 거리』 50쪽) 심지어 이 중국식 건물은 강렬한 조명까지 받는다. "중국식 탑 앞을 지나가면서 왜 그 탑이 인광을 발한다고 착각할 정도로 어둠 속에서 유난히 두드러져 보이는지 그 까닭을 알 수 있었다. 렘브란트가 저 끝에 설치된 여러 개의 영화 촬영용 조명등이 그 탑을 향해 빛을 쏘고 있었던 것이다."(같은 책 70쪽) 여기가 바로 현실의 장소와 허구(영화)의 빛이 교차하는 모디아노 특유의 지점이다.

그런데 소설 속에서 중국식 탑 못지않게 강렬한 조명을 받는 것은 사실 그 맞은편 쿠르셀가 45번지 모퉁이 건물이다. 이 건물은 『잃어버린 시간을 찾아서』의 작가 마르셀 푸르스트가 1900년부터 육 년간 실제로 살았던 집이다. 건물 삼층의 방 일곱 개, 부속 공간들까지 딸린 300제곱미터의 이 넓은 아파트는 작가의 아버지 아드리앵 푸르스트 박사의 사회적 성공을 말해주는 지표이기도 했다. 안나 드노아유, 레옹 도데, 아나톨 프랑스 등 당대의 거물급 문인들이 이곳에 초대받아 드나들었다. 그러나 작가 프루스트는 이곳에서 행복하지 않았다. 아버지 어머니가 이 아파트에서 연이어 사망했고, 1905년에는 자신도 병원에 입원하는 신세가 되었다. '콩브레'라는 추억의 중심을 가지지 못한 20세기의 '뿌리 뽑힌 프루스트'로 지칭되는 모디아노가 자신의 소설 속에서 이 장소를 선택한 것은 결코 우연이 아닐 것이다.

역자는 근래 몇 년간 파리에 체류할 때면 몽소공원 가까운 이 거리를 자주 산책했다. 오층의 붉은 벽돌 건물의 각 층과 지붕에 동양식 기와를 얹어 볼수록 기이하고 음산하게 느껴지는 "중국식 탑"(이 건물은 프루스트가 사망하고 육 년 뒤에야 지어졌다)도 생뚱맞아 인상적이지만 맞은편 쿠르셀가 45번지는 모디아노의 모든 상상 공간의 한 중심일 것 같아 많은 호기심을 자아냈다. 심지어 나는 그 대문을 지나 넓은 이층 계단을 걸어올라가서 도미니카공화국 영사관 문 앞을 서성거려보기도 했다. 그때 나는 현실의 파리가 아니라 작가가 말하는 "전생의 기억"이 서린 공간에 서 있는 기분이었다.

모디아노는 어느 인터뷰에서 이렇게 말했다. "나는 손에 수첩을 들고 파리의 거리를 오랫동안 헤매고 다니곤 한다. 그리고 나는 내가 강한 인상을 받게 되는 것들을 거의 편집광적일 정도로 자세히 수첩에 적는다. 눈에 보이는 구체적인 것이 아니라 그곳 분위기에서 느껴지는 요소들을 말이다. 오래된 옛 영화인 명부를 뒤적거리다가 발견한 어떤 무성영화 시대 스타가 살던 옛 주소를 찾아가 확인해보기도 하고 때로는 우연히 지나가다가 강한 인상을 받은 건물 입구나 엘리베이터를 보면 나는 수첩에 적는다. 클레베르대로 몇 번지. 건물 스타일. 그곳을 비추는 빛의 인상. 나는 건물의 주소와 번지들이 빼곡하게 적힌 공책을 여러 권 가지고 있다."*

역자는 지난여름 파리에 체류하기 위해 빌린 집이 우연찮게 파리의 볼테르 강변로여서 바로 인근의 콩티 강변로 15번지 앞을 자주 지나다녔다. 이 소설의 14장이 너무나도 실감나게 그려 보이는 "조폐국과 학사원 사이로 난 콩티 강변로의 우묵하게 들어간 자리"에 서 있는 건물 말이다. 그곳에 독일 점령 시절인 1942년 6월 어느 날 저녁 "벨로택시 한 대가 와서 멈추었고 거기서 젊은 여자가 내렸다".(190쪽) 그 젊은 여자는 이내 파리에서 우연히 만난 남자와 결혼하고 삼 년 뒤인 1945년 5월 어느 날 저녁 그 집 "발코니에 팔꿈치를 괴고서" 집 앞 빈터에서 벌어진 즉흥 무도회의 광경을 내다본다. 그녀의 뱃속에 든 모디아노는 "7월에 태어날 예정이었다".(199쪽)

나는 그 집 앞을 지나다가 강가의 헌책 노점에서 앙리 보스코의 『이아생트의 정원』 한 권을 샀다. 나중에야 확인한 사실이지만 바로 모디아노와 같은 1945년에 세상에 나온 책이었다.

이제 우리는 구체적 현실의 장소와 상상의 세계에 한 쪽씩 발을 딛고 그 무지개다리를 넘나들며 자신의 추억을 완성해갈 독자들을 맞을 준비가 되었다.

2025년 10월
김화영

---

* Jean-Louis de Rambures, *Comment travaillent les ecrivains*, Flammarion, 1978, 129~130.

파트릭 모디아노 연보

1945년   7월 30일 불로뉴비양쿠르에서 이탈리아계 유대인 혈통의 사업가 아버지 알베르 모디아노와 벨기에 영화배우인 어머니 루이자 콜페인(본명은 루이자 콜팽) 사이에서 태어남. 부모는 점령기 파리에서 만나 신분을 감춘 상태에서 함께 살았다. 무역업에 종사했다는 것 외에는 정확하게 알려진 것이 없는 아버지는 불확실한 신분 상태로 대부분 부재 상태였고 어머니 역시 순회공연으로 집을 비우는 일이 많아서 모디아노는 어린 시절의 상당 기간을 여러 기숙학교에서 보냈다.

1947년   남동생 뤼디 태어남.

1956년   파리 공립학교에서 파리 근교 주이앙조자스의 몽셀 기숙학교로 전학.

1957년   남동생 뤼디가 혈액 관련 병으로 세상을 떠남. 뤼디를 무척 아꼈던 그는 1967년에서 1982년 사이에 발표한 초기 작품들을 뤼디에게 헌정한다. 동생의 죽음은 그의 어린 시절의 종말을 의미했으며 그는 이 시절에 대해 간절한 향수를 지니게 된다.

1960년   오트사부아 산악지대의 생조제프 중고등학교에 입학. 열다섯 살에 어머니의 친구이며 『지하철 안의 자지 Zazie dans le métro』의 작가로 유명한 소설가 레몽 크노를 기하학 개인교사로 모시게 되면서 크노를 통해 문학의 세계에 눈뜨게 된다. 크노와의 만남은 결정적이었다. 크노를 통해서 그는 갈리마르출판사의 칵테일파티에도 참석하여 문단의 저명인사들을 만난다.

1962년	6월 안시에서 한 해 먼저 대학입학자격시험을 치른다. 9월 파리로 돌아와 앙리 4세 고등학교 입학. 불과 몇백 미터 거리에 사는 부모와 떨어져 또다시 기숙사 생활을 시작하지만, 몇 달 후 기숙사를 나와 더이상 공부를 계속하지 않고 문학에 열정을 바치기로 결심.
1967년	첫 소설 『에투알광장La place de l'étoile』을 완성하여 레몽 크노에게 원고 검토를 부탁함.
1968년	크노의 주선으로 『에투알광장』이 갈리마르출판사에서 출간되어 로제 니미에 상과 페네옹상을 수상함. 이후 오로지 작가로서 글쓰기에만 전념함.
1969년	『야간순찰La ronde de nuit』 출간.
1970년	9월 12일, 도미니크 제르퓌스와 결혼. "우리 결혼식 날에 대한 참담한 기억이 남아 있다. 그날 비가 왔다. 정말 악몽이었다. 우리 결혼식의 증인은 청소년 시절부터 파트릭의 후원자였던 레몽 크노와 우리 아버지의 친구인 앙드레 말로가 서주었다. 그들은 뒤뷔페에 대해 논쟁을 하기 시작해 우리는 거기서 마치 테니스 경기를 구경하는 관람객 꼴이 되었다. 그 장면을 찍은 사진이라도 있었으면 재미있었을 텐데 사진기를 가지고 온 단 한 사람은 그만 그 안에 필름 넣는 것을 잊어버렸다. 그래서 우리에게 남은 것은 우산을 쓴 채 등을 돌리고 있는 단 한 장의 사진뿐이다." (도미니크 제르퓌스, 2003년 10월 6일 〈엘르〉와의 인터뷰)
1972년	『외곽 순환도로Les boulevards de ceinture』를 발표하여 아카데미 프랑세즈 소설 대상을 수상함.
1973년	영화 〈라콩브 뤼시앵Lacombe Lucien〉의 시나리오를 씀.
1974년	〈라콩브 뤼시앵〉이 루이 말의 연출로 완성되어 상영됨. 2차

대전을 배경으로 항독운동에 가담하려고 시도했다가 도리어 친독 의용대 활동을 하게 된 청년의 이야기로, 등장인물의 행동에 정당성이 없다는 이유로 논쟁을 불러일으킴. 맏딸 지나 태어남. 아버지의 재능을 물려받은 딸은 훗날 영화 연출 및 시나리오와 동화 등을 집필.

1975년	『슬픈 빌라 Villa triste』 출간. 이듬해 리브레리상 수상.
1977년	『추억을 완성하기 위하여 Livret de famille』 출간.
1978년	『어두운 상점들의 거리 Rue des boutiques obscures』로 공쿠르상 수상. 둘째 딸 마리 태어남.
1981년	『청춘 시절 Une jeunesse』 『메모리 레인 Memory Lane』 (피에르 르탕 삽화) 출간.
1982년	『그토록 순수한 녀석들 De si braves garçons』 출간.
1983년	『청춘 시절』이 모셰 미즈라히의 연출로 동명의 영화로 제작, 상영됨.
1984년	발표한 전 작품으로 모나코 피에르 대공 문학상 수상. 『잃어버린 거리 Quartier perdu』 출간.
1986년	『팔월의 일요일들 Dimanches d'août』 출간.
1988년	『발레 소녀 카트린 Catherine certitude』 (장자크 상페 삽화), 『감형 Remise de peine』 출간.
1989년	『어린 시절의 탈의실 Vestiaire de l'enfance』 출간.
1990년	『신혼여행 Voyage de noces』 출간.
1991년	『폐허의 꽃들 Fleurs de ruine』 출간.
1992년	『서커스가 지나간다 Un cirque passe』 출간.
1993년	『고약한 봄 Chien de printemps』 출간.
1995년	『슬픈 빌라』를 개작하여 파트리스 르콩트가 연출한 영화 〈이본의 향기 Le parfum d'Yvonne〉와 그가 시나리오를 쓰고 파스칼 오비에가 연출한 영화 〈가스코뉴의 아들 Le fils de

	Gascogne〉이 상영됨.
1996년	『아득한 기억의 저편 *Du plus loin de l'oubli*』 출간. 레지옹 도뇌르 '슈발리에' 훈장 수훈.
1997년	『도라 브루더 *Dora Bruder*』 출간.
1999년	『신원 미상 여자 *Des inconnues*』 출간.
2000년	발표한 전 작품으로 폴모랑 문학 대상 수상.
2001년	『작은 보석 *La petite bijou*』 출간. 『팔월의 일요일들』을 각색해 마뉘엘 푸아리에가 연출한 영화 〈테 키에로 Te quiero〉 개봉.
2003년	『한밤의 사고 *Accident nocturne*』 출간. 모디아노가 시나리오를 쓰고 장폴 라프노가 연출한 영화 〈여행 잘하세요 Bon voyage〉 개봉.
2005년	『혈통 *Un pedigree*』 출간.
2006년	『그토록 순수한 녀석들』을 각색해 미카엘 에르스가 연출한 영화 〈샤렐 Charell〉 개봉.
2007년	『잃어버린 젊음의 카페에서 *Dans le café de la jeunesse perdue*』 출간.
2010년	『지평 *L'horizon*』 출간. 치노 델 두카 국제상 수상.
2012년	『밤의 풀 *L'herbe des nuits*』 출간.
2014년	『네가 길을 잃어버리지 않게 *Pour que tu ne te perdes pas dans le quartier*』 출간. 노벨문학상 수상. 레지옹 도뇌르 '오피시에' 훈장 수훈.
2017년	『잠자는 추억들 *Souvenirs dormants*』 출간.
2019년	『은현잉크 *Encre sympathique*』 출간.
2021년	『기억으로 가는 길 *Chevreuse*』 출간.
2023년	『발레리나 *La danseuse*』 출간.
2025년	『70번지, 예술가들의 입구 *70bis entrée des artistes*』 출간.

문학동네 세계문학전집 발간에 부쳐

　세계문학은 국민문학 혹은 지역문학을 떠나 존재하는 문학이 아니지만 그것들의 총합도 아니다. 세계문학이라는 용어에는 그 나름의 언어와 전통을 갖고 있는 국민문학이나 지역문학의 존재를 인정하면서 그것을 넘어서는 문학의 보편적 질서에 대한 관념이 새겨져 있다. 그 용어를 처음 고안한 19세기 유럽인들은 유럽문학을 중심으로 그 질서를 구축했지만 풍부한 국민문학의 전통을 가지고 있는 현대의 문학 강국들은 나름의 방식으로 세계문학을 이해하면서 정전(正典)의 목록을 작성하고 또 수정한다.
　한국에서도 세계문학 관념은 우리 사회와 문화의 변화 속에서 거듭 수정돼왔다. 어느 시기에는 제국 일본의 교양주의를 반영한 세계문학 관념이, 어느 시기에는 제3세계 민족주의에 동조한 세계문학 관념이 출현했고, 그러한 관념을 실천한 전집물이 출판됐다. 21세기 한국에 새로운 세계문학전집이 필요하다는 것은 명백하다. 우리의 지성과 감성의 기준에 부합하는 세계문학을 다시 구상할 때가 되었다.
　문학동네 세계문학전집은 범세계적으로 통용되는 고전에 대한 상식을 존중하면서도 지난 반세기 동안 해외 주요 언어권에서 창작과 연구의 진전에 따라 일어난 정전의 변동을 고려하여 편성되었다. 그래서 불멸의 명작은 물론 동시대 세계의 중요한 정치·문화적 실천에 영감을 준 새로운 작품들을 두루 포함시켰다.
　창립 이후 지금까지 한국문학 및 번역문학 출판에서 가장 전문적이고 생산적인 그룹을 대표해온 문학동네가 그간 축적한 문학 출판 경험을 바탕으로 새로운 세계문학전집을 펴낸다. 인류가 무지와 몽매의 어둠 속을 방황하면서도 끝내 길을 잃지 않은 것은 세계문학사의 하늘에 떠 있는 빛나는 별들이 길잡이가 되어주었기 때문이다. 우리가 자부심과 사명감 속에서 그리게 될 이 새로운 별자리가 독자들의 관심과 애정에 힘입어 우리 모두의 뿌듯한 자산이 되기를 소망한다.

　　　　　　　　　　　　　　　　　　　문학동네 세계문학전집 편집위원
　　　　　　　　민은경, 박유하, 변현태, 송병선, 이재룡, 홍길표, 남진우, 황종연

세계문학전집 271
추억을 완성하기 위하여

초판 1쇄 2015년 1월 15일
개정판 1쇄 2025년 11월 5일

지은이 파트릭 모디아노 | 옮긴이 김화영

책임편집 김미혜 | **편집** 황문정
디자인 최윤미 이원경 | **저작권** 박지영 형소진 주은수 오서영 조경은
마케팅 정민호 서지화 한민아 이민경 왕지경 정유진 한경화 정경주 김혜원 김예진 이서진
브랜딩 함유지 박민재 이송이 박다솔 조다현 김하연 이준희
제작 강신은 김동욱 이순호 | **제작처** 영신사

펴낸곳 (주)문학동네 | **펴낸이** 김소영
출판등록 1993년 10월 22일 제2003-000045호
주소 10881 경기도 파주시 회동길 210
전자우편 editor@munhak.com
대표전화 031) 955-8888 | **팩스** 031) 955-8855
문학동네카페 http://cafe.naver.com/mhdn
인스타그램 @munhakdongne | **트위터** @munhakdongne
북클럽문학동네 http://bookclubmunhak.com

ISBN 979-11-416-1377-8 04860
      978-89-546-0901-2 (세트)

잘못된 책은 구입하신 서점에서 교환해드립니다.
기타 교환 문의 031) 955-2661, 3580

www.munhak.com

문학동네 세계문학전집

1, 2, 3 안나 카레니나 레프 톨스토이 | 박형규 옮김
4 판탈레온과 특별봉사대 마리오 바르가스 요사 | 송병선 옮김
5 황금 물고기 J. M. G. 르 클레지오 | 최수철 옮김
6 템페스트 윌리엄 셰익스피어 | 이경식 옮김
7 위대한 개츠비 F. 스콧 피츠제럴드 | 김영하 옮김
8 아름다운 애너벨 리 싸늘하게 죽다 오에 겐자부로 | 박유하 옮김
9, 10 파우스트 요한 볼프강 폰 괴테 | 이인웅 옮김
11 가면의 고백 미시마 유키오 | 양윤옥 옮김
12 킴 러디어드 키플링 | 하창수 옮김
13 나귀 가죽 오노레 드 발자크 | 이철의 옮김
14 피아노 치는 여자 엘프리데 옐리네크 | 이병애 옮김
15 1984 조지 오웰 | 김기혁 옮김
16 벤야멘타 하인학교-야콥 폰 군텐 이야기 로베르트 발저 | 홍길표 옮김
17, 18 적과 흑 스탕달 | 이규식 옮김
19, 20 휴먼 스테인 필립 로스 | 박범수 옮김
21 체스 이야기·낯선 여인의 편지 슈테판 츠바이크 | 김연수 옮김
22 왼손잡이 니콜라이 레스코프 | 이상훈 옮김
23 소송 프란츠 카프카 | 권혁준 옮김
24 마크롤 가비에로의 모험 알바로 무티스 | 송병선 옮김
25 파계 시마자키 도손 | 노영희 옮김
26 내 생명 앗아가주오 앙헬레스 마스트레타 | 강성식 옮김
27 여명 시도니가브리엘 콜레트 | 송기정 옮김
28 한때 흑인이었던 남자의 자서전 제임스 웰든 존슨 | 천승걸 옮김
29 슬픈 짐승 모니카 마론 | 김미선 옮김
30 피로 물든 방 앤절라 카터 | 이귀우 옮김
31 숨그네 헤르타 뮐러 | 박경희 옮김
32 우리 시대의 영웅 미하일 레르몬토프 | 김연경 옮김
33, 34 실낙원 존 밀턴 | 조신권 옮김
35 복낙원 존 밀턴 | 조신권 옮김
36 포로기 오오카 쇼헤이 | 허호 옮김
37 동물농장·파리와 런던의 따라지 인생 조지 오웰 | 김기혁 옮김
38 루이 랑베르 오노레 드 발자크 | 송기정 옮김
39 코틀로반 안드레이 플라토노프 | 김철균 옮김
40 어두운 상점들의 거리 파트릭 모디아노 | 김화영 옮김
41 순교자 김은국 | 도정일 옮김
42 젊은 베르테르의 슬픔 요한 볼프강 폰 괴테 | 안장혁 옮김
43 더블린 사람들 제임스 조이스 | 진선주 옮김
44 설득 제인 오스틴 | 원영선, 전신화 옮김
45 인공호흡 리카르도 피글리아 | 엄지영 옮김
46 정글북 러디어드 키플링 | 손향숙 옮김
47 외로운 남자 외젠 이오네스코 | 이재룡 옮김
48 에피 브리스트 테오도어 폰타네 | 한미희 옮김

49 둔황 이노우에 야스시 | 임용택 옮김
50 미크로메가스·캉디드 혹은 낙관주의 볼테르 | 이병애 옮김
51, 52 염소의 축제 마리오 바르가스 요사 | 송병선 옮김
53 고야산 스님·초롱불 노래 이즈미 교카 | 임태균 옮김
54 다니엘서 E. L. 닥터로 | 정상준 옮김
55 이날을 위한 우산 빌헬름 게나치노 | 박교진 옮김
56 톰 소여의 모험 마크 트웨인 | 강미경 옮김
57 카사노바의 귀향·꿈의 노벨레 아르투어 슈니츨러 | 모명숙 옮김
58 바보들을 위한 학교 사샤 소콜로프 | 권정임 옮김
59 어느 어릿광대의 견해 하인리히 뵐 | 신동도 옮김
60 웃는 늑대 쓰시마 유코 | 김훈아 옮김
61 팔코너 존 치버 | 박영원 옮김
62 한눈팔기 나쓰메 소세키 | 조영석 옮김
63, 64 톰 아저씨의 오두막 해리엇 비처 스토 | 이종인 옮김
65 아버지와 아들 이반 투르게네프 | 이항재 옮김
66 베니스의 상인 윌리엄 셰익스피어 | 이경식 옮김
67 해부학자 페데리코 안다아시 | 조구호 옮김
68 긴 이별을 위한 짧은 편지 페터 한트케 | 안장혁 옮김
69 호텔 뒤락 애니타 브루크너 | 김정 옮김
70 잔해 쥘리앵 그린 | 김종우 옮김
71 절망 블라디미르 나보코프 | 최종술 옮김
72 더버빌가의 테스 토머스 하디 | 유명숙 옮김
73 감상소설 미하일 조셴코 | 백용식 옮김
74 빙하와 어둠의 공포 크리스토프 란스마이어 | 진일상 옮김
75 쓰가루·석별·옛날이야기 다자이 오사무 | 서재곤 옮김
76 이인 알베르 카뮈 | 이기언 옮김
77 달려라, 토끼 존 업다이크 | 정영목 옮김
78 몰락하는 자 토마스 베른하르트 | 박인원 옮김
79, 80 한밤의 아이들 살만 루슈디 | 김진준 옮김
81 죽은 군대의 장군 이스마일 카다레 | 이창실 옮김
82 페레이라가 주장하다 안토니오 타부키 | 이승수 옮김
83, 84 목로주점 에밀 졸라 | 박명숙 옮김
85 아베 일족 모리 오가이 | 권태민 옮김
86 폭풍의 언덕 에밀리 브론테 | 김정아 옮김
87, 88 늦여름 아달베르트 슈티프터 | 박종대 옮김
89 클레브 공작부인 라파예트 부인 | 류재화 옮김
90 P세대 빅토르 펠레빈 | 박혜경 옮김
91 노인과 바다 어니스트 헤밍웨이 | 이인규 옮김
92 물방울 메도루마 슌 | 유은경 옮김
93 도깨비불 피에르 드리외라로셸 | 이재룡 옮김
94 프랑켄슈타인 메리 셸리 | 김선형 옮김
95 래그타임 E. L. 닥터로 | 최용준 옮김

96 캔터빌의 유령 오스카 와일드 | 김미나 옮김
97 만(卍)·시게모토 소장의 어머니 다니자키 준이치로 | 김춘미, 이호철 옮김
98 맨해튼 트랜스퍼 존 더스패서스 | 박경희 옮김
99 단순한 열정 아니 에르노 | 최정수 옮김
100 열세 걸음 모옌 | 임홍빈 옮김
101 데미안 헤르만 헤세 | 안인희 옮김
102 수레바퀴 아래서 헤르만 헤세 | 한미희 옮김
103 소리와 분노 윌리엄 포크너 | 공진호 옮김
104 곰 윌리엄 포크너 | 민은영 옮김
105 롤리타 블라디미르 나보코프 | 김진준 옮김
106, 107 부활 레프 톨스토이 | 박형규 옮김
108, 109 모래그릇 마쓰모토 세이초 | 이병진 옮김
110 은둔자 막심 고리키 | 이강은 옮김
111 불타버린 지도 아베 고보 | 이영미 옮김
112 말라볼리아가의 사람들 조반니 베르가 | 김운찬 옮김
113 디어 라이프 앨리스 먼로 | 정연희 옮김
114 돈 카를로스 프리드리히 실러 | 안인희 옮김
115 인간 짐승 에밀 졸라 | 이철의 옮김
116 빌러비드 토니 모리슨 | 최인자 옮김
117, 118 미국의 목가 필립 로스 | 정영목 옮김
119 대성당 레이먼드 카버 | 김연수 옮김
120 나나 에밀 졸라 | 김치수 옮김
121, 122 제르미날 에밀 졸라 | 박명숙 옮김
123 현기증. 감정들 W. G. 제발트 | 배수아 옮김
124 강 동쪽의 기담 나가이 가후 | 정병호 옮김
125 붉은 밤의 도시들 윌리엄 버로스 | 박인찬 옮김
126 수고양이 무어의 인생관 E. T. A. 호프만 | 박은경 옮김
127 맘브루 R. H. 모레노 두란 | 송병선 옮김
128 익사 오에 겐자부로 | 박유하 옮김
129 땅의 혜택 크누트 함순 | 안미란 옮김
130 불안의 책 페르난두 페소아 | 오진영 옮김
131, 132 사랑과 어둠의 이야기 아모스 오즈 | 최창모 옮김
133 페스트 알베르 카뮈 | 유호식 옮김
134 다마세누 몬테이루의 잃어버린 머리 안토니오 타부키 | 이현경 옮김
135 작은 것들의 신 아룬다티 로이 | 박찬원 옮김
136 시스터 캐리 시어도어 드라이저 | 송은주 옮김
137 고독한 산책자의 몽상 장자크 루소 | 문경자 옮김
138 용의자의 야간열차 다와다 요코 | 이영미 옮김
139 세기아의 고백 알프레드 드 뮈세 | 김미성 옮김
140 햄릿 윌리엄 셰익스피어 | 이경식 옮김
141 카산드라 크리스타 볼프 | 한미희 옮김
142 이 글을 읽는 사람에게 영원한 저주를 마누엘 푸익 | 송병선 옮김

143 마음 나쓰메 소세키 | 유은경 옮김
144 바다 존 밴빌 | 정영목 옮김
145, 146, 147, 148 전쟁과 평화 레프 톨스토이 | 박형규 옮김
149 세 가지 이야기 귀스타브 플로베르 | 고봉만 옮김
150 제5도살장 커트 보니것 | 정영목 옮김
151 알렉시·은총의 일격 마르그리트 유르스나르 | 윤진 옮김
152 말라 온다 알베르토 푸겟 | 엄지영 옮김
153 아르세니예프의 인생 이반 부닌 | 이항재 옮김
154 오만과 편견 제인 오스틴 | 류경희 옮김
155 돈 에밀 졸라 | 유기환 옮김
156 젊은 예술가의 초상 제임스 조이스 | 진선주 옮김
157, 158, 159 카라마조프가의 형제들 표도르 도스토옙스키 | 김희숙 옮김
160 진 브로디 선생의 전성기 뮤리얼 스파크 | 서정은 옮김
161 13인당 이야기 오노레 드 발자크 | 송기정 옮김
162 하지 무라트 레프 톨스토이 | 박형규 옮김
163 희망 앙드레 말로 | 김웅권 옮김
164 임멘 호수·백마의 기사·프시케 테오도어 슈토름 | 배정희 옮김
165 밤은 부드러워라 F. 스콧 피츠제럴드 | 정영목 옮김
166 야간비행 앙투안 드 생텍쥐페리 | 용경식 옮김
167 나이트우드 주나 반스 | 이예원 옮김
168 소년들 앙리 드 몽테를랑 | 유정애 옮김
169, 170 독립기념일 리처드 포드 | 박영원 옮김
171, 172 닥터 지바고 보리스 파스테르나크 | 박형규 옮김
173 싯다르타 헤르만 헤세 | 권혁준 옮김
174 야만인을 기다리며 J. M. 쿳시 | 왕은철 옮김
175 철학편지 볼테르 | 이봉지 옮김
176 거지 소녀 앨리스 먼로 | 민은영 옮김
177 창백한 불꽃 블라디미르 나보코프 | 김윤아 옮김
178 슈틸러 막스 프리슈 | 김인순 옮김
179 시핑 뉴스 애니 프루 | 민승남 옮김
180 이 세상의 왕국 알레호 카르펜티에르 | 조구호 옮김
181 철의 시대 J. M. 쿳시 | 왕은철 옮김
182 카시지 조이스 캐럴 오츠 | 공경희 옮김
183, 184 모비 딕 허먼 멜빌 | 황유원 옮김
185 솔로몬의 노래 토니 모리슨 | 김선형 옮김
186 무기여 잘 있거라 어니스트 헤밍웨이 | 권진아 옮김
187 컬러 퍼플 앨리스 워커 | 고정아 옮김
188, 189 죄와 벌 표도르 도스토옙스키 | 이문영 옮김
190 사랑 광기 그리고 죽음의 이야기 오라시오 키로가 | 엄지영 옮김
191 빅 슬립 레이먼드 챈들러 | 김진준 옮김
192 시간은 밤 류드밀라 페트루솁스카야 | 김혜란 옮김
193 타타르인의 사막 디노 부차티 | 한리나 옮김

194 고양이와 쥐 귄터 그라스 | 박경희 옮김
195 펠리시아의 여정 윌리엄 트레버 | 박찬원 옮김
196 마이클 K의 삶과 시대 J. M. 쿳시 | 왕은철 옮김
197, 198 오스카와 루신다 피터 케리 | 김시현 옮김
199 패싱 넬라 라슨 | 박경희 옮김
200 마담 보바리 귀스타브 플로베르 | 김남주 옮김
201 패주 에밀 졸라 | 유기환 옮김
202 도시와 개들 마리오 바르가스 요사 | 송병선 옮김
203 루시 저메이카 킨케이드 | 정소영 옮김
204 대지 에밀 졸라 | 조성애 옮김
205, 206 백치 표도르 도스토옙스키 | 김희숙 옮김
207 백야 표도르 도스토옙스키 | 박은정 옮김
208 순수의 시대 이디스 워턴 | 손영미 옮김
209 단순한 이야기 엘리자베스 인치볼드 | 이혜수 옮김
210 바닷가에서 압둘라자크 구르나 | 황유원 옮김
211 낙원 압둘라자크 구르나 | 왕은철 옮김
212 피라미드 이스마일 카다레 | 이창실 옮김
213 애니 존 저메이카 킨케이드 | 정소영 옮김
214 지고 말 것을 가와바타 야스나리 | 박혜성 옮김
215 부서진 사월 이스마일 카다레 | 유정희 옮김
216 사람은 무엇으로 사는가 레프 톨스토이 | 이항재 옮김
217, 218 악마의 시 살만 루슈디 | 김진준 옮김
219 오늘을 잡아라 솔 벨로 | 김진준 옮김
220 배반 압둘라자크 구르나 | 황가한 옮김
221 어두운 밤 나는 적막한 집을 나섰다 페터 한트케 | 윤시향 옮김
222 무어의 마지막 한숨 살만 루슈디 | 김진준 옮김
223 속죄 이언 매큐언 | 한정아 옮김
224 암스테르담 이언 매큐언 | 박경희 옮김
225, 226, 227 특성 없는 남자 로베르트 무질 | 박종대 옮김
228 앨프리드와 에밀리 도리스 레싱 | 민은영 옮김
229 북과 남 엘리자베스 개스켈 | 민승남 옮김
230 마지막 이야기들 윌리엄 트레버 | 민승남 옮김
231 벤저민 프랭클린 자서전 벤저민 프랭클린 | 이종인 옮김
232 만년양식집 오에 겐자부로 | 박유하 옮김
233 이상한 나라의 앨리스 루이스 캐럴 | 존 테니얼 그림 | 김희진 옮김
234 소네치카·스페이드의 여왕 류드밀라 울리츠카야 | 박종소 옮김
235 메데야와 그녀의 아이들 류드밀라 울리츠카야 | 최종술 옮김
236 실종자 프란츠 카프카 | 이재황 옮김
237 진 알랭 로브그리예 | 성귀수 옮김
238 말테의 수기 라이너 마리아 릴케 | 홍사현 옮김
239, 240 율리시스 제임스 조이스 | 이종일 옮김
241 지도와 영토 미셸 우엘벡 | 장소미 옮김

242 사막 J. M. G. 르 클레지오 | 홍상희 옮김
243 사냥꾼의 수기 이반 투르게네프 | 이종현 옮김
244 험볼트의 선물 솔 벨로 | 전수용 옮김
245 바베트의 만찬 이자크 디네센 | 추미옥 옮김
246 나르치스와 골드문트 헤르만 헤세 | 안인희 옮김
247 변신·단식 광대 프란츠 카프카 | 이재황 옮김
248 상자 속의 사나이 안톤 체호프 | 박현섭 옮김
249 가장 파란 눈 토니 모리슨 | 정소영 옮김
250 꽃피는 노트르담 장 주네 | 성귀수 옮김
251, 252 울프홀 힐러리 맨틀 | 강아름 옮김
253 시체들을 끌어내라 힐러리 맨틀 | 김선형 옮김
254 샌프란시스코에서 온 신사 이반 부닌 | 최진희 옮김
255 포화 앙리 바르뷔스 | 김웅권 옮김
256 추락 J. M. 쿳시 | 왕은철 옮김
257 킬리만자로의 눈 어니스트 헤밍웨이 | 정영목 옮김
258 오래된 빛 존 밴빌 | 정영목 옮김
259 고리오 영감 오노레 드 발자크 | 이철의 옮김
260 동네 공원 마르그리트 뒤라스 | 김정아 옮김
261 앨리스 B. 토클러스의 자서전 거트루드 스타인 | 윤희기 옮김
262 댈러웨이 부인 버지니아 울프 | 민은영 옮김
263 인간 실격 다자이 오사무 | 홍은주 옮김
264 감정의 혼란 슈테판 츠바이크 | 황종민 옮김
265 돌아온 토끼 존 업다이크 | 정영목 옮김
266 토끼는 부자다 존 업다이크 | 김승욱 옮김
267 토끼 잠들다 존 업다이크 | 김승욱 옮김
268 노인을 위한 나라는 없다 코맥 매카시 | 황유원 옮김
269 허조그 솔 벨로 | 김진준 옮김
270 보스턴 사람들 헨리 제임스 | 윤조원 옮김
271 추억을 완성하기 위하여 파트릭 모디아노 | 김화영 옮김

● 문학동네 세계문학전집은 계속 출간됩니다